플랫폼에 서다

혜범 장편소설

bookin

작가의 말

잘못된 건 고치고 바꿔가며 살자

오래 전 소년원 법회에 갔었다. 나는 한 고아 소년을 만났고 그 소년은 해커였다. 이 세상의 부조리와 모순에 항변하는 아이의 눈을 보며 말했다.

잘못된 건 고치고 바꿔가며 살자고.

괴로움을 떠나 어찌 즐거움을 얻을 것이며 번뇌를 떠나 어찌 행복을 얻을 수 있겠는가? 괴로움이 없으면 즐거움도 없다. 이정표는 거리와 방향만 표시할 뿐이다. 플랫폼에 선 우리가 이정표대로 갈 것인지 말 것인지는 우리들의 선택이다. 진정한 즐거움과 진정한 행복은 욕망으로부터의 자유에서 얻어진다.

속도가 아니라 방향이라며 그렇게 나는 말했었다. 잘살아보고 싶다던 그 소년은 정보보호법 위반으로 2년 6개월의 형을 받고 복역하는 아이였다. 그 소년이 모티브가 되고 모델이 되었지만 소설 내용과는 전혀 다르다.

어리석으면 물질이 풍요로워도 부족해도 괴로우나 지혜로운 사람은 사랑을 깨달아 항상 만족하고 행복하며 어리석은 사람은 불가능한 일도 쉽게 단념하지 못하지만 지혜로운 사람은 불가능한 것을 쉽게 단념할 수 있다, 고 말하자 '스님 웃기시네요' 해서 이 소설은 시작되었다.

시냇물에 돌을 치우면 시냇물은 노래를 잃어버리고 분별망상 장애를 모두 없애면 인생의 의미도 사라진다. 아직 플랫폼을 구축하지 못한 우리들. 플랫폼에 선 발길, 발길들. 알맞은 욕망, 알맞은 욕심 참 어려운 말이다.

깨달음의 대상은 진리가 아니고 번뇌와 망상이다. 스님인 내가 전혀 모르는 인터넷 세상, 가상화폐, 도박사이트, 위성해킹에 관한 소설을 쓰려니 부지런히 취재했어야 했다. 제목 캘리그라피를 써준 바우솔 선생님, 도움을 준 사이버수사대, 맨 먼저 읽어준 나의 첫 독자, 그리고 이 책이 나올 수 있게 해준 도서출판 북인의 조현석 시인에게 두 손 모아 합장한다.

2019년 봄

송정암 적묵당에서

차 례

제1장

다크웹 원데이, 나는 플랫폼이다

"문수야. 일어나."

"엄마, 오 분만."

왈칵 겁이 났다. 문수는 깨어났는데도 몸을 일으키지 못했다. 가위에 눌린 채 엄마, 엄마 하고 불렀지만 말이 되어 나오지 않았다. 다시 나직이 엄마, 하고 불러보았다. 그제야 겨우 엄마란 말이 입 밖으로 나왔다. 의식은 뚜렷한데 몸을 움직일 수 없었다. 문수는 깊은 숨을 들이마셨다.

"엄마."

꿈속에서도 엄마를 불렀다. 엄마는 대답하지 않았다. 엄마가 다가와 찰싹찰싹 엉덩이를 때려줘 꿈에서 깨길 간절히 바랐다.

"너 이놈 또 컴하다 밤 새웠지?"

"아니야."

꿈속이었다. 뱀이었다. 사방이 다 뱀들이었다. 헤아릴 수 없었다. 온통 뱀들이 방안에 득실거렸다. 독사들이 혓바닥을 널름거리며 고개를 빳빳이 쳐들었다. 뱀들은 독을 내뿜으며 방바닥에서 기어올라 침대로 벽으로 천정으로 올라가 문수의 몸으로 뚝뚝 떨어져 내렸다. 문수는 움찔움찔했다. 이윽고 뱀들이 문수의 몸을 휘감았다.

문수는 꿈속에서도 '이건 꿈이야' 했는데 그 옆엔 아빠가 있었으며 이모와 이모부가 피투성이가 된 채 살려달라고 빌었다. 그리고 그때 언제 나타났는지 진덕이도 옆에서 몸을 떨며 안절부절못하고 서 있었다. '아, 가슴이 너무 답답해' 하고 문수가 신음을 내질렀다. 몸집이 거대해진 뱀은 침을 흘리며 찢어진 눈으로 문수를 내려다봤다. 그리고는 천천히 입을 크게 벌리고 '네 죄를 네가 알렸다' 하며 엄마와 아빠를 이모부와 그리고 진덕이를 널름널름 삼켰다. 그런 가운데 찰칵찰칵 사진이 찍히는 소리가 들렸다. 문수는 다시 '이건 꿈이야' 했고 꿈속이라는 걸 문수도 알고 있었지만 꿈에서 깨어나지 못했다. 얼마나 꿈에서 벗어나려 몸부림쳤던가. 한순간 허공에서 감시 카메라 하나가 얼굴로 툭 떨어졌다. 가위에 눌려 있던 문수는 비명을 내질렀고 순간 엄마가 엉덩이를 철썩 때렸다. 그제야 겨우 악몽에서 깨어날 수 있었다.

"어, 엄마아."

"얼른 일어나야지."

엉덩이를 찰싹 때린 엄마는 이불을 획 젖혔다.

"야, 잘난 멘사 회원. 너 깨우려면 내가 보통 애 먹는 게 아냐. 이게 뭐냐, 매일. 네가 늦장 부리면 나, 또 지각한단 말이야."

이마를 찡그리며 책망하던 엄마가 고충을 늘어놓았다.

Y시. 산곡면 부락리 산 7번지 행복빌라로 해가 떠오르고 있었다. 창문

밖으로 하늘과 산, 세상이 뜨는 해의 노을로 붉게 물들었다. 행복빌라, 노을을 따라 죽은 사람들이 묻힌 무덤들을 밀어내고 빌라를 지었다는 말도 있었다.

슬픈 목숨들이 오글거리는 산자락. 할머니는 늘 엄마를 못마땅해했다. 남편 잡아먹을 사주를 가진 팔자라고 미국에 살고 있다는 할아버지와 이혼했다는 할머니, 할머니가 묻혀 있는 부락산. 집 뒤 종중산을 오르면 할머니의 무덤, 고모, 고모부의 무덤들이 위아래로 나란히 있었다. 내색하지는 않았지만 엄마는 할머니에게 '전 제가 할 일만 할게요' 했었다. 할머니는 끝내 어머니와 화해하지 못하고 죽었다. 할머니는 마지막까지 당신 통장을 아버지에게 물려주지 않고 할아버지의 친구인 미륵암 노스님에게 시주했다며, 장례를 치르는 동안 엄마의 입은 퉁퉁 부어 있었다.

부락산 행복빌라 앞으로 하북천이 흐르고 왼쪽 상북천 쪽으로 공군비행장이 아래쪽으로는 Y시가 그 너머로는 바다가 둥글게 펼쳐져 있었다. 관할지역 내 유흥업소만 821곳. 개나 소나 어떻게든 먹고살아보겠다고 밤이면 불야성을 이뤘다. 산 중턱에 위치한 문수네 집, Y시가 내려다보이는 단층 연립주택 창문 밖으로 Y시의 아침 전경이 넓게 펼쳐져 있었다. 그 중에는 기지촌도 포함되며 월 평균 100여 건의 크고 작은 사건사고가 발생했다. 아버지가 Y시를 떠나지 못하는 이유, 조상들이 묻혀 있는 선산 때문이었다.

'짱, 문수짱' 하며 어제 하굣길에 진덕이 조심스레 뚝방길로 다가와 말을 붙였다.

"너 이 새끼, 왜 찐득거려, 너 뒤질래?"

"…… 나, 나. 도, 도박 사, 사이트 했었어."

"뭐…… 그래. 자애원 마늘밭에 현찰 좀 많이 묻어놓았냐?"

문수는 진덕의 눈을 지그시 들여다봤다.

"펴, 평생 먹고살 만큼은. 도, 돈은 돌고 돌아. 누, 누나, 우리 누나. 무, 문제가 심각해졌어."

"그러니까, 새꺄, 왜 자꾸 나대고 치대냐? 더듬지 말고 차근차근 상황을 말해봐."

"고, 골드문트에 고용된 노, 놈…… 들이 누나를 죽인다고 해서."

"놈들이 왜 지영이 누날?"

문수는 진덕의 눈에서 불안과 두려움, 절박함을 읽어낼 수 있었다. 진덕은 연신 어쩔 줄 몰라 하는 눈빛으로 문수를 건너보았다.

진덕은 검은 교복 위로 검은 점퍼를 입고 있었다. 앞을 채우지 않은 점퍼로 허연 속옷이 비치고 있어 문수는 미간을 찌푸렸다. '너 고3이 되어 가지고 이제 졸업할 텐데 옷 입은 꼬라지가 그게 뭐냐? 그니까, 까이지. 새끼 칠칠맞긴' 하며 진덕을 뚫어져라 노려보았다. 초등학교 1학년 때부터 같은 반이었다. 문수가 가끔 진덕의 뒤를 봐주는 일곱 살 때로 거슬러 올라갔다. 납치되었다가 버려진 문수는 아동보호소에 있었다. '엄마, 아빠 이름. 집 전화번호. 아무리 두들겨 맞아도 절대 잊어버리지 마.' 진덕이의 누나 지영이가 문수를 보고 말했었다. 문수는 지금도 기억하고 있었다. '울지 마. 울면 나처럼 바보가 돼' 하며 문수의 눈물을 닦아주던 진덕이었다.

"넌 새꺄 숨 쉬는 거 빼곤 다 뻥만 치는 새끼잖아."

"졸라 돼, 됐다, 그, 그래……. 너도 담탱이처럼 재수 없는 말만 골라 하냐? 문수짱, 너한테 난 하잘 것 없는 놈이겠지만 나한텐 소중한 친구였어. 적어도 너한텐 이제까지 뻥깐 적 한번도 없다, 뭐."

그래도 문수가 진덕을 못미더워하자 '그래, 씨발. 난 그냥 찐따, 찐드기, 벼, 병신 같은 삶을 사는 찍떡이일 뿐이라고' 하며 울컥해서 말을 잇지 못했다. '새꺄, 그럼 잘해야 할 거 아냐?' 하고 문수가 소리치려다 꾹 참았다. 그간 진덕은 돈 되는 일이라면 다 했다. 주로 흥신소 같은 데서 일을 받았다. 사기꾼들 잡는 일, 외도, 가출, 미아, 기업 조사, 사람 찾기나 미해결 사건들을 조사 추적해주는 거였다. 그런데 꼴을 보니 하는 일이라고는 바람난 남편과 아내들, 이혼 당사자들이 위자료를 덜 주거나 더 많이 받아내려고 상대방의 부정이나 돈거래에 대한 뒷조사를 해주는 일이 고작이었다.

"다른 삶을 살고 싶었어."

순간 진덕의 말이 문수의 가슴에 와 박혔다.

"그나저나 쟤네들은 언제부터 너한테 따라붙은 거냐?"

문수가 턱으로 뒤를 가리키며 말했다.

"며칠 됐어. 24시간 교대 같아."

"집음기로 해서 우리 말 다 듣는 거 아냐?"

"그러라지 뭐."

"너 도대체 무슨 짓을 한 거냐?"

검은 양복을 입은 건장한 사내들이 뒤를 쫓고 있었다.

"지, 진실을 알면 가, 감당해낼 수 있겠어? 세, 세상을 바꾸고 싶었어. 어쨌든 우리 누나 좀 살려줘. 내가 도저히 어떻게 할 수가 없네. 문수 넌 똑똑하니까 충분히 우리 누날 살려줄 수 있을 거야."

"최선을 다하긴 해보겠는데. 우리가 뭘 바꿀 수 있겠냐? 근데, 좀 차분히 설명해봐."

"놈들이 날 파묻어버리려고 해."

문수가 진덕을 물끄러미 바라보았다. 그 눈을 피하던 진덕이 부석거리더니 담배를 꺼내 내밀었다. 문수에게 불을 내민 진덕도 담배에 불을 붙이고는 담배연기를 허공에 푸 날렸다.

"무슨 짓을 했는데 그 정도까지."

"넌 몰라도 돼. 너희 쪽 사람 하나 사라졌지?"

진덕이 비굴한 얼굴을 한 채 말했다.

"응…… 우리 쪽 한 사람이 연락이 끊겼어."

"주, 죽는 건 무섭지 않은데 이, 이렇게 사는 게 싫어."

지난 밤 진덕이 영상을 하나 보냈었다. 사람들이 줄줄이 개줄에 묶여 있었다. 묶여 있는 이들은 사람 같지 않았다. 푸줏간 쇠고리에 달린 붉은 고기를 연상하게 했다.

"나를 엮은 놈들이 분명 너에게도 접근할 거야. 그놈들의 앞잡이. 그 누구도 건드리지 못하는. 왜 쫄리냐?"

"쫄리긴, 국토안전부 특수범죄수사국?"

"아니, 국토안전부 안전국 파견검사일 거야. 왜 있잖아."

"놈들이 원하는 게 뭔데? 놈들의 경주마? 그런데 너 새끼. 또 무슨 개수작 부리려고? 너란…… 새끼, 도무지 믿을 수가 있어야지……."

"캠프 쪽 자금을 관리하다 일부를 하이재킹 당했나봐. 핵티비스트 해커들한테."

"그래서?"

"랜섬웨어를 내놓으래. 스턱스넷. 눈에는 눈, 킬 체인."

"그래서?"

"그런 게 나한테 있기나 하냐……. 누나를 가만히 두지 않겠대. 니 이름을 안 불 수 없었어. 대신 내가 너의 안전을 위해서 역추적을 할 수 있게 멀웨어를 심어놨어."

"믿을 새끼 하나도 없다더니……. 이 새끼 졸라 사람 빡치게 만드네. 모른 척할 수 없었다? 내 안전을 위해서? 거기까지 생각을 하셨다. 지랄 꼴값을 떨어라, 이 바보 병신새끼야. 놈들의 수법을 봐봐. 걔네들이 네가 멀웨어 심어놓은 걸 모를 놈들이냐? 이 지옥 불구덩이에 빠져 뒤질 새끼야."

"이……, 이미 지옥 불구덩이 속이야."

놈들이 결국엔 자기를 인적 없는 야산에 파묻거나 작은 드럼통에 넣고 시멘트를 부어 바다에 내던질 거라는 말에 문수는 쩝 입맛을 다셨다. 순간 '넌 그렇게 당해도 싸. 그러니 우리 로우터스에도 못 들어오잖아'라는 말을 하려다 말았다. '지영이 누나는 이미 증인 보호 프로그램에 포함되어 있다'는 말도 하지 않았다.

"문수야."

"왜 새꺄?"

"지금 너의 엄마 아버지가 위험해. 선재네 아버지도."

"그니까, 새꺄. 놈들 서버에 접근할 수 있는 방법을 좀 알려달라고."

"불이 났을 때 맞불을 놓아 방어선을 구축하는 거지. 이번엔 놈들이 국책사업 kixx, 국가보안망을 업그레이드해서 바꾸는 모양이야. 그걸로 떼돈을 벌어놓고 또 지랄들이네. IS로 위장한 외로운 늑대들. 놈들의 플랫폼에 내가 쪽문을 달아놨어. 내가 불을 지를 거거든 그때 놈들의 호스트를 알아내야 해."

"페이크……? 새꺄. 그게 그렇게 쉽냐?"

"내가 의심한 건 자애원에서 외부 인터넷 플랫폼을 쓰지 않고 골프장 걸 쓰는 거 같아. 자체 내부망, 플랫폼을 구축해놓은 거 같아. 자애원 뒤 골프장 안에 뭐가 있는 거 같아. 가끔 전파도 차단되고 면밀히 놈들을 추적해보면 찾아낼 수 있을 거 같아. 이번에 내가 누나랑 자애원 실태를 고발할 테니까 소스를 잘 봐둬. 빠르고 깔끔하게 추적해서 놈들을 잡아내야 해. 그래야 이길 수 있어. 놈들이 분명 중계망을 일시적으로 차단할 거야. 놈들과 싸우는 방법은 놈들을 시험에 빠지게 하는 방법, 그거밖에 없거든."

"위험해. 넌 왜 그렇게 극단적으로 살려고 하니?"

문수가 미간을 찌푸리며 말했다.

"놈들에게 엮인 난 이미 죽은 목숨이야. 오, 오늘 죽어도 좋고 내, 내일까지 살면 더 좋고."

진덕이 말을 이었다. 비록 행동은 굼떴지만 눈치 하나는 기가 막히게 빠른 놈이었다.

"아무리 너희들 로우터스들이 밤을 새우더라도 국가 비상사태는 발생될 거라고. 골드문트 골프장은 위장이고 완전 군산복합체야. 나님이 잘하면 수천 수만을 구할 수 있잖아. 일단은 내가 밑밥, 떡밥이 될 테니까 어떻게 하든 놈들을 잡아줘. 찢어죽이고 싶지만 내 힘으론 불가능해."

놈들은 이미 문수와 진덕의 동선을 파악하고 있을 것이다. 진덕이 모르는 사이처럼 앞에서 걸으며 말했고 문수가 뒤를 따라 걸으며 혹시라도 누가 들을까봐 조심스레 나누던 얘기들이었다. '괜찮겠지?' 하는 진덕의 물음에 '그럼 우리 다 괜찮을 거야. 다 잘 될 거야'라고 말하지 못하고 침을 꼴깍 삼켰다. 게임을 할 때 상대가 강할수록 파이팅이 넘쳤다. 그러나 상대가 무섭고 두려운 건 이번이 처음이었다.

여전히 누군가 쫓고 있다는 기분이 들었다. 살짝 고개를 돌아보았다. 아무도 없었다. 뚝방길, 그새 숨었나. 가방을 들고 등교하는 아이들 몇이 보였다. 등교는 엄마가 출근길에 차를 태워주지만 하교 때는 집까지 걸어와야 했다. 하북천 뚝방길을 걸으면 철길이 나왔다. 철길을 지나면 제빙공장이 나왔다. 제빙공장을 지나면 중앙시장이었다. 시장을 지나가야 학교가 나왔다. 뚝방은 돌로 쌓여 있었는데 그 틈새로 꿈속의 뱀들이 기어나와 설치고 돌아다녔다.

"너 의대 갈 거지?"

엄마의 물음에 문수는 대답하지 않았다.

엄마가 활짝 열어젖힌 창문으로 찬바람이 몰려와 컴퓨터 모니터로 가득 찬 문수의 방을 뒤흔들어놓았다. 문수는 다시 오른손으로 왼손 손목을 쓸어보고 왼손으로 오른손 손목을 쓰다듬어보며 선홍빛 산봉우리로 솟아오르는 해를 바라보았다.

이모부가 음독자살한 건 한 달 전이었다. 이모는 넋이 나간 여자처럼 오열을 삼켰다. 식구들은 예전과 달리 웃음을 잃었고 활기도 찾아볼 수 없었다. 무엇보다 엄마가 우울해했는데 그 증세가 점점 더 심각해졌다. 열흘 전이었다. 두 시쯤 잠들었나, 오줌이 마려워 세 시 반쯤 깨었는데 이상한 소리가 들렸다. 엄마가 울고 있었다. 화장실보다 먼저 엄마 방으로 달려가 보니 욕실에서 물을 틀어놓은 채 엄마가 울고 있었다. 난생 처음 있는 일이었다. 꼴을 보니 지난 밤 아버지는 집에 들어오지 않았다. 뭘까, 아버지가 바람을 피우는 걸까. 다시 살그머니 방으로 돌아온 문수는 잠자리에 누웠지만 곧 무슨 일이 벌어질 듯 무언가 짓누르는 듯한 압박감에 잠을 이룰 수 없었다.

아버지는 정형외과 의사였다. 월요일과 목요일이면 야간 진료를 했다. 엄마 옷의 구십 퍼센트는 검정색이었다. 얼굴빛만 흰 색이었다. 흰빛이라기보다 우윳빛에 가깝다. 가늘고 짙은 눈썹, 높지 않은 콧날, 입술은 늘 붉었다. '야, 너네 엄마, 스타일 죽인다. 연예인 저리 가라, 다.' 친구들이 말하곤 했다. '예쁘면 뭐하냐?' 하고 대답하는 문수의 목소리엔 불만이 섞이곤 했다. 엄마는 Y시에 하나밖에 없는 종합병원 마취과 의사로 한 주는 낮 근무, 한 주는 밤 근무, 또 한 주는 새벽 근무를 삼교대로 돌아가며 했다. 그러나 쉬는 날도 호출이 오면 엄마도 아버지도 병원으로 달려나가야 했다. 하지만 아버지가 운영하는 정형외과 개인병원은 환자가 그리 많지 않은 모양이었다. 엄마 아빠도 없이 문수는 혼자 자는 날이 많았다.

어릴 적에는 할머니랑 같이 살아 외로움이나 쓸쓸함은 느끼지 못했다. 할머니가 돌아가시고 문수는 말이 없어지고 우울한 아이가 되었다. 오 년 전, 엄마 아빠는 할머니가 물려주신 오층 건물에 통증클리닉과 함께 병원을 차렸다. 먹고살면 됐지, 조금만 먹고 조금만 싸고 살자며 병원 개업을 반대하던 할머니가 돌아가신 다음 해였다. 할머니의 말씀이 옳았다. 할머니는 이 모든 것들이 다 업보라고 했다. 엮이고 묶인 죄 같은 것들을 다 끊어내고 싶었다. 엄마 아빠의 낯색이 그리 밝지 않았다. 아버지는 '내가 죄인이야, 다 내 업보야' 하며 할머니 얘기만 나오면 자책하곤 했다.

Y시 산곡고등학교. 남고는 좌측에 여고는 우측에 자리하고 있었다. 남고랑 여고가 붙어 있었다. 문수의 집에서 차를 타고 십 분 거리의 부락산 중턱에 위치했다.

"학교에선 별일 없지?"

"…… 별일 있을 게 뭐 있겠어?"

그랬다. 엄마 앞에서는 늘 게임하는 화면만 보여주었다. '엄마, 비트코인에 투자했다가 깡통된 사람들 수두룩하다고요. 십만 원 가지고 나같이 이백 억 만드는 거 아무나 하는 건 줄 알아?' 하고 말해주고 싶었지만 문수는 그저 빙긋이 웃을 뿐이었다.

문수는 차 안에서 엄마가 돌아보자 '오, 예, 굿데이. 죽기 딱 좋은 날' 하며 쳐다보던 가상화폐거래소의 오늘의 시세표를 잽싸게 거두고 바탕에 깔아두었던 둠을 껐다. '최악의 미션, 움직이는 모든 걸 파괴하라'는 FPS(First Person Shooter) '슈팅 슈팅', 총을 쏘고 또 쏘아 악마를 물리치는 게임이었다.

"몸은?"

"가끔 어지러워."

"그러니까, 게임 좀 작작해야지."

"…… 왜 이래? 게임은 현실로부터 도망쳐나오는 수단이 아니라 현실의 추진체이며 장래 4차산업 혁명의 질서를 찾아내려는 노력이라고."

"웃기지 마. 아무짝에도 쓸 데 없어. 게임은 그저 게임일 뿐이야."

귀에 못이 박이도록 들은 말이었다.

"네에, 네, 네, 네. 그러니 엄마도 제발, 밤에 울지 말라고. 내가 다 해결해줄 테니까."

"또 촐싹거린다."

엄마는 교문 앞에 차를 세우고 뒤를 돌아보며 입술을 비튼 문수에게 톡 쏘았다. 금방이라도 울 듯한 엄마의 짙은 눈썹 크고 부드러운 눈동자 속에서 두려움 그리고 긴장감을 읽어낼 수 있었다. '운다고 해결이 되냐? 이젠 제발 그만 좀 울어라. 아직 우리 늦지 않았다고' 하며 어서 가라고 손을 내저었다.

교문 안에는 담임선생님이 서 있었다. 차에서 내리던 문수가 담임과 눈이 마주치자 고개를 팍 수그려 인사했다. 학생주임이었다. 내년에 교감으로 승진한다고 했다.

"그래, 우리 아들, 넌 뭐든지 다 잘해낼 거야. 그치?"

"오우 예에……. 아줌마. 오늘 콘셉트, 위아래 다 괜찮아. 제법 섹시발랄한 편이야."

"야, 발칙한 아들놈. 수업 끝남 곧바로 집으로 들어가."

잠시 숨결을 가다듬은 문수는 엄마가 못마땅하다는 양 잔소리를 늘어놓자 성가시다는 투로 '알았다고, 아줌마나 열심히 잘 사세요' 하고 차 문을 세게 닫으며, '짜증난다고, 빨리 출근이나 하시라고요' 하며 돌아보지도 않고 손을 들어 까딱까딱해 보이며 걸었다. 그때 같이 붙어 있는 Y여고로 향하던 보현이 생글거리며 쪼르르 달려와 차 안의 엄마에게 인사하는 게 보였다. 엄마는 표정을 바꾸고 보현에게 손을 내밀며 악수까지 했다. 보현은 무엇인지 잠시 어머니와 이야기를 나누는 것 같았다. 배꼽인사를 한 보현은 문수에게 달려와 어깨를 툭 쳤다. '비상사태 약탈자들의 징후 포착.' 그렇게 속사포처럼 말하고는 달려갔다. Y시 산곡고와 산

곡여고는 같은 재단으로 같은 교문을 썼다. 교문에서 학교까지 올라가는 거리가 근 육백 미터 되었다. 선재와 진덕도 엄마 차를 보고 고개를 숙여 인사하는 게 보였다. 돌아보니 엄마는 평상시와 달리 그때까지 차에 앉아 문수가 오르는 뒷모습을 보고 있었다. 걱정이 되는 모양이었다. 문수가 손을 흔들어주자 그제야 액셀러레이터를 밟아 출발하기 시작했다. 그때 왼쪽 호주머니에서 전화벨이 울렸다. 선재의 전화였다.

"이번 사건에서 넌 손을 떼야 할 거 같아."

"왜?"

선재가 '왜?' 하고 물었다. 선재아버지는 Y시 경찰서 정보과 팀장이었다. 아무리 선재가 얼짱, 말짱, 겜짱, 쌈짱, 짱 중의 짱이라 해도 소용없었다. 강부관 님의 연락책을 맡았던 김 선생님이 연락이 두절된 지 일주일이 넘었다. 김 선생님을 추적하다보니 선재아버지가 놈들에게 엮여 끄나풀 노릇을 하고 있다는 사실이 밝혀졌다.

"내가 너하고 진덕이 그 새끼 땜에 막 슬퍼지고 불행해지는 거 같아."

문수가 수화기 저편의 이지러진 두꺼비 같은 얼굴로 입을 헤벌리고 있을 선재를 생각하며 느릿느릿 말했다. 선재아버지의 정보력이라면 문수가 움직이는 걸 얼마든지 파악할 수 있었을 것이다. 그래도 정보과 소속 경감 아니던가. 진덕이가 제보해주지 않았다면 몰랐을 진실이었다.

"좌우간 영상 나오는 대로 뒷산에서 보자고."

"타깃에 우리 아버지가 들어 있다고?"

선재가 다급한 목소리로 물었다.

"우리도 마찬가지 아닐까? 진덕이 새끼가 그러더라. 오늘 죽어도 좋고, 내일까지 살면 더 좋다고. 쫄리면 너네 아버지랑 빠지던가."

예감했다는 듯 선재는 문수의 말에 꿀 먹은 벙어리가 되었다. 문수는 전화를 끊었지만 이미 선재가 자기 아버지로 인해 충분히 불행해하고 슬픔에 젖어 있다는 걸 직감할 수 있었다. 유난히 보현이 선재아버지를 싫어했다. 무책임하고 자기 관리가 되지 않는 사람을 극도로 싫어하는 건 엄마랑 똑 닮았다.

엄마는 문수가 그저 보통 아이처럼 평범하게 살기를 바랐다. 그랬다. 문수도 엄마를 닮아 특이한 체질이었다. 이름하여 천하에 재수 없다는 천재, 영재에 속했다. 의사인 아빠와 엄마의 우성 유전자를 물려받아서인지, 친구들보다 이해력이 빨랐다. 집중을 해서 책을 읽으면 한 권 그대로 토씨 하나 틀리지 않고 내용을 다 외울 수도 있었다. 4교시 수학 수업을 막 시작하기 전이었다.

"이문수."

"……."

아이들 떠드는 소리에 문수는 선생님이 부르는 소리를 듣지 못했다. 그때, 4교시 수업을 알리는 벨 소리가 울렸다. 담탱이가 지휘봉으로 교탁을 탁탁 내려치자 술렁거리던 아이들이 조용해졌다. 담탱이가 문수를 재차 불렀다.

"네."

"앞으로 나와봐."

휴대폰을 든 담임선생님의 표정이 심상치 않았다. 예기치 못한 일이었다.

"빨리 병원으로 가봐야겠다."

"…… 왜요?"

"어어……. 교무실 앞에 Y대 박영우 교수님이란 분이 와 계시단다."

"…… 박 교수님이?"

Y시에 하나뿐인 종합대학의 부속병원 교수님 출신으로 아버지의 은사이자 미국에 있는 할아버지 친구다. Y시의 최상류 그룹을 축으로 하는 멤버, 골프장 골드문트라카를 이끄는 핵심 회원 중 하나였다. Y시는 골드문트 그룹을 통하지 않고는 사업과 부의 축적은 물론 정부 관계의 조직업무, 정치활동을 할 수 없다는 말까지 공공연히 돌았다.

"교수님이 학교엔 웬일로……."

심상치 않은 기운에 문수는 고개를 갸웃했다.

"가방 챙겨 나가봐."

담탱이는 끝내 엄마 아빠가 동반자살했다는 얘기를 하지 않았다.

"무슨 일이래?"

친구들이 걱정스럽다는 듯 문수의 눈치를 보았다.

"몰라."

"…… 이따 전화해줘."

"응…… 간다."

문수는 겁먹은 얼굴로 가방을 메고 나왔다. 아무도 없는 운동장은 휑뎅그렁했다. 문수는 불길한 예감으로 온몸에 소름이 돋았다. 가방에서 휴대폰을 꺼내 켰다. 미국 할아버지에게서 두 통의 전화와 세 개의 문자가 와 있었다.

- 문수야, 냉정하고 침착해야 한다.

문수는 숨을 깊게 들이 쉬었다. '드디어 작전이 시작되었군. 할아버지는 왜 박 교수를 직접 움직이게 했을까, 하며 눈을 씀벅거렸다. 교실에서 교무실까지 가는 길이 이렇게 멀었던가, 문수는 온몸에 힘이 빠져 다리가 후들거렸다. 전기를 먹은 듯 찌릿찌릿해 왔다. 그때 은색 승용차 뒷좌석에서 박 교수님이 손을 흔드는 게 보였다. 검은 양복의 운전수까지 차에서 내려 조수석의 문을 열어주었다. 박 교수를 보는 순간 심장이 쫄깃해졌다. 문수는 손에 휴대폰을 든 채 어금니를 사려물었다. 조수석에 앉은 문수는 미국 할아버지에게 문자 메시지 버튼을 눌렀다.

- 할아버지.
- 침착해라, 그리고 냉정해야 된다.
- 나쁜 놈들 잡으려면 무슨 짓인들 못하겠나…….
- 똥강아지, 니 비트코인 얼마나 갖고 있나?
- …… 꽤.
- 다 처분해라. 인자, 마 암호화폐도 이삼 년만 있으면 마 실명제가 되고 끝장날끼라. 암호화폐로 세금 포탈하는 거, 해외로 비자금 빼돌리는 거, 인자 다 끝났다. 라이트코인이 회사를 처분한다는 정보다. 빗썸 해킹 징후도 있고. 곧 인터넷 대란이 일어날 조짐인 건 알고 있지? 돈은 쪼개 넣고. 박 선생이 보낸 사람들이 지금 니 뒤를 따라다니며 보호해줄끼다.
- 알았다고 노인네 말 참 많네…….
- 단단히 하그래이. 삐끗하믄 다 끝장이라 마카. 먼저 우선, 미륵산에 올라가 각몽이를 찾아라. 법명은 각몽인데, 요즘은 어떤 법명을 쓰는지 모르겠다. 올해 일흔너이, 아님 다섯일 게다. 아 그래, 머리에 땜통이 있다. 땜통 스님을 찾으면 될끼다. 삼촌, 니 작은 아빠의 스승이다. 그라믄

니 삼촌을 찾을 수 있을 게다. 그리고 박 교수 놈이 니를 데리러 갈끼다.

- 왔다. 이미 그 차에 타고 앉아 가고 있다.

삼촌의 얼굴은 알고 있었다. 고집스럽게 생긴 게 아빠를 빼다 박았다. '참 문수야, 연기 잘하그래이' 하고 문자를 보내는 할아버지의 웃는 모습을 상상했다.

운전수를 대동하고 온 박 교수의 차를 타고 아버지의 병원으로 가는 동안 문수는 얼빠진 얼굴을 한 채 아무 말도 하지 못했다. 아빠의 병원 건물 현관에 폴리스라인이라고 쓰인 노란 비닐테이프가 걸려 있었고 전경 둘이 말뚝처럼 서 있었다.

"유족입니다."

박 교수가 말하자 전경이 선뜻 길을 내주었다.

일층은 제과점과 커피전문점이 세 들어 있었다. 비수술적 통증치료, 척추관절 클리닉. Y마취통증의학과 의원 진료과목 정형외과 신경외과라는 간판이 이층 벽과 삼층 그리고 유리창에 부착되어 있었다. 이층은 원장실, 간호사실, 진료실, 수술실, 식당, 물리치료실, 입원실 두 개는 직원 숙직실이었고, 이층은 1인용, 2인용 입원실, 삼층 전체는 6인용, 12인용 입원실이었다.

이층 수술실로 들어서자 검시관들은 박 교수에게 허리를 굽혀 인사했다. 순간 문수는 우뚝 선 채 움직일 줄 몰랐다. 엄마와 아빠가 나란히 베드 두 곳에 누워 있었다. 우뚝 선 채 문수는 움직일 줄 몰랐다.

"엄마, 아빠."

침대에 나란히 드러누운 엄마 아빠의 얼굴이 창백했다. 코끝이 찡해졌다. 이내 관자놀이가 빠근해지고 저절로 눈물이 쏟아져 나왔다. 엄마와 아빠가 불쌍하게 보였다. 눈자위가 욱신거리고 콧물이 줄줄 흘렀다. 문수는 정신이 몽롱해졌다. 일그러진 얼굴을 하고 있던 문수는 사람들이 모르게 수술실 모서리 벽 한 켠에 달려 있는 웹캠 카메라를 힐끗 확인했다.

"잠을 못 주무셨다고 두 분이 삼십 분 정도 주무신다고 해서."

수간호사가 눈께를 파르르 떨며 문수를 올려다보며 말했다. 가슴이 먹먹해졌다. 심장이 뜯겨나가는 것 같았다. 외부의 침입과 타살 흔적은 없었고 이상한 점도 발견되지 않았다, 했다. 유서는 책상 위에서 발견되었다. '미안하다, 문수야. 사랑한다. 너에게 부끄럽구나'라는 유서 옆에는 문수의 여권과 함께 미국행 비행기 표가 놓여 있었다고 했다.

"문수야."

그때 낯익은 얼굴의 중년 사내가 당황한 목소리로 문수를 불렀다. 단짝 친구인 선재아버지였다. 강경식 경감. 문수는 슬쩍 선재아버지를 건너다보았다. 어딘가 행동이 어색하다. 그렇게 보아서 그런지 부자연스러움이 느껴지는 게 거리감이 생겼다. 하지만 이내 표정을 바꿔 허리를 숙여 인사했다. 선재만 두꺼비같이 생긴 게 아니었다. 어깨가 딱 바라져 땅딸막했는데 배도 뽈록 나왔다.

"절차에 따라 부검을 하기 위해 시신을 국과수로 옮기겠습니다."

경찰 측 책임자가 박 교수와 문수에게 위압적으로 말했다.

"…… 국과수에 전화해서 오늘 안으로 당일 부검을 할 수 있도록 내가 말해줄게."

은근히 검시관이 자기 제자라고 박 교수가 말했다. 문수는 엄마에게 설핏 강단에선 은퇴한 박 교수님이 Y대 종합병원 이사장으로 내정되었다는 애기는 들었다. 문수의 확인을 끝낸 경찰은 자살로 단정 지어진 엄마 아빠의 시신 부검을 위해 국과수로 옮기고 부검이 끝나면 Y대 종합병원 영안실로 안치해주겠다 했다. 문수는 엄마 아빠가 검은 비닐 가방에 담겨 옮겨지는 게 보이자 가슴이 무너져 내리는 거 같았다.

"세상이 너무 잔인하구나. 어떻게 하나? 일단 우리 집으로 갈래?"

"…… 아니에요."

박 교수가 혀를 차며 묻는 말에 한동안 막막히 섰던 문수는 고개를 가로저었다. 문수는 음울한 표정을 짓다 잠시 박 교수의 눈을 똑바로 쳐다보았다. 그러다 힘없이 시선을 거둔 문수는 수술실을 나오자, 딸꾹질이 쏟아져 나왔다. 수간호사가 다가와 복도에 선 채 딸국대며 눈물을 찍어내는 문수를 가만히 안아주었다. 간호사들과 물리치료사들이 와서 문수 주위에 섰다. 수간호사는 엄마 아빠, 병원에 대한 정보를 주는 문수의 접촉창구였다.

"수간호사 선생님, 이모, 이모한텐 연락 왔어요?"

"응, 서울 가셨는데 지금 내려오고 있대. 꼭 이렇게까지 해야 하는 거니……."

수간호사가 울먹이다 감당하기 힘겹다는 양 울음을 터트렸다. 문수의 콧등도 뜨거워졌다. 그러나 문수는 수간호사의 태도에 미간을 찌푸렸다. 문수는 어금니를 악물었다. 엄마와 아빠가 앰뷸런스에 실리고 있었다.

"일단, 입원한 환자들 다 퇴원시키고, 선생님들은 이모를 만나보고 이모님 말씀을 따르세요. 그리고 Y대 병원 영안실로 빈소를 만든다니까. 부탁해요."

문수와 눈을 맞춘 수간호사가 걱정하지 말라는 양 고개를 끄덕이며 입을 꾹 다물었다. 강부관 할아버지 밑에 있는 사람이었다. 시신이 실려가자 모여 구경하던 사람들이 사라지고 폴리스라인이라고 쳐놓았던 비닐테이프가 걷혔다. 병원은 아무 일 없었다는 듯 조용해졌다.

"문수야?"

"예."

강부관 할아버지였다. 잠시 눈이 마주쳤다. 이미 문수의 손에는 작은 메모지가 쥐어져 있었다. 한쪽 다리를 저는 강부관 할아버지가 눈을 끔쩍거렸다. 할머니가 문수에게 물려준 재산을 아버지, 어머니 모르게 관리해주었다. 강부관 할아버지는 할머니가 돌아가시기 전 운전도 해주고 할머니의 장사를 도와 함께 살았다. 아내를 교통사고로 잃었다는 홀아비로 껌딱지처럼 붙어살던 할머니가 돌아가시자 할아버지에게 물려받은 아버지의 건물 관리인으로 남았다. 관리인이라지만 할아버지가 하는 일은 공식적으로는 엄마도 아빠도 몰랐다. 할아버지의 부관 출신이라고 했다. 부관장교 출신이 아니라 정보사 출신 중위로 군대 생활 내내 할아버지와 함께했다고 들었다. 작은 할아버지라고도 불렀다. 젊은 날 우리나라 16개 정보기관 중의 한 기관 첩보분석과장 대령이었다는 할아버지의 오른팔이었다고 들었다. 강부관 할아버지가 아무도 모르게 준비되었다는 눈빛을 보냈다. 건물 입주자들의 세비 관리, 앰뷸런스 기사, 청소담당, 건물 관리 책임자로 있는 강부관 할아버지가 현관문 열쇠 하나를 문수에게 내밀었다. 현관문에 도어록이 있었지만 맨 처음 열 때는 열쇠로 한번 더 열게끔 되어 있었다.

"그럼, 우리 집으로?"

선재아버지가 불쑥 굵고 탁한 목소리로 끼어들었다. 그때 문수는 잽싸게 강부관 할아버지가 준 메모지를 읽었다. 'Y사 4915' 영업용 차량 택시번호였다.

"아니요. 찾아야 할 사람이 있어요."

문수는 한껏 숨을 들이쉬며 재차 입을 열었다.

"교수님?"

"응?"

"장례식은 어떻게 치르는 거예요?"

문수가 가라앉은 목소리로 겨우 물었다. 왜였을까. 박 교수와 선재아버지를 보며 '다른 삶을 살고 싶어' 하고 이모랑 똑같은 말을 하던 진덕이의 말을 떠올렸다.

"…… 그냥 사건이 종결될 텐데 너의 이모가 굳이 부검을 하자 해서. 좌우간 일단 부검이 끝나면 영안실로 모셔야지. 국과수에 도착하자마자 부검을 하도록 조치할게. 저녁 때면 영안실로. 빈소를……."

순간 문수는 박 교수의 눈빛을 읽어낼 수 있었다. 완장을 찬 사람. 권력의 칼자루를 쥔 사람 '내가, 해줄게' 하는 거만함이 들어 있었다.

"그딴 건 모르고, 교수님……. 연락해주실 수 있어요? 아빠 친구들, 교수님 병원에 계시는 아빠 친구를 통하면."

"…… 그래. 연락해주마. 넌?"

"작은아버지, 삼촌을 찾아야 해서요."

"아, 그…… 래. 이 교수한테 동생이 하나 있었지."

'이모는 왜 전화를 안 받는 거야?' 하며 문수는 얕게 한숨을 내쉬었다. 다행히 부담스러워하지 않는 눈빛이었다.

"아저씨."

"응?"

선재아버지와 눈이 마주쳤다. 순간 문수는 움찔했다.

"아버지와 엄마의 지갑, 휴대폰, 다이어리 등은 언제 돌려받을 수 있다고요?"

"응, 수사 관례상 한 일주일 걸릴 거야. 정황상 수사는 종결된 걸로 봐도 돼……."

"…… 예."

엄마, 아빠의 시신을 실은 앰뷸런스가 떠나가고 난 이후였다. 순간 사레가 들어 문수는 기침을 토했다. 울컥 솟구치는 마음을 주체할 수 없었다. 숨을 크게 들이쉰 문수가 박 교수를 향해 조심스레 입을 열었다.

"교수님?"

"응?"

"여기 전화번호 하나만 찍어주세요."

"나도. 몇 번이냐?"

"제가 누를 테니 전화 받지 마세요."

문수는 울먹이다 낮게 신음을 삼켰다. 얼굴은 이미 눈물콧물 범벅이었다. 그때 손으로 쓰윽 눈물을 닦던 문수는 눈을 날카롭게 떴다. 정보과에선 사고가 나면 무조건 조사를 나오던가, 그러나 지금은 그걸 따질 계제가 아니었다.

선재아버지도 문수의 전화번호를 휴대폰에 저장했다. 문수는 침착하려 애썼다. 하지만 죽을 만큼 힘들다는 표정이 문수의 얼굴에 역력히 드러나 있었다.

"교수님, 다녀올 테니 빈소 정해지면 전화주세요."

"어, 영정은?"

"…… 영정이 뭐예요?"

박 교수님이 이걸 어째, 하는 눈빛으로 문수를 올려다보았다.

"엄마 아빠 사진."

문수는 옆에 섰던 수간호사를 보았다.

"원장실 책상에 엄마 아빠 그리고 내가 있는 사진을 휴대폰으로 찍어 영안실 직원에게 카톡이나 메일로 주면. 엄마 사진 아빠 사진 따로 짤라서."

"…… 너 참 똑똑하구나. 내가 죽으면 우리 선재도 너같이……."

문수는 흩어진 퍼즐 조각을 보듯 선재아버지의 눈을 잠시 내려다보았다. 안타깝다는 눈빛이다. 얼굴이 조금 상기되어 있었다. 목이 짧아 두꺼비 같았다. 애써 감정을 가라앉히려는 표정이 역력했다. 선재아버지에게서 눈길을 거둔 문수는 어금니를 깨물었다.

"그…… 럼 전."

잠시 숨을 몰아쉰 문수는 손을 가슴에 댄 배꼽인사를 하고 돌아섰다. 울어서 눈이 흐리터분한 것 같아도 속으로 문수는 매의 눈을 하고 살폈다. 사람들의 표정, 시선, 음성. 그 어떠한 것도 놓치지 않으려 애썼다. 또한 할아버지가 시키는 대로 휴대폰을 켜고 사람들의 대화 내용을 녹음하는 것도 잊지 않았다. 돌아서 걷는 문수의 발걸음이 무거웠다. 네 걸음 다섯 걸음을 더 걸었을 때 어깨가 떨리기 시작했다. 참으려 했지만 눈물이 쏟아져 나왔다. '이게 뭐야?' 하는 울음소리가 길바닥으로 새어나왔다. 지나가던 사람들이 흘끔흘끔 쳐다보았다. 풀어내기 어려운 문제를 만난 듯 문수는 끙 신음을 삼켰다. 문수는 마침 큰길가에 서 있는 빈 택시를 잡았다. Y사 4915. 차량번호를 확인한 문수는 뒷좌석에 올라탔다.

"부락동 행복빌라요."

몸에 열이 올랐다. 문수는 차문을 조금 열었다. 뒷좌석에 등을 잔뜩 기대고 눈을 감았다. 조금 열린 차창 밖으로 바람소리가 들이쳤다. 문수는 창문을 올려 닫았다. 가슴이 답답하고 명치끝이 묵직해져 왔다. '아, 내가 좀 더 신경을 썼어야 했는데' 하는 자책감이 밀려왔다. 평소와 달랐던 건 눈곱만큼도 찾아보려야 찾아볼 수 없었다. '어떻게 하지.' 문수는 입술을 깨물었다.

차가운 바람이 얼굴에 와 달라붙었다. 미행하는 차량은 보이지 않았다. 택시는 어느새 집 앞에 멈춰 서 있었다.

"안 내리냐?"

가슴속에 알 수 없는 불안감이 스멀스멀 피어올랐다. 택시기사는 낌새가 이상한지, 차가 도착해도 내리지 않는 문수를 뒤돌아보며 물었다.

"아저씨."

"응?"

"잠시 제가 집에 들어갔다 나올 테니 기다려주실래요? 여기 택시비."

문수가 오만 원권 한 장을 미리 내밀었다.

"어디 가는데?"

택시기사는 그 돈을 받으며 되물었다.

"미륵산 미륵암요."

"그래, 준비하고 금방 나와라. 미터기 다시 찍을게. 위치를 내가 잘 모르는데?"

"네비게이터 찍어보세요. 저도 잘 몰라요. 요금은 제가 알아서 조금 더 드릴게요."

"…… 알았다. 경로 검색해놓을 테니 빨리 나와."

나쁜 엄마, 나쁜 아빠. 최악이었다. '이젠 너도 어린아이가 아니야. 살아봐. 세상은 모험이고 도전이야.' 문제가 생기면 아빠는 늘 그랬다. '내가 아버지지만 네 인생을 대신 살아줄 순 없잖아. 네 인생 네가 헤매봐. 너 잘났대매.' 엄마도 그 어떤 아쉬움이나 미련 같은 걸 남기지 않았다.

"네 인생은 네 인생이고 내 인생은 내 인생이야."

"나를 낳아준……. 내 친엄마 맞아?"

"다리 밑에서 주워왔다. 그게 펙트인 걸. 어쩌냐?"

엄마의 잔소리가 지긋지긋하다 하자 엄마도 '네가 하는 짓거리도 흥, 칫, 유치, 치사 뿡이다' 그랬다. 그래서 아침에 부서져라, 더 세게 엄마의 차문을 닫았는지 모른다. 골드문트라카에 잠입시켜놓은 정보원에 의하면 엄마도 사건에 개입되어 있었다. 아빠가 불법 장기이식 수술을 했을 때 엄마는 두 번 마취를 담당했다는 사실이다. 문수는 그 생각이 떠올라 엄마에게 더 짜증을 부렸는지도 몰랐다. 그때 전화벨이 울렸다.

"문수야."

이모였다. 이모는 내과의사였다. 문수가 '이모는 도대체 어디 있는 거냐'며 짜증을 냈다.

"학회 땜에 서울 왔었어. 지금 여주 지나고 있다. 넌 어디야?"

"…… 지금 삼촌이란 인간 찾으러 가려고."

"그 인간이 올까?"

“그래도 찾아오게 만들어야지. 반전주의자, 생명평화주의자래매? 조심해서 운전이나 잘하고 와.”

속도 많이 상하고 힘든지 이모는 대답하지 않았다. 얼마나 괴로웠을까. 얼마나 절박했을까. 황망해하는 이모의 슬픔과 고독을 읽을 수 있었다. 처음엔 혹시, 하고 아빠와 이모와의 관계를 의심했었다. 그러나 메일 카톡 전화 문자 sns 내역을 분석해보니 그런 건 아니었다. 문제는 도박에 손을 댄 이모부였다. 이모부는 아빠의 고등학교 대학교 후배라고 했다. 이모는 이모부를 미워하지도 원망하지도 않았다. 문수도 외할머니랑 외할아버지 제사 때 보았을 때 꽤나 정이 많았던 걸로 기억했다.

이모와 통화를 끝낸 문수는 현관문 비밀번호를 눌렀고 방으로 들어가자마자 컴퓨터 전원 스위치를 눌렀다. 그리고 가방을 책상 옆으로 탁 소리나게 떨어뜨렸다. 가방 속의 책들을 빼고 태블릿, 노트북 그리고 중요한 것들을 챙겨 넣었다. ‘양말을 몇 개 넣어야지’ 하고 장롱 문을 보는데 노란 딱지가 눈에 들어왔다. 엄마는 허구한 날 거울이나 냉장고 책상 위에 그놈의 노랗고 빨간 쪽지들을 붙여두고 다녔다.

문수야. 너의 삼촌하고 이모한테 이래도 되는 건지 모르겠다.

벌 받을 텐데……. 끼니 거르지 말고 밥 잘 챙겨먹도록.

사랑한다, 아들아!

문수는 방바닥에 털썩 주저앉았다. 문수는 머리를 득득 긁었다. 갑자기 귀가 먹먹해지기도 했고 속이 뒤틀리고 북받치는 감정에 울컥했다. 아무도 없는 집구석을 돌아보다 이를 악물었다. 숨을 나직이 들이쉰 문수는 장롱 속에 곱게 개켜진 양말 세 켤레를 꺼내 가방에 집어넣었다.
2,200달러 수준이던 비트코인 가격은 19,000달러까지 올라 있었다. 미국 씨넷에 따르면 시가총액 기준으로 100대 코인 중 84개 코인이 17일 5% 이상 상승했다. 문수는 미련을 두지 않고 온라인 마켓을 통해 모두 팔았다. 가상화폐 실명거래 시스템이 구축 완료되었다는 확실한 정보였다. 레드 얼러트(Red Alert)를 피해 할아버지 말대로 돈은 쪼개기를 해서 차명계좌 여러 곳으로 나누어 넣었다. 국내에서 움직여야 하는 돈은 죽은 할머니 통장, 입산해서 스님이 된 삼촌 통장. 엄마와 아빠의 통장에도 나누어 넣었다. 나머지는 스위스 은행 비밀계좌에 넣었다.
"이천만 달러라. 짭잘한 수익이로군. 천만 달러가 대략 일백팔억이천이백만 원, 그렇다면 할머니 돈 말고 이번 순이익이 이백십육억 원 정도라……. 얼마 안 되네."
문수는 혼잣말로 중얼거리며 입술을 사려 물었다. 두 번 세 번 계좌의 잔액을 확인했다.
"차암, 엄마도……. 행복하자, 행복하자. 아프지 말고 하더니."
문수는 한동안 책상 앞에 앉아 자괴감으로 얼굴을 붉혔다. 마침 책상에 놓인 담배와 라이터를 보고 담배를 꺼내 불을 붙여 문 문수는 회상에 잠겼다.
"왜 이리 내가 가슴이 아프고 비겁해지는 거지? 다 죽여버릴 테야, 하고 악을 쓰고 있는 거지?"
문수는 담배 필터를 지끈 깨물었다. 그렇다고 이런 사태를 만든 아버지에게 '아빠는 나빴어'라고 하지 않았다. 또 아버지를 이 지경까지 몰아세운 이모부에게도 욕하지 않았다. 아버지는 툭하면 '죽으면, 다 끝 아냐? 라는 한탄만 해댔다. '대관절 이게 무슨 꼴이람' 하며 문수는 담배연기를 훅 날렸다.

매사에 호불호가 분명하던 엄마, 똑똑 부러지게 행동하던 엄마가 느닷없이 만취해 광기를 드러내는 아버지를 대하는 건 곤혹스런 일이었을 것이다. 갑자기 밑도 끝도 없이 엉겨붙는 아빠의 행동에 당황해하던 엄마의 지치고 피곤한 표정을 문수는 잊을 수 없었다. 문수도 엄마를 따라 예민해질 수밖에 없었다.

"이건 폭력이야. 왜 쓰레기처럼 구는 거야? 다 산산조각 내려는 거야? 당신 미친 거야? 이게 집이야? 집구석이 이게 뭐냐고? 이게 사는 거냐고? 이제 끝이야? 당신은 이거밖에 안 돼? 그래 우리에게 내일은 없는 거지? 당신은 문수에게 미안함 죄책감도 없는 거야? 대답해봐. 좀 대답해보라고."

엄마는 소리쳤다. 섬뜩했다. 세상에 상처받고 버림받은 것 같았다. 문수의 말수는 줄어들었고 신경질은 늘어만 갔다. 엄마 아빠는 무엇을 바랐던가. 먹고 자고 애써 일했던 엄마 아빠. '짧았지만 행복했던 날들. 정든 세상에서 그동안 평화로웠구나.' 눈물을 삼키던 문수는 앞으로 한동안은 가면을 쓰고 살아야 한다는 명제 앞에 재떨이에 담배를 지끈 눌러 껐다. 아버지의 외로움 괴로움 그리움을 이해할 수 있을 거 같았다. 친구들과의 대화는 거칠고 딱딱해져 가시 박힌 이야기와 욕설도 서슴지 않았다. 숨이 막힐 거 같았다. 망가진 아버지에 대한 불안과 공포로 인생을 시작하기도 전에 마지막을 맞이한 것처럼 이성적이지도 논리적이지도 못한 시궁창으로 곤두박질쳐진 기분이었다. 아버지는 소리치고 집기들을 던져 부수기도 했다. 자기통제 분노조절이 되지 않는 아버지. 그

걸 바라보며 절망하던 엄마. 둘 다 외면하고 싶었다. 엄마 아빠가 만든 집, 식구들, 가정. 초토화되어 있는 엄마 아빠. 할아버지가 살아 있었으면 했다. 그런데 마침 미국에 계신 할아버지까지 돌아가셨다는 연락을 받았던 것이다. 죽음, 극단적 선택을 결심한 엄마 아빠에게 할아버지가 돌아가셨다는 얘기를 꺼낼 수는 없었다.

절망에 떨던 문수는 강부관 할아버지를 찾았다. 이미 강부관 할아버지도 엄마 아빠의 자살 계획을 감지하고 있었다.

"잠시 너의 엄마 아빠를 시체로 만들어 소실점 밖으로 내놔보자."

"예?"

그렇게 작전은 시작되었다. 미쳐 날뛰며 화병으로 엄마를 내려찍으려 하던 아버지. '넌 네 방에 들어가 있어' 하고 말문을 막아버리던 아버지. 한때 그래도 머리를 쓰다듬어주던 아버지였다.

"가짜 시신에 달라붙는 파리와 구더기들을 보자고."

문수는 강부관 할아버지의 말을 떠올리며 일어서서 창밖으로 내다보이는 Y시를 가멸찬 눈으로 내려다보았다.

'아이고 이뻐 이뻐' 하던 할머니나 엄마가 돈 벌러 밖에 나가면 문수는 창가에 우두커니 혼자 앉아 기다려야 했다. 그럴 때면 어쩌다 가끔 창밖으로 기차가 지나가곤 했다. 기차는 왼쪽 비행장이 있는 쪽에서 시작해 시내를 거쳐 바다 쪽으로 잔상을 남기고 사라졌다. 반대로 쓸쓸한 바다 쪽에서 나타나 시내를 지나 비행장 쪽으로 가기도 했다. 기차가 오고가고 어느 지점에서 겹칠 때 '저긴 할머니가 장사하는 중앙시장쯤이 되겠군' 하며 중얼거렸다.

그때 빌라 주차장에서 기다리던 택시가 클랙슨을 빵 하고 울렸다. 문수는 끙 신음을 삼키며 가방을 집어 들고 몸을 일으켰다.

"빠뜨린 건 없지?"

통장을 가방 속에 다 집어넣고 혼잣말을 하며 방을 나오던 문수는 입안에 잔뜩 바람을 넣고 멈춰 섰다. 바보처럼 멍하게 섰다가 입안의 바람을 빼고 이를 앙 다물었다. 모든 것이 달라보였다. 혹시 몰라 팬티와 양말을 꺼내려고 장롱 서랍을 여는 순간, 문수는 '아, 엄마' 하며 낮게 탄성을 내질렀다. 호적 등본, 주민등록 등본, 할머니가 물려주었다는 터미널 앞의 5층 건물 등기부 등본, 집 등기부 등본. 천으로 된 또 하나의 등기부 등본이 하나 더 있었다. 역시 할머니가 물려준 서울시 종로구 혜화동 1가 33번지의 가옥 42평, 대지 110평짜리였다. 영수증, 매매 계약서에는 날짜만 새로 기재해 넣으면 되었다. 5층 건물은 34억, 집은 2억5천만 원이 은행에 저당잡혀 있었다.

유서에 쓰인 대로 아빠의 친구인 변호사 K에게 연락해두었다. 엄마 아빠의 재산 상속을 원만히 처리하기 위함이었다. 채무 정리가 끝나면 할아버지가 물려준 서울 혜화동 집을 등기 이전할 것. 혜화동 집에 세 들어 있는 사람의 전세 계약서. 그리고 해외여행 시 지참할 수 있는 금액인 1만 달러였다.

"만 달러, 만 달러, 만 달러라."

문수는 자료들을 사진으로 찍어 강부관 할아버지에게 바이브를 통해 보냈다. 그러다 가지런히 정리된 장롱 속의 속옷이며 양말을 보다 또다시 울컥했다. 옷장 정리를 하다 울었을 엄마의 모습이 그려졌던 것이다. 정리되어 있는 옷들을 보니 한 달은 옷 걱정하지 않아도 될 거 같았다. 통장들과 도장, 컴퓨터 외장 하드, 문수는 따로 보관하고 있던 보물창고에 들어 있던 현금 카드들, USB들. 아이즈 온리(EYES ONLY), 위치 추적 장치를 피하기 위한 전파교란기, 태블릿과 차명으로 개설한 대포폰, 신호 영상 및 음성변조기, 전기충격기, 가스총을 가방에 챙기는 걸 잊지 않았다. 그 어떤 놈들에게 테러를 당할지 모르는 상황이었다.

제2장

네트워크, 깨진 유리창. 그 플랫폼 당신들의 뼈

문수는 입맛을 쩝 다셨다. 몸을 일으키니 아찔한 게 세상이 흐리멍덩해졌다. '어쩌지. 좌우간 부딪쳐보는 거야.' 한참 눈을 감고 섰더니 아뜩한 건 사라져갔다. '그런데, 왜 이리 힘이 없지?' 하며 현관문을 닫고 돌아서던 문수는 구름 한 점 없이 푸르기만 한 하늘을 물끄러미 올려다보았다.

"가요."

"…… 미륵산 미륵암이라고 했나?"

사방은 쥐죽은 듯 조용하고 쓸쓸했다.

"예."

택시가 출발했다. 미륵산 초입까지 다다랐을 때가 되어서야 용암처럼 들끓던 문수의 가슴도 진정되었다. 암자는 초입에 있었다.

"각……몽 스님 좀 만나려고 왔는데요."

합장을 하고 나온 스님은 50대쯤으로 보였다.

"노스님, 재작년에 여길 떠나셨는데."

"…… 예. 어디로 가셨는지 알 수 있을까요?"

'아, 어쩌나' 하며 문수는 마른입술을 혀로 적셨다.

"난 여기 새로 왔거든. 난 잘 모르고. 요 밑에 보면 매점 있지. 매점의 보살님이 불자라서 …… 혹시?"

문수는 합장 배례하고 돌아섰다. 긴장한 탓인지 심장은 팔딱거렸고 몸은 불덩이처럼 뜨거워졌다. 가뭇가뭇하게 기억이 나는 것도 같았다. 할머니가 돌아가시기 전에 함께 왔던 기억이 있었다. 다행히 매점은 문을 열고 있었다.

"저어, 말씀 좀 묻겠는데요."

"…… 뭐어?"

매점의 보살님은 60대 초반으로 인자해 보였다.

"혹시 여기 계시던 각몽 스님이라고……. 머리에 동그랗게 흉터가 있는 땜통인지 땜빵인지 스님요. 그 노스님이 어디로 가셨는지?"

"응. 왜?"

보살이 인자한 눈으로 문수를 건너다봤다.

"찾아뵈려고 하는데요."

"저쪽 미륵산…… 황산사 밑으로 이사하셨는데."

"황산사는 어디에요?"

문수가 물었다. 그때, 택시에서 내려 옆에 섰던 기사가 피우던 담뱃불을 끄고는 끼어들었다.

"죄송하지만 약도를 그려주시는 것보다 아줌마가 잠시 안내 좀 해주면 안 될까요? 제가 다시 이곳까지 모셔다 드릴 테니."

안 그래도 다리가 후들거리고 머리가 띵하니 아파지던 참이었다.

"무슨 일 때문에 그러시는데?"

"제가 찾는 게 아니고 이 아이가 찾는 거예요."

택시기사가 또 끼어들었다. 보살이 문수의 눈을 건너다봤다. 순간 문수는 두 손을 가슴에 모으고 합장을 해보였다.

"그러죠 뭐."

합장을 하고 공손히 허리를 숙이는 문수의 간절한 눈빛을 본 탓인지 매점의 보살은 선뜻 가게 문을 잠그더니 따라나섰다. 문수는 다시 두 손을 가슴에 모으고 재차 '감사합니다' 하며 허리를 굽혔다. 강부관 할아버지가 사람을 붙인 이유를 알 수도 있었다. 다시 택시를 타고 노스님이 머무신다는 거처에 다다랐을 때는 오후 두 시가 넘었다. 친절한 매점 보살님은 다시 미륵산 초입으로 돌려보냈다. 암자라기보다는 폐가와 다를 바 없는 허름한 농가였다.

"스님, 스니임."

떨떠름한 표정을 짓던 문수는 마당에 우쭉우쭉 돋아난 풀들을 발로 툭툭 치며 큰소리로 불렀다. 이윽고 방문이 열리고 시골 할아버지 같은 광대뼈가 툭 튀어나온 촌스러운 분이 '뭔고?' 하며 문을 밀고 나왔다. 문수는 왼손으로 이마를 짚으며 고개를 숙여 인사했다.

"누군고?"

노스님 한 분이 비칠대며 문을 열었는데 못생겼다. 볼품없이 깡마른 얼굴이다. 할아버지 말대로 왼쪽 머리통에 동그란 오백 원짜리 동전 같은 흉터가 보였다. 승복은 언제 빨아 입었는지 옷깃에 때가 꼬질꼬질했다. 손톱 끝에 까만 때가 보였고 눈에는 눈곱도 조금 끼어 있었다. 순간 문수는 희미하게 웃었다. 사는 집도 노스님의 옷꼬라지도 누더기처럼 너덜너덜했다. 그러나 눈빛만은 예사가 아니었다. 주름살투성이의 얼굴은 일그러지고 찌그러졌는데, 목소리는 까랑까랑한 게 꽤나 성깔 있어 보였다. 문수는 노스님의 눈썹이 하얗게 길게 올라선 걸 보며 '눈빛만 살아 있군' 하며 침을 꼴깍 삼켰다.

적어도 노스님은 할머니를 속이고 바람이나 피우며 남을 등쳐먹을 위인으로 보이지 않았다. 거기다 약간 풍기인지 수전증인지로 손끝이 가늘게 떨렸다. 문수는 실망을 감추지 못했다. 젊어선 서울 방산시장에서 늙어서는 Y시로 내려와 포목장사를 한 할머니가 죽으면서 적지 않은 돈을 시주했다 들었다. 그 돈은 다 어디다 쓰고 이렇게 지지리 궁상을 떠느냐는 듯 힐난하는 눈빛이었다. 도대체 그 똑똑한 아버지의 동생이란 위인이 어떻게 동네 복덕방 할아버지만도 못한 이런 노스님을 스승으로 모시고 불법에 입문했다는 게 영 납득이 되지 않았다.

"네 놈은 누군고, 하고 내가 안 물었나?"

"아직도 꼬장꼬장한 거 보니 아픈 덴 없는 거 같꼬, 내가 누군지 알아서 뭐할라꼬?"

문수는 니코틴에 변색한 노스님의 누런 뻐드렁니를 보며 빈정 상했다는 말투를 던졌다. 어디, 한칼을 던져볼까, 하며 검을 내밀어 보는 순간이었다. 노스님은 입을 실룩이며 '어쭈구리' 하는 듯 얼굴에 온통 주름을 지어보이며 문수의 눈을 빤히 보았다.

"용건만 간단하게 말해봐라. 우째 왔는데?"

노스님이 가소롭다며 마당에 서 있는 문수를 내려다보고 입을 열었다. 엉뚱하고 유별나다는 얘기는 길을 안내해준 매점 보살에게 들어 이미 알고 있었다.

"…… 사십구재라는 게 있다며요?"

"있지. 사십구재, 천도재 그딴 거 다 스님들 먹고살라꼬 만들어놓은 불공들인데 왜? 좌우간 올라와봐라."

그제야 낯이 익었다. 어릴 적 할머니와 엄마를 따라 몇 번 본 것도 같았다. 무너져가는 시골집이었다. 마루로 올라서자 훅 향냄새가 코를 찔렀다. 문수의 집처럼 남향으로 왼쪽에는 조그마한 방이 있었고 거실 마루에 빨갛고 검은 부처님의 탱화가 걸려 있었다. 그 탱화 앞으로 손바닥만 한 부처님이 모셔져 있었고 양쪽으로는 두 개의 촛대에 초가 꽂혀 있었다. 마루방을 지나 오른쪽에는 안방, 노스님의 천장이 낮은 방이 있었다. 신도였던 주인이 서울로 이사를 가 관리 차원에서 공짜로 머물러 산다고 했다.

"사는 꼬라지가 이게 뭐꼬?"

안방으로 들어선 문수가 못마땅한 표정을 지으며 좋알거렸다. 다른 스님들을 보면 늙어서도 얼굴이 반지르르 해보였고 기력도 왕성해 보였다. 그러나 비쩍 마른 몸이었지만 눈빛, 목소리는 당당했고 우렁우렁했다.

"허허, 그놈 참, 인생은 빈손으로 와 빈손으로 가는 것을."

문수는 입술을 살짝 비틀었을 뿐 대꾸하지 않았다. '나를 아능교?' 문수가 되물었고 '그래 봐야, 나한텐 택도 없다'며 눈살을 찌푸리며 혀를 차던 노스님도 '얌마, 너 불가사리 타타가타 똥강아지 아이가?' 하며 실실 웃음을 흘렸다. '불가사리?' 문수는 끙 하고 신음을 삼켰다. 어릴 적 똥인지 된장인지 모르고 무엇이든 집어삼켰다 해서 문수에게 붙여진 별명이었다. 노스님은 라면을 끓여놓고 라면 국물에 소주를 마시고 있었다. 문수는 순간 할아버지는 '어떠한 인물인가, 그 겉모습보다 그 인물이 무엇을 해낼 수 있는가가 더 중요해' 하던 말을 떠올렸다.

"한 젓갈 할래?"

"…… 예. 그나저나 노스님아."

"와?"

"저승길이 멀기는 먼가 보지?"

"…… 와?"

"염라대왕한테 잘 보였나봐 명줄이 질긴 거 보니."

"푸하하하."

노스님이 호쾌하게 웃음을 터트렸다.

그러고 보니 점심도 굶었다. 라면 냄새 때문에 뱃속이 꼬르륵거리고 난리다.

"밥 있는데 밥도 말아 먹을래?"

"예. 노스님은 달라지는 않지만 주는 건 거절하지 않는다며……? 나도 그래. 그나저나 우리 노스님 다 늙어서 염불이나 제대로 하겠나?"

"올마나 시주할 건데?"

탐색의 눈을 번뜩이던 노스님은 돈에 대해 비상한 관심을 표명했다. 그러지 않아도 기분이 우울했는데 스님을 만나니 유쾌해지기까지 했다.

"…… 사십구재 지내는데 얼마 받는데?"

"요즘은, 일주일에 한번씩 일곱 번 하니까 한…… 오백만 원만 받자."

"뭐 그리 비싸노? 아까 빈손으로 왔다 빈손으로 가는 거라 안했나? 돈 없으믄 부처님 신도 노릇도 못하겠다. 노스님은 늙었고 난 어리니까, 나한테는 오만 원만 받아라. 이, 세상에 에누리 없는 장사가 어딨노?"

"안 된다, 깎아도 너무 깎는다. 거 뭐라카드나 바겐세일, 아무리 노는 염불 바겐세일이라 해도 그건 말도 안 된다."

"말 안 되는 게 어딨나? 안 되면 되게 해라. 정성으로 하는 거지. 노느니 염불해주면 좋지. 공덕 쌓고. 이 세상에 에누리 없는 장사가 어딨나? 여깄다. 선불이다."

문수가 가방 속의 지갑을 꺼냈고 오만 원짜리 지폐 한 장을 쓱 내밀었다.

"그나저나 누구 사십구잰데?"

노스님이 웬 횡재냐며 잽싸게 방바닥의 오만 원을 집어들었다. 천진난만한 그 모습이 마치 어린아이 같았다.

"울 어메 아부지다."

"강…… 부관 놈이 보낸 모양이로구나?"

순간 두 사람 사이에 대화가 끊어지고 정적이 흘렀다.

순간, 꿰뚫어보는 노스님의 눈에서 불꽃이 이는 걸 보았다. '노스님이 아시는 걸까' 하고 찔끔하다가 문수는 눈을 씀벅거렸다. 갑자기 가슴이 찌릿해져와 후욱 숨을 들이켰다.

"너희 에미 애비는 에고가 강해 자살할 팔자들이 아닌데……."

"……."

밥통에 밥을 푸던 노스님이 주걱을 든 채 '비밀을 밝혀봐' 하듯 문수의 눈을 한참 쳐다보았다. 노스님의 압박에 식은땀이 나오고 오금이 저렸다. '그래라, 마. 고아가 되었다꼬, 니 놈이 고해(苦海)에 들어선 기념으로 마 팍 깎아준다' 하며 밥공기를 문수 쪽으로 내밀고는 숟가락 하나를 새로 꺼내주었다. 그러다 표정을 풀고 '그놈 참 재밌네' 하며 빤히 문수를 다시 건너다봤다. 노스님의 행동에 잠시 생각이 툭툭 끊겼다. 문수는 맥이 쭉 빠져나갔다. 그래도 문수는 노스님을 한번 째려보고는 라면 냄비를 빼앗아 차지하고 주걱으로 내미는 밥을 말아 꾸역꾸역 퍼먹었다.

"체하겠다. 천천히 묵어라."

말을 마친 노스님은 소주를 따르더니 목구멍으로 홀짝 넘겼다.

"니도 한조꾸 할래? 내 경계 밖에 놓인 것들은 모다 다 덫이다. 덫은 함정이고 매혹적인 꽃이지. 그게 다 헛꽃이라서 문제지. 그나저나 손봐줘야 할 놈들이 있는 모양이구나. 눈에 힘이 잔뜩 들어 있는 거 보니까. 다 부질없는 짓이다. 집착하지 말아라."

"…… 내는 지금 스님이 무슨 말하는지 못 알아듣는다. 그나저나 땡중아. 나도 소주나 한 잔 줘봐라. 땡중들은 곡차라 하던가?"

"똥강아지, 타타가타, 불가사리. 니놈새끼가 감히 날더러 땡중이라꼬?"

타악.

노스님이 문수의 머리통을 숟가락으로 탁 내려쳤다. '우씨이' 했지만 웃음이 쏟아져 나왔다. 근래에 이렇게 말싸움해서 져본 적이 없었다. 우거지상을 한 문수를 보고 통쾌하게 웃던 노스님이 다시 입을 열었다.

"그래 우리 타타가타 고아가 된 걸 축하해주는 의미로 내 봐준다."

그랬다. 할머니는 문수를 타타가타라 불렀다.

"할매, 타타가타가 뭐노?"

"부처님이란 뜻이다."

"내가 왜 부처나?"

"니는 부처다. 미래 부처가 될끼다."

"뭐라꼬?"

"너희들은 난중에 우리들에게 오실 부처님인기라."

문수는 입을 다물었다.

"야야, 내가 술 한 잔 주면…… 네 놈이 나한테 뭘 해줄낀데?"

"…… 극락 보내줄끼다."

"극락이라꼬? 개똥 같은 소리. 다 풀끝의 이슬이고 그림자 같은 거다. 극락도 지옥도 다 내 맘속에 있는기라. 그나저나 인자 네 놈이 몇 학년이고?"

문수는 '고3이요, 왜?' 하며 부자연스런 얼굴을 한 채 내미는 잔을 받아 홀짝 마셨다. '그래 좋다. 후래자 삼배다, 자살한 니 부모를 위해' 하며, 한 잔 더, 더, 더 하며 잔에 술을 따랐다.

"그래 언제가 사십구잿데?"

"…… 엄마하고 꼭 아, 아부지 오늘 열 시 반에 죽었단다."

문수가 남의 얘기처럼 말했다. 알딸딸한 게 핑글 돌았다. 소주 세 병도 끄떡없는 주량인데 겨우 소주 석 잔에 몸이 흐늘거렸다.

"와?"

"…… 그걸 내가 우째 아나? 이따 죽은 어무이 아부지 시신한테 가서 물어봐라."

"일마야, 그러면 둘 아이가?"

문수는 순간 웃음을 픽 터뜨렸다.

"왜 옛날에 할무이한테 기도비 받아 쳐드신 거 잊아묵었나? 스님이 기도 잘했으믄 이딴 일 없잖아. 왜 내가 모르는 줄 알았나?"

문수의 말에 이번에는 노스님이 웃음을 쿡 터뜨렸다.

"일마야, 그땐 그때고 지금은 지금 아이가?"

순간 문수는 쏘아보는 노스님과 눈이 마주쳤는데 그 눈빛을 슬쩍 피했다. 노스님은 입맛을 쩝 다시고 혀를 끌끌 차더니 '니네 집 족속들은 마카 재수 없다. 똑똑하기만 하믄 뭐하노. 순 이기적이고, 자기들밖에 모르는 밥맛 없는 인간들이다. 으째 업을 쌓아도 수미산만큼 쌓았나?' 하며 못마땅하다는 듯 소주를 홀짝 들이켰다.

"…… 업이고 개똥이고, 내 삼촌, 작은아버지란 인간 어디 있노?"

"…… 일마야, 이 산 속에 파묻혀 사는 내가 니 삼촌이란 놈을 우째 아노?"

노스님은 '이제야 니 놈이 본론으로 들어가자는기고?' 하는 눈으로 얼굴을 바싹 디밀며 웃음을 지어 보였다.

"…… 모른다? 그럼 우쨌든 찾아내라."

"근데 일마야, 너 웃긴다. 너 지금 내한테 반말하는기라?"

"그니까, 나 술 먹었다고. 제발 날 빡치게 하시지 말고. 노스님이가 우리 할매한테 기도비 열나 안 받았나? 받아 쳐드셨으면 돈값을 해야지. 이 세상에 공짜가 어딨노?"

문수는 엄마 아빠가 자살한 게 다 노스님 때문이라고 몰아붙였다.

"옴마야. 야봐라. 이 야차새끼 봐라. 이게 순 어디 와서 어거지 생떼를 쓰나? 니 어무이 아배 뒈진 게 왜 내 탓이란 말이가?"

"그니까, 빨리 내 삼촌이란 인간 찾아내. 스님 같은 땡초한테 뭘 배울 게 있다꼬."

"흐흐흐 니 술 처묵었나? 시방 내캉 막 나가자는기고?"

"그렇다. 우리 함 막 나가보자꼬, 스님이가 마 술 줘서 내 또라이 됐다.

술 권한 게 누군데? 내 흰소리 듣기 싫음 자, 내 아갈머릴 확 함 찢어봐라."

"…… 푸하하하하."

또다시 노스님이 소리 높여 웃음을 터트렸다.

"너 몇 살이고?"

"그건 알아서 뭐할라꼬? 고3이라고 했잖아. 고3이면 몇 살인지 나이 계산도 못하나?"

"으흐흐흐흐. 그래 똥강아지. 그 할매에 그 손자새끼다. 내가 많이 그리워했다. 내가 니 놈을 많이 기다렸다 아이가."

노스님이 다시 알 듯 모를 듯한 미소를 내지었다. 다시 두 사람의 대화가 끊어졌다. 얼마나 지났을까 문수가 입을 열었다.

"…… 할배, 스님아."

"와?"

"뭐했나? 평생 중노릇해가지고. 한심하다, 한심해. 신도들 돈 가지고 술에다 여자에다 도박. 줄서기 편가르기 힘겨루기 해서 돈 되는 절 하나 차지해 좀 띵까 띵가띵하며 살지."

"백 년도 못 사는 인생, 그게 다 로또가 아니라 조또다."

잔뜩 짜증이 실린 표정으로 건네보는 문수를 쏘아보던 노스님이 재떨이에 담뱃불을 눌러 끄며 입을 열었다.

"그나저나, 내 오랜 중노릇에 너 같은 놈은 첨 본다. 내 별꼴을 다 본다."

"됐고, 내 뭐 하나 물어보자. 우리 할매, 스님이 따묵었나?"

문수가 다짜고짜 불쑥 들이댔다.

"이 자슥이 듣자듣자 하니 들린다. 아이다, 가당찮다. 솔직히 그래 볼까 했지, 그런데 너네 할매가 안 넘어오드라. 니네 할매 보통 아이다. 엄청 까시러운 여자였대이. 니네 집구석 인간들이 다 재수 없지만."

노스님이 맘대로 '찧고 까불어라' 하더니 멋쩍다는 표정으로 주뼛주뼛 덧붙였다.

"하긴, 보자, 보자 하니 내 눈에도 보인다. 그나저나 의문이네? 구라도 제대로 못 치고 생긴 거도 그렇고 썰도 제대로 못 풀 거 같은데 우째 반반하고 깐깐하신 우리 할매가 그렇게 좋아했을까?"

그제야 이모가 들려주던 말이 기억나는 것도 같았다. 12·12사태 전 할아버지가 이혼할 때 할머니는 이혼 못 해준다 하고 할아버지는 할머니를 땜빵 스님인지 땡중 스님인지 하고 엮어 몹쓸 짓을 했느니 안 했느니 하며 대판 싸웠다는 이야기를.

"크크크. 사실이지 마, 내…… 니 할매를 좋아하기는 했다. 술 먹고 몇 번 자빠뜨릴라고 했는데 마 니 할매한테 싸대기만 서너 대 안 맞았나?! 진짜 바람둥이는 내가 아니라 니 할배놈이다."

목욕은 언제 했는지 머리에는 거뭇거뭇 저승꽃이 피었고 어깨에는 하얗게 비듬이 앉아 있었다. 생전의 할머니였다면 절대 용납할 수 없는 캐릭터였다. 할아버지가 바람둥이, 난봉꾼이었다는 얘기는 할머니에게 수도 없이 들어 아직도 귀에 딱지가 앉았다. 어찌 보면 천진난만한 아이 같았고 어찌 보면 복덕방에서 그저 장기나 두고 한 수 물러달라고 떼를 쓰는 보통 고집 센 영감탱이 같았다. 그러나 문수를 그윽이 건너보는 눈에서 그 내공이 만만치 않다는 걸 충분히 읽어낼 수 있었다. 문수는 침을 꼴깍 삼켰다.

"스님요."

"와?"

"우리 삼촌 좀 찾아주이소."

"그라믄 땡깡이나 부리는 네 놈의 생이 바뀌질 수 있겠나?"

갑자기 할 말이 없어졌다. 작전이 성공이냐 실패냐 기로에 놓인 문수가 노스님을 건너보는 눈이 파르르 떨렸다. 노스님의 얼굴이 심하게 일그러졌다. 순간 서릿발 같은 노스님의 눈빛을 만날 수 있었다. 분명 보잘것없는 노승일 뿐이었는데 차갑고 섬뜩한 그 알 수 없는 홧홧한 기운이 목덜미를 지나 온몸으로 퍼져나갔다.

"삼촌을 찾으면 꼬인 내 인생이 바뀌질 수 있을까?"

혼자 중얼거리던 문수는 어느새 우쭐했던 마음이 싹 사라졌다. 마루를 타고 들어온 황금빛 햇살이 방문 사이로 들어와 길게 드리워져 있었다.

"해인이는 왜?"

"우리 아버지 동생이다. 나한텐 작은아버지 되고."

대답하던 문수는 히죽 웃었다.

"참 그러네, 니네 어무이 아부지가 죽었다 했지……. 그나저나 해인이 그노마가 아직도 그 선방에 있을라나?"

노스님은 문수의 간절한 눈빛을 읽었는지 잠시 침묵했다. 문수는 입을 굳게 다문 채 '삼촌의 법명이 해인이로군' 하며 휴대폰으로 인터넷에서 해인이란 뜻을 검색해보았다. '바다에 도장을 찍는다. 부처의 지혜로 우주의 만물을 깨닫는다? 뜻은 좋네' 하며 노스님의 기색을 살폈다.

"여기는 전화도 없나?"

"없다."

그제야 문수는 득템할 수 있는 아이템을 얻었다는 듯 등 뒤에 메고 있던 가방을 내리고 휴대폰을 꺼내 노스님에게 내밀었다. 노스님이 '어쩌라고?' 하는 눈빛을 보냈다.

"네가 해라. 114에 전화해 그 산에 오르면 언제나 마음의 큰 달이 뜬다는 절 전화번호 좀 물어봐라."

문수는 소주 세 잔에 취한 거 같았다. 114에 전화했다. 절 전화번호를 알 수 있었고 전화를 걸었다. 종무소 직원이 노스님이 찾는 도명 큰스님의 전화번호를 일러주었다. 이윽고 도명 스님과 통화가 되자 문수는 노스님에게 휴대폰을 건넸다.

"잘살았나, 내 각몽이다."

"아이고 이 화상아, 그래 한소식 했나?"

휴대폰 액정화면의 한 뼘 통화, 스피커폰을 눌러놓아 문수도 통화 내용을 들을 수 있었다.

"한소식은 개코나 먹고살기도 바쁜데. 거기 혹시 내 상좌인지 깻묵덩어리인지 안직도 거기 선방에 있나?"

통화를 하는 노스님의 눈이 번득였다.

"스님 상좌라면, 해인이? 보긴 봤는데 요즘도 그 중이 아직 여기 사는진 모르겠네."

노스님은 상대방의 기색을 살피며 재떨이에 담뱃불을 비벼껐다.

"함 알아봐주고 내한테 다시 이 번호로 전화해줄 수 있나?"

"그럼 뭐 해줄 건데……. 알겠다. 쪼매만 기다려봐라."

노스님이 전화를 끊었다. 문수는 노스님을 바라보았다. 노스님은 '그래 우리 똥강아지가 고아가 된 거야?' 하고 상체를 앞으로 바싹 기울이며 안 되었다는 듯 물었다.

"설거지하는 데가 어딨능교?"

문수는 노스님의 물음에 응대하지 않고 냄비와 그릇들을 들고 부엌으로 향했다. 삼촌이 머문다는 선방에서 전화가 온 건 문수가 설거지를 끝내고 이십 분이나 지나서였다. 삼촌이 두타산이란 곳에서 살고 있다는 것이다. 문수는 대기하고 있는 택시기사에게 '내려갈게요. 두타산으로 가야 할 거 같아요' 하고 '다시 Y대 부속병원 영안실로 절 데려다 주시구요' 라는 문자를 넣었다.

"한 시간 반 정도 걸린다 했죠?"

"응. 그런데, 야야. 내도 같이 가자."

"예……?"

"니 혼자 가선 해인일 절대 못 데리고 나온다. 그러니 돈 더 내라."

노스님은 재미있다는 듯 또 돈타령을 해댔다. 문수가 웃으며 가방의 지갑에서 오만 원 한 장을 더 꺼내 내밀었다. 노스님은 문수에게서 오만 원을 타악 빼앗듯이 낚아채며 그 오만 원 두 장에 침을 타악 뱉고 '아따, 감격스럽고마, 대체 이게 얼마 만에 받아보는 시줏돈이고?' 하는 거였다.

"야야, 똥강아지 네 이름이 문수든가?"

노스님이 다리를 펴며 물었다.

석 잔 소주에 얼굴이 벌겋게 달아오르고 말도 꼬였던 문수는 순간 취한 얼굴로 노스님을 건네다봤다. 아직 삼촌을 찾은 건 아니었지만 이름까지 기억해주는 노스님을 만나니 왠지 안심이 되었다.

"니네 집 종족들은 거의 다 싸가지가 바가지다."

노스님이 마른 입술을 핥으며 득의양양한 표정을 짓고 있이 문수는 입을 실룩이고 웃었다. 노스님은 주섬주섬 옷들을 챙겼다. '이건 가사라 카는 거고, 그리고 이건 장삼이라 카는 거다. 이건 목탁, 요령. 아…… 그리고. 니네 할매 마음을 어디에다 넣어두었더라' 하며 장롱을 열어 뒤지기 시작했다.

"어디 뒀지? 찾았다. 옜다."

노스님이 비닐봉지 속에 든 걸 다짜고짜 휙 던졌다. 떨어지는 소리가 고요와 정적을 깼다. 멍한 눈빛을 하고 있던 문수는 정신을 바짝 차리고 방바닥에 떨어진 걸 보았다. 통장과 도장이었다.

"이게 뭔데?"

"니 할매가 내한테 맡긴 거다."

순간 풍경(風磬) 소리를 들은 거 같았다.

"노스님, 여기 풍경이 있어요?"

"응 있다. 내가 처마에 매달아놨다. 돈은 내가 쪼매 빼 썼다. 비밀번호는 네 생일. 10월 23일. 1023이다."

'돈을 꽤 밝히시는 거 같은데?' 하며 순간 문수는 의외라는 듯 눈을 씀벅거렸다. 잔고를 보니 8천만 원이 넘게 들어 있었다. 이자에 이자가 붙고 그 이자에 이자가 붙고 있었다. 통장주의 이름에는 분명 이문수라고 적혀 있었다. 문수는 아랫입술을 깨물었다. 그때 당시만 해도 실명제라는 게 없었고, 미성년자라고 해서 금액의 한도를 따지지 않던 시절이었다.

노스님이 말하는 동안 문 밖으로 저물어가는 산 경치를 내다보고 앉았다. 한동안 멍했다. 할머니가 남긴 유산 때문에 불편해하던 엄마가 떠올랐다. 가만히 보면 엄마나 아버지, 할머니, 할아버지 모두 다 은근히 문수를 힘들게 하는 구석이 있었다.

"잘 챙기고. 렛스 가자."

"……."

"일마야 정신 좀 챙기고 가자카이."

"스님아. 이거 스님 해라. 스님 돈 좋아하잖아."

문수는 도장과 통장이 든 비닐봉지를 세상이 시큰둥하고 권태로웠다는 스님 쪽으로 다시 휙 던졌다. 순간 노스님이 '니 그 안에 얼마 들었는지 봤나?' 하며 의외라는 표정을 지었다.

"마, 됐다. 내 빼먹을 만큼 빼 썼다. 글고 이건 비밀인데 그 통장 말고 내한테도 통장 하나 안 맨글어줬나, 니 할매가. 그건 좋은 데 다 썼지만도."

"왜 이렇게 사나? 이거 가지고……. 남은 생 좀 편안하게 살아라."

"잘 먹고 잘살자고 중 된 거 아니다."

이야기 끝났다는 듯 노스님은 문수의 눈을 빤히 보더니 '쪼매난 게 돈 욕심도 없네, 마. 내, 돈 필요하믄 니한테 달라 할게' 하며 다시 방바닥에 던져진 걸 주워 문수의 가방에 쑥 집어넣었다. 순간 문수는 돌아가신 할머니의 손톱에 긁힌 것도 같고 이빨에 물린 것도 같았다. 할머니는 엄마를 '얼굴 예쁘면 뭘 해? 다 얼굴값, 꼴값을 한다고. 김치도 담글 줄 모른다'느니, '인간미가 없다'느니, 해가며 나무랐다. 그럴 만도 했다. 엄마도 늘 할머니 앞에서는 데면데면해했다. 할머니 또한 만만치 않았다. 할머니가 막무가내로 나오자 엄마는 더 이상 상처받지 않겠다는 듯 할머니에게 '네. 네' 할 뿐이었다.

"돈 내라. 공짜는 없다."

눈에 힘을 잔뜩 준 할머니는 툭하면 엄마에게 손을 내밀었다. 할머니가 그렇게 무대뽀로 나오면 엄마는 고개를 숙인 채 한동안 황당해했다. 엄마가 찾아놓은 돈이 없으면 그날은 할머니에게 묵사발 나는 날이었다. 온갖 흠이란 흠은 다 까발려졌다. 싸가지가 바가지라느니. 얼굴 뜯어먹고 사는 것도 아닌데 내 아들놈이 아깝다느니 도대체 정이 가지 않는 인간이라며 엄마가 상처받을 말들을 골라 늘어놓았다. 병원에서는 의사고 대학에서는 교수인 엄마도 시장바닥에서 굴러먹은 할머니 앞에서는 고양이 앞의 쥐, 새 발의 피였다.

우여곡절 끝에 삼촌과 노스님을 대동하고 영안실에 다다랐을 때는 저녁 여덟 시가 넘어 있었다. 음산하게 불이 켜진 병원 장례식장 사무실을 찾아가자 이미 빈소가 마련되어 있었다.

"할아버지."

"응?"

"나 떨려요."

"…… 그래. 수고했다."

강부관 할아버지가 문수의 어깨를 툭 쳐주었다. 아직까지도 엄마와 아빠의 부검이 끝나지 않아 시신은 도착하지 않았다고 했다. 한 시간 후면 시신이 도착한다는 연락이 왔다고 했다. 육사 출신인 작은아버지, 삼촌이 육사 순환직 교수까지 지냈다는 강부관 할아버지에게 차렷 자세를 하더니 합장 배례하고 허리까지 수그려 깍듯이 인사를 했다. 강부관 할아버지가 두 손을 가슴에 모으고 노스님에게 공손히 합장하는 게 보였다.

"상조회는?"

"예. 지금이라도 불러주세요."

표정을 바꾸지 않은 삼촌이 짧게 대답했다. 삼촌의 키는 백칠십팔 정도, 굵고 짧은 그 누구도 범접할 수 없는 중저음의 목소리였다. 키로 따지자면 삼촌이 문수보다 작았다. 문수의 키는 백팔십 센티미터였다. 강부관 할아버지가 칠십오 센티미터 정도는 되어보였다.

"검은 양복은 몇 벌?"

"…… 예, 얘하고 얘. 여자 거 하나."

상복을 입지 않으려고 삼촌이 머뭇거리는데 노스님이 '상주가 어리다. 니도 입어라' 하며 삼촌의 눈을 쏘아봤다. 원래 스님들은 부모형제라 해도 승복을 입을 뿐 상복으로 갈아입지 않는 모양이었다. 잠깐 삼촌이 노스님을 보았지만 '분소의, 원래 상복이 승복이었다' 하는 노스님의 말씀에 삼촌이 잠시 뭉그적거렸지만 찍소리도 못했다.

"화장하시겠습니까, 매장하시겠습니까?"

삼촌이 문수를 바라보았다.

"화장요."

문수가 가느다랗게 말했다.

"예, 그럼 화장터 예약하겠습니다. 어디 미리 정해진 납골당이라도?"

삼촌은 다시 문수를 건너보았다.

"시립 납골당이 있고, 또 화장터에 그냥 공동 집골함도 있습니다."

"…… 일단 노스님이 사십구재 모셔준다니까, 사십구재 모시고 저희들이 알아볼게요."

문수가 망설이다 또박또박 대답했다. 마치 문수와 삼촌이 기싸움을 벌이는 듯했다.

"입관은 내일 오후 두 시이고요. 삼일장으로 모레 아침, 발인은 오전

여덟 시입니다."

"네."

"나는 멀찌감치 있을게. 나는 없는 걸로 여겨라."

사무실을 나오자 강부관 할아버지가 삼촌에게 전화번호를 일러주고 돌아섰다. 기우뚱 절뚝. 강부관 할아버지의 걸음이 왼쪽 오른쪽으로 약간 기울어져 있었다. 삼촌은 합장을 한 채 허리를 팍 수그리고 한참 후에야 고개를 들었다.

관이며 수의, 세부적인 장례용품에 관한 모든 계약 서류에는 삼촌이 서명했다. 빈소에 들어서자 엄마 아빠는 이미 영정이 되어 화환으로 장엄한 단 위에 앉아 두 사람을 내려다보고 있었다. 문수는 눈을 씀벅였다. 낯설다. 자신도 모르게 꽃 가운데 앉아 있는 엄마 아빠를 보자 저절로 눈물이 흘러내렸다. 상주가 없는데도 문상객들이 와서 문상을 한 모양이고 또 새로 온 문상객들이 주위에 둘러섰다. 그때, 삼촌이 빈소에 딸린 방으로 끌었다. 사무실 직원이 상복을 가져와 삼촌에게 내밀었던 것이다.

"옷부터 갈아입어라."

"…… 죽기는 왜 죽어, 바보같이."

삼촌이 탄식과 같은 말을 내뱉었다. 문수는 그제야 삼촌을 따라가 어깨에 메고 있던 가방을 내려놓고 옷을 갈아입기 시작했다. 그때 똑똑 노크 소리가 들리고 경화이모가 얼굴을 내밀었다.

"문수야."

"…… 응, 이모."

"왔네, 오빠아……."

이모는 분명 삼촌을 보고 '오빠'라고 불렀다. 평소와 달리 애교를 떠는 모습이 눈에 들어왔다.

"뭐야……, 이 어른인간들?"

문수가 비아냥거렸다.

"우리 먼저 갈아입고, 갈아입어."

삼촌이 손을 들어보이자 입술을 비틀며 메마른 웃음을 보이던 이모가 방문을 닫았다. 문수가 태어나고 처음으로 입어보는 양복이었다.

"야."

"왜……요?"

"장례식 끝나믄 너 그냥 미국 할아버지한테 들어가서 살아."

"…… 싫어요."

삼촌은 아직 할아버지가 돌아가신 걸 모르고 있었다.

"그럼 내가 너 고아원에 확 보내버린다."

"영혼 없이 말하는 거, 나 싫어. 짜증난다고."

순간, 삼촌이 '어, 뭐야' 하는 듯 문수를 노려보았다. '됐다, 그래' 하고 문수는 분명히 의사 표현을 했다고 생각했다. 태도를 보니 삼촌은 '뭐야, 이 자식' 하는 눈빛으로 금세라도 머리통을 한 대 쿡 쥐어박을 태세다.

"너 겨우 이 정도밖에 안 되냐?"

"왜 내 인생 책임지랄까봐 겁나는 모양이지?"

어이없다는 듯 삼촌이 멀뚱히 문수를 쳐다봤다.

"…… 겁나긴 인마. 머리 깎여서 꼬붕으로 데리고 다님 되지. 그러다 지금처럼 말 안 듣고 까불면 확 새우잡이배에다 팔아먹던가, 그냥 보육원에 보내면 그만이지 뭐."

“이 아저씨, 웃기네. 그런다고 내가 아저씨 뜻대로 순순히 새우잡이배에 팔려가고 보육원에 들어가서 살 놈으로 보이냐?”

“크크, 아저씨라……. 네 말에 참 묘한 쾌감이 있다.”

씨익 웃는 문수를 보던 삼촌은 어이없다는 양 문수의 눈을 빤히 쏘아보았다. 일 합 이 합, 부딪힐 때마다 문수의 승리였다.

“이모 때문에 엄마 아빠가 엮였어.”

“왜?”

“이모부가 사기도박꾼들에게 걸렸던 모양이야.”

“…… 놈들이 누군데?”

“그걸 알면 내가 삼촌을 찾았겠어? Y시에서 이렇게 크게 판을 벌일 놈들이 누가 있겠어?”

어떻게 설명할까, 상황이 좀 복잡했다. ‘아빠와 이모가 간절히 삼촌을 찾아달래서. 그래서 강부관 할아버지랑 의논했고 삼촌을 끌어들인 거야’라고 솔직히 말하지 못했다.

“아빠가 가끔 이모를 만나는 거 같았어. 옛날엔 삼촌이랑 이모가 그렇고 그런 사이였다며? 하여튼 이모부 땜에 우리 식구들 다 신세 조졌어.”

“…….”

“그나저나 삼촌은 왜 스님이 된 거야?”

“그런 건 묻지 않는 거야. 왜 스님이 되었느냐, 스님 나이가 몇 살이냐. 고향이 어디냐. 그나저나 너 멘사 회원이라며?”

“히, 사람들이 그래요.”

“천하에 재수 없는 놈.”

삼촌의 말에 마른침을 꿀꺽 삼키던 문수는 희미하게 웃었다.

"…… 왜 하필 중이냐? 돈이면 돈, 권력이면 권력, 다른 거 많잖아 폼 나는 직업. 내 삼촌이 중이라는 게 좀 쪽팔린다. 그나저나 너무 걱정하지 마. 이모가 진 빚은 내가 다 갚아줄게."

"…… 뭐 인마?"

"집은 물론이고 차, 월급까지 다 압류당했어……. 연줄 걸리듯 여기저기 빚만 잔뜩 걸려 있고. 인생 막장 되었다고."

"……."

"…… 이모부가 이모에게 슬픔만 남겨주고. 작년에 자살했어. 그 전엔 경화이모가 삼촌 좋다고 졸졸 따라다녔다며? 이 사달이 난 게 다 삼촌 책임이야. 이모가 좋다고 따라다닐 때 삼촌이 이모를 거둬줬으면 이런 일 없잖아. 머리 빡빡 깎고 문어대가리 땡중이 되어 나타나지 말고."

"꼬맹이가 몰라도 되는 걸 너무 많이 알고 있구나. 그것도 생각 안 해 본 건 아니다. 근데 너……?"

"어쨌든 삼촌이란 인간, 재수 없어서 그런다. 왜?"

삼촌은 느닷없이 뒤통수를 맞은 듯 당혹스런 얼굴로 '너 까불다 맞는다' 했지만 그저 입을 실룩이며 웃을 뿐이었다. 두 사람은 옷을 갈아입고는 빈소로 나와 서로 소 닭 보듯 했다. 그때 한 무리의 문상객들이 몰려들었다. 이미 노스님은 빈소 왼쪽 귀퉁이에서 가사장삼으로 갈아입고 목탁을 든 채 서 있었다.

"절해라."

이모와 문수, 삼촌이 나란히 서서 속도를 맞춰가며 세 번 절을 올리자 이번엔 노스님이 자리에 앉아 목탁을 치며 청아한 목청으로 염불을 외기 시작했다. 이모가 소리 없이 울다 못 견디겠다는 양 소리 내어 울기 시작했다.

선망조상 영가시여 고혼이시여 여섯 가지 감각기관 벗어버리고
삼천대천 너른 세계 함께 무너져 어느 것도 건질 것이 하나 없으며
수미산과 철위산 등 아홉 산들도 완전하게 마멸되어 남음이 없고
향수해 등 여덟 바다 모두 말라서 먼지만이 온 천하에 흩날리오리
그렇거늘 인연 따라 이뤄진 육신 나고 늙고 병이 들고 죽어감이며
근심이며 슬픔이며 온갖 고뇌를 어찌 능히 멀리 멀리 벗어나리까

빈소에 목탁 소리와 염불 소리, 요령 소리가 울려 퍼졌다. 장내가 숙연해졌다. 문수는 눈을 깜빡였다. 순간 으스스한 기운이 문수의 등줄기로 쫙 퍼져나갔다. 애절한 염불 내용도 그렇고 염불 청 또한 가슴을 저몄다. 눈물이 글썽글썽해졌고 코끝이 찡한 게 눈물이 저절로 비어져 나오더니 억장이 스르르 무너져 내렸다. 염불이라고 TV 연속극이나 뉴스에서 본 게 전부였지만 직접 귀로 들은 노스님의 염불은 문수의 가슴을 후벼팠다.

문수에게 할머니가 전해주라던 통장과 도장이 든 봉투를 던질 때부터 술이나 먹고 맴맴, 담배나 태우고 맴맴 하며 계집질이나 하는 그런 길거리 땡땡이가 아닌 줄은 알고 있었지만, 목탁을 내리고 염불을 토해내는 순간 노스님이 달리 보였다.

문수는 옆에서 절을 해대는 삼촌의 옆모습을 힐끗힐끗 쳐다보았다. 몸이 단단해 보였다. 중노릇하기는 너무 잘생겼다. 삼촌이라지만 함께 산 적도 없었다. 죽은 아버지의 동생이라면 역시 보통 깐깐한 인간은 아

닐 것이다. 어릴 때 보기는 몇 번 보았지만 데면데면했다. 그리고 무엇보다 털털한 노스님같이 아무 데서나 음식을 먹고 아무하고나 금세 친해져 함께 이야기 나누고 같이 웃는 그런 정겨운 스타일도 아니었다.

가신이여 가신이여 조상이시여 머리카락 솜털이며 수염과 눈썹
손톱이며 발톱이며 윗니 아랫니 살과 살갗 근육이며 굵고 가는 뼈
골수 뇌수 때와 먼지 피부색들은 본래 온 곳 흙의 세계 되돌아가고
침과 눈물 고름이며 붉고 붉은 피 진액 가래 땀과 콧물 남녀 정기와
똥과 오줌 거품이며 온갖 수분은 본래 온 곳 물의 세계 되돌아가고
몸뚱이를 덥혀주던 따스한 체온 본래 온 곳 불의 세계 되돌아가며
호흡하고 움직이던 바람의 기운 본래 온 곳 바람으로 되돌아가서
사대요소 제 뿔뿔이 흩어져 가면 가신 이의 오늘 몸은 어디 계시오

처음 시작할 때 몇 번 삼촌을 따라 절을 하던 문수는 뻘줌히 선 채 꼼짝도 하지 않았다. 그래도 식구들 누구도 눈치주지 않았다. 간간히 삼촌도 노스님을 따라 염불을 함께하기도 했다.

"잘한다, 밥 먹고 염불만 했나, 자알한다, 조옷타."

문수가 어깨를 들썩 춤이라도 출 듯 추임새처럼 소리쳤다. 선 채 목탁을 치며 염불하던 노스님이 '뭐야, 이눔아? 잔치 벌렸냐?' 하며 머쓱하다는 듯 헛기침을 삼키더니 다시 염불을 이어나갔다. 뒤에 선 사람들도 어이없는지 킬킬대고 웃었다. 삼촌이 안 되겠던지 팔을 뻗어 문수의 어깨를 꽉 감싸 안았다.

문수는 숨을 깊이 들이마셨다. 가슴도 오그라들고 몸도 쪼그라들었

다. 삼촌에게 꼭 안긴 문수는 노스님의 염불 소리를 들으며 엄마 아빠의 영정 아래 혼자 눈을 씀벅거렸다. 한 삼십 분 염불을 했나, 노스님이 가사장삼을 벗으며 '나가자, 나가서 검은 영혼의 잔을 또 한 잔 들어야지?' 하며 가사장삼을 삼촌에게 내밀었다. 삼촌이 노스님에게 가사장삼을 받아 향로 앞에 개켜놓았다. 그리고 삼촌이 노스님의 뒤를 따랐고 이모가 그리고 이어 문수가 그 뒤를 따라 식당이 딸린 옆 접객실 쪽으로 걸음을 옮겼다.

"와주셔서 감사합니다."

"예."

문수는 고분고분하게 꾸벅꾸벅 여섯 상인가 일곱 상을 돌며 인사했다. 형광등 불빛에 반들반들 반사되는 삼촌의 머리는 문상 온 사람들의 이목을 집중시켰다. 문상객들에게 인사를 마치고 빈 상 앞에 앉은 이모가 대성통곡을 터뜨렸다.

"나 때문이야. 다 나 때문이야."

사무실에서 엄마 아빠의 부검이 끝나고 시신이 안치되었다는 연락이 오자 이모가 부글부글 끓는 소리를 내며 눈물콧물을 쏟아내며 '미안하다, 정말 미안해' 하며 울음을 터트렸다. 어느덧 시간은 밤 열 시가 넘어가고 있었다.

"자 그만, 점심도 굶었다며 밥 먹어."

삼촌이 이모의 어깨를 잡으려 하자 이모가 그 손을 앙칼지게 뿌리쳤다. 어느덧 접객실에는 두 상에만 손님이 앉아 있을 뿐 썰렁했다. 밥이 먹히지 않았다. 그때 노스님이 이모에게 종이컵을 내밀었다.

"한 잔 해라."

"예. 언니, 형부 다 제가 죽인 거예요."

이모가 바르르 떨리는 목소리로 말했다.

"잘했어……."

노스님이 이모를 보며 말했다. '헐, 잘했단다.' 하마터면 문수는 웃음을 터트릴 뻔했다. 참느라고 애먹었다. '우리 스님 원래 말투가 그러셔' 하며 삼촌이 이모의 어깨를 어루만지더니 쓰담쓰담했다.

"내가 아주 나쁜 년, 죽일 년이에요."

"다 업보라……. 잔 받아라. 태어난다는 건 괴로운 일이야. 죽는다는 건 더 비참한 일이고. 세상사 인간사가 다 그 태어남과 죽음 사이에서 벌어지는 일이라고."

노스님은 훌쩍이는 이모를 보는 게 재미있다는 듯 '그러니 나에게도 있을 때 잘해?' 하며 연신 이모의 심사를 건드렸다.

"다들 애 낳고 잘들 사는데 내 팔자는 이게 뭐야……."

연신 노스님에게 빈 잔을 내미는 이모의 기색이 심상치 않았다. 아니나 다를까 연거푸 잔을 받던 이모의 얼굴이 금세 붉어졌다. 취한 기색이 역력했다. 이모가 취하자 세상이 한결 고요해졌다. 일렁이는 영안실의 형광등 불빛 아래 술 취한 이모의 눈빛이 아련했다.

"스님아, 으이그 저런 양반이 내 삼촌이라고. 뭐 저딴 인간을 다 상좌로 받았나?"

문수가 앞에 앉은 삼촌에게 들으라는 듯 노스님에게 물었다.

"상좌라고 깻묵덩어리 같고 개뼈다귀 같지만 근데…… 없는 거 보담 낫더라."

노스님의 말에 문수와 이모가 쓸쓸히 웃었다.

"아, 나 이제 어떻게 살아?"

이모가 새처럼 종알댔다. 누가 혈육 아니랄까봐 이목구비 선이 엄마랑 똑 닮았다. 어깨를 으쓱해 보이던 경화이모가 훌쩍거리자 입을 꽉 다문 문수의 눈시울이 뜨거워졌다.

"이모 울지 마."

문수가 심드렁하게 말했다.

"울지 않으려는데 자꾸 눈물이 나온다. 내 팔자가 하도 더러워서."

짐짓 이모가 파도치듯 눈물로 흐느끼는데 삼촌이 이모를 옆으로 안고 있었다. '야 일마야. 여기가 색시집이냐?' 하며 노스님은 두 사람을 손가락으로 가리키며 가당찮다는 표정을 지었다. 그러자 삼촌이 급하게 이모의 몸에서 손을 떼었다.

"어디 보자아……. 일부종사는 못할 상이고 이번엔 두 사람 백년해로할 상이다."

노스님의 말에 삼촌이 경직된 얼굴을 했지만 아무 말도 하지 못했다. 내내 아쉬워하는 이모의 눈알이 빨갛다. 눈두덩이 벌써 부어 있었다. 단지 노스님만이 '그렇지? 맞지. 인생 참 더럽지?' 하고 잔을 홀짝 비우며 낄낄거렸다.

엄마는 이모의 고통을 알고 있었을까, 문수는 궁금했다. 엄마가 알고 있었으니까 밤을 새워 울었겠지. 얼마나 괴로웠을까. 횡설수설하던 이모가 목청을 높여 큰소리로 울었다. 엄마처럼 역시 경화이모도 예뻤다. 늘 엄마에게 느끼던 히스테릭한 면을 이모에게서도 느낄 수 있었다.

"이모, 울지 마. 그러니까 누가 그렇게 살라고 했어?"

"그러게. 그놈의 업보를 끊어내고 잘라내지 못했어. 내 생은 온통 실패한 것들뿐이야."

이모가 울면서 '죽고 싶었는데 죽지도 못했어. 구원은 없었지' 하고 말했다.

"울지 마, 이제 이모의 생에도 큰 변화가 올 거야."

"두 번 다시 이 생을 살고 싶지 않아. 내 인생 빡빡 문질러 다 지워버리고 리셋하고 싶다고."

"그래요, 이모. 내가 그렇게 할 수 있게 해줄게. 이번엔 이모의 사랑을, 행복을 절대 놓치지 말아."

"그래. 내 곁에 네가 있어 난 얼마나 다행인지 모르겠다."

문수를 부둥켜안은 이모는 눈시울을 눈물로 적신 채 어깨를 흔들며 섧게 통곡했다. 삼촌은 눈을 가늘게 뜨고 안타깝다는 듯 문수를 쏘아봤다. 계속 굳은 표정을 하고 있던 삼촌이 그제야 알 듯 모를 듯한 미소를 지었다.

"응, 그래. 너 얼굴이 반쪽이 됐구나."

"그런데, 이모. 자꾸 어지러워……. 두통에다 무기력하고 가슴이 답답하고 소화도 안 되고 막 신경질 나고."

"언제부터, 토 나고 얼굴 창백해지진 않아?"

"응. 어떻게 알아?"

"언니가 널 나한테 보낸다고 했거든. 검사 좀 해봐달라고."

엄마랑은 달랐다. 엄마는 술을 마셔도 절대 사람들 앞에서 취한 모습을 보이지 않았다. 이모는 이미 만취해 있었다. 몸을 제대로 가누지도 못하고 술 냄새를 폴폴 풍기며 손을 문수의 이마에 가져다댔다.

"장례나 끝내고 피검사부터, 위내시경, 장내시경, 다 검사해보자고."

이모가 눈물이 그렁그렁한 눈으로 문수의 이마에 입을 맞췄다. 옆에 앉아 있던 삼촌이 '어, 저놈 봐라' 하듯 못마땅하다는 듯 그 모양을 쏘아봤다. 이모가 다시 옆에 앉은 문수를 꼭 안았다. 숨이 막혔다. 문수의 손에 손을 포갰고 문수는 가쁜 숨결을 내뿜으며 그 손을 뿌리치지 않았다. 이모는 문수의 머리를 가만가만 쓰다듬어주었다. 조금은 들떴고 조금은 비장한 표정으로 허공 어딘가에 눈길을 둔 이모의 말은 꼬여 있었다.

"어지러워? 그럼 누워."

문수는 이모의 허벅지를 베고 누웠다. 이모가 문수의 손을 잡고 한 손으로는 문수의 머리며 얼굴을 쓰다듬어주었다. 이모의 가슴이 벌렁거리는 걸 느끼며 문수는 안도의 숨을 내쉬었다.

"들어가자, 오늘밤은 언니하고 형부 옆에서 자야지."

이모가 비틀거리며 일어섰다. 문수도 따라 일어섰다. 머리가 핑 돌았다. 그러나 비틀거리는 이모의 어깨를 잡고 본능적으로 부축해주며 빈소 안으로 들어섰다. 이모는 빈소로 들어서자마자 픽 쓰러졌다. 가슴을 들썩이며 술에 떨어져 자는 이모의 모습이 안쓰러웠다.

엄마는 이모에게 전화가 오면 꼭 문수를 바꿔주곤 했다. 무슨 일이 생기면 이모를 의지하라는 암시였을까. 문수는 떫은 감을 씹은 얼굴을 하고 웅크리고 누워 있는 육감적인 이모의 몸매를 내려다보았다. 이모에게 담요를 덮어주던 문수는 '그래, 이제부턴 내가 너의 엄마노릇을 해줄게' 하던 이모를 다시 내려다보며 낮게 한숨을 지었다. 문수는 벽에 기대고 앉아 고개를 수그렸다.

이모부는 나빴다. '이걸 망했다고 하는 건가?' 문수가 비장하게 말했다. 생각이 거기까지 미치자 문수는 꺼놓았던 휴대폰을 켰다.

단짝인 보현과 선재에게 열 통도 넘는 부재 중 전화가 와 있었다. 문자와 동영상이 여러 개 들어와 있었다.

"통화 괜찮아?"

"응."

"어떻게 해?"

"…… 나도 모르겠어."

그제야 정신을 차린 듯 문수는 입맛을 다시고는 입을 열었다.

"부탁 하나 할게."

"말해. 다 들어줄게."

푸석해진 얼굴을 하고 있던 문수는 울어서 목이 갈라지고 터졌다. 힘도 쏙 빠졌다. 속이 메스껍고 느글거렸다. 보현이 빨리 말하라고 재촉했다.

"선재에게 보냈어. 니가 보내준 그 동영상."

"…… 잔인하다, 너."

'잔인하다'라는 말에 머뭇거리던 문수는 하마터면 '울 엄마, 아부질 잡아먹은 게 누군데?' 하고 고함칠 뻔했다.

"…… 나 술 마셨어."

"잘했어……."

바람이 '너를 날려버릴 거야' 하듯 영안실 창문을 흔들어댔다. 문수는 구역질이 나고 토할 거 같았지만 참았다.

"오늘 아침에 너희 엄마 나도 뵈었잖아……. 알았쓰. 이 사태를 도대체 어떻게 해결해야 되는 거니? 쫄린다, 얘."

보현이 진심으로 안타깝다는 듯 말꼬리를 흐렸다.

"놈들에게 욕망, 탐욕의 끝이 어떤지 본때를 보여주자고."

"뭘 어디서부터 손대야 할지 모르겠어."

이미 선재에게는 엄마 아빠의 빈소가 정해지면 오른팔 끝 손가락 애들을 시켜 곳곳에 웹캠 카메라를 설치하라고 지시한 후였다.

"말하기 뭣한데, 내일 나도 가면 안 돼?"

보현이 망설이다 물었다.

"안 돼. 노출될 게 뻔하잖아. 당분간 휴대폰 두 개 들고 다니고."

"보고 싶은데. 점점 더 사태가 심각해지네. 김 선생님 납치한 놈들 완전 프로야."

"지금은 네가 단서들을 수집하고 분석해줘야 해. 나도 선재처럼 언제 해까닥할지 모르겠어."

"우선 일주일 동안 우리 엄마 아빠의 병원에 들락거렸던 사람들, 엄마 아빠의 동선, 병원 입구 및 근처 3㎞ 내외의 CCTV, 주차된 차들의 블랙박스 전량 확보해."

"너네 아빠 병원 들락거리던 사람들 동영상 파일 보냈어. 김 선생님 납치되는 사건 스토리 동영상도."

실시간 차량 블랙박스가 있는 차 문을 열고 똑같은 칩을 넣어주는 대신 주변의 모든 블랙박스를 확보하라는 얘기였다.

"내일 학교 가기 전에 선재 좀 장례식장 근처로 와서 연락하라고 해. 조신하게. 그리고 선재아버지 신변보호가 필요해."

"선재아버지 경찰인데도?"

"김 선생님을 납치한 놈들이라니깐."

문수가 심각한 목소리로 보현에게 퉁박을 주었다. 보현은 삐졌는지 샐쭉하다, 별로 신경 안 쓴다는 목소리로 '알았어. 술 너무 마시지 마' 하더니 전화를 끊었다. 전화를 끊은 문수는 멍하니 빈소에 앉아 엄마 아빠의 영정을 올려다보았다. 생각들이 제멋대로 뒤엉켰다. 엄마 아빠는 애틋하게 문수를 내려다보며 '그래, 넌 잘해낼 수 있어' 하는 것 같았다.

머리가 핑글 돌았다. 눈도 침침해지고 피로감이 몰려왔다. 노스님이 술 먹고 떠드는 소리, 느닷없이 소리치던 소리도 열한 시가 넘어가자 조용해졌다. 선재에게는 한 시 반쯤 Y병원 정문 쪽 주차장 근처에서 전화하라고 메시지를 넣었다, 는 메시지가 보현에게서 왔다.

삼촌이나 노스님은 이해되지 않는 골 때리는 인간들이었다. 열한 시가 넘어가자 조문객들이 국화꽃을 바치며 묵념을 하든 절을 하든, 말든 접빈실에 앉아 주거니 받거니 술타령이었다. 그런데 조금 이상하기는 했다. 서로 말이 없었다. 노스님이 한 잔 마시고 삼촌에게 잔을 건네면 무릎을 꿇은 삼촌은 그 잔을 두 손으로 받아 고개를 돌리고 홀짝 마시고는 다시 그 잔을 노스님에게 내밀었다. 노스님은 그 잔을 받아 내려놓자 삼촌은 무릎 꿇었던 다리를 펴고 앉았다가 노스님이 술을 마시고 다시 잔을 내밀면 또 무릎을 꿇고 앉아 술을 받아 마시고는 다시 또 노스님에게 술을 따르는 거였다. 마치 두 사람이 술로 싸우고 있는 듯한 인상이었다.

통화를 끝낸 문수가 비틀거리고 일어나 삼촌과 노스님께로 다가가 앉았다. 삼촌은 문수가 다가가도 기척도 하지 않았다.

"염불 안 해?"

불콰해진 노스님의 얼굴이 못마땅하다는 양 눈빛이 마주친 문수가 한마디 했다.

"이놈아, 오만 원짜리 염불이다. 한 영가 당 이만오천 원어치만 하믄 되는 거 아이가?"

"히이, 왜 스님이 사기 치세요? 오만 원 더 드렸잖아?"

노스님이 눈을 크게 뜨고 부라리더니 '인마, 그건 팁이잖아?' 하며 머리를 득득 긁었다.

"풉."

문수는 노스님의 말에 씁쓸히 웃었다. 삼촌은 그 모양이 가소롭다는 듯 문수를 쏘아봤지만 문수는 눈 하나 까딱하지 않았다.

"와, 술 한 잔 더 생각나서 왔나?"

"…… 그래 오늘 같은 날은 너도 취해도 된다."

"줘봐라."

종이컵에 소주를 따라 노스님이 내미는 술잔을 받아 문수는 한번에 홀짝 마셨다.

"어어, 저 새끼 봐라, 물어뜯을 듯 노려보는 눈, 저 뱀새끼처럼 샛바닥을 날름거리는 붉은 아가리, 저거 인물 아이가. 저놈이 가끔 나를 배꼽잡게 웃기더라고. 야야, 똥강아지. 자지에 털은 났나?"

"크으, 노스님, 저도 자지에 털 북실북실하거든 끄윽. 이래봐도 여친이랑 입맞춤도 해봤다고. 스님은 여자랑 해봤나?"

문수의 말에 노스님이 킬킬대고 웃었다.

"한 잔 더."

삼촌은 말리지 않았다. 노스님은 다시 문수의 잔에 소주를 부었다. 세 잔이 더 들어가자 몸이 찌르르해졌다. 그때 태어나서 처음으로 삼촌이 술병을 들고 잔에 술을 따라주었다. 문수는 마다하지 않았다. 선재랑 가장 많이 마신 건 소주 세 병이었다. 노스님이 '한 잔 더' 했지만 문수는 '그만, 그만요' 했다. 문수는 옆으로 픽 쓰러졌다.

"문수야."

"예, 삼촌."

"스님이라고 불러라."

"…… 개코나, 스님은."

"야, 인마. 너 지금 나한테 덤비는 거냐?"

"제가 어떻게……. 감히 문어대가리 스님한테."

눈을 부라리며 빤히 쳐다보던 삼촌이 어이없는지 문수의 등짝을 후려치며 웃었다.

하얀 국화꽃 속에 파묻힌 엄마 아빠의 빈소로 돌아가려 했는데 몸이 말을 듣지 않았다. 삼촌을 삼촌이라 부르는 게 죄가 된다고 생각지는 않았다. 그렇다고 삼촌이 스님이라고 부르라는 말에 기분이 나쁘지도 않았다. 꽐라가 된 문수는 몸을 휘청거리며 삼촌의 얼굴에 삿대질하며 '삼촌은 뭐가 잘났는데, 삼촌이 우리 가족이기는 한 거야?' 하며 주절거렸다. 삼촌은 안 되겠다 싶었는지 픽 쓰러진 문수를 달싹 안았다. 경화이모의 옆에 눕혀진 문수는 거친 숨을 몰아쉬었다. 삼촌이 문수 옆에 털썩 주저앉더니 문수를 내려다보았다.

"네 엄마는 참 우아했는데 넌 어째 이 모양이냐?"

삼촌이 혼자 중얼거렸다. 문수는 일부러 숨소리를 거칠게 몰아쉬었다. 안쓰럽다는 듯 문수를 보던 눈과 달리 삼촌은 옆에 누워 잠들어 있는 경화이모의 얼굴을 보다 한숨을 포옥 내쉬었다. 일단은 어찌되었든 산중에 있던 삼촌을 끌어내렸다. '이제는 어떻게 하지?' 문수는 낮게 기침을 터트렸다. '어떻게든 되겠지. 다 잘될 거야' 했는데 어질어질했고 자꾸만 눈이 감겨왔다.

그때 삼촌이 빈소 벽에 등을 기대고 앉아 문수의 주머니에서 휴대폰을 쏙 꺼내고 있었다. 순간, 문수는 '어 안 되는데' 했지만 소용없었다.

삼촌이 술잔을 내밀었을 때 알아차려야 했다. 삼촌이 문수의 바지 이쪽저쪽 호주머니에서 휴대폰 두 개를 꺼내는 건 문제도 아니었다. 삼촌이 문수의 통화 내역, 문자, 카톡 메시지들을 하나하나 들여다보고 있었다. '안 돼' 했지만 문수의 입에서 말이 떨어져 나오지 않았다. 문수는 끙 신음을 삼켰다.

"어떻게 이 동영상이 들어온 거야?"

짐짓 모르는 척 문수가 보현에게 물었다.

"모르겠어. 메일로 왔더라고. 세상이 미쳐 돌아가고 있는데 정신 제대로 박힌 사람도 있나봐."

그러나 보현은 짚이는 구석이 있다는 태도로 말했다.

"그 메일 조사해봐, 놈들의 다음 행동을 예측하려면 놈들의 머릿속으로 들어가봐. 놈들의 입장에서 사건을 보라고."

"해봤지 뻥 메일, 추적이 불가능한 아이피더라고."

"CCTV 역추적. 어떻게 하든 놈들을 꼭 잡아야 해."

"알았다고 제발 좀 다그치지 좀 말라고."

삼촌이 휴대폰을 문수의 옆에 놓고 등을 벽에 기댄 채 반가부좌를 틀고 앉아 한숨을 쉬는 게 보였다. 그렇게 앉아 밤을 지새울 모양이다. 호랑이한테 물려가도 정신만 차리면 산다고 했는데 이미 술에 취해 있었다. 휴대폰 하나는 식구들과 일상으로 통화하는 거였고 하나는 대포폰이었다. 잠금장치를 해놓았지만 이미 삼촌은 문수가 전화를 받을 때 잠금을 푸는 장면을 눈여겨본 모양이었다. 쉽게 잠금장치를 푼 삼촌은 먼저 통화 내역을 들여다보았다. 문자 교신 내용들은 그때그때 삭제해 남은 게 없을 터였다. 그러나 김 선생님이 납치되는 동영상 다음으로 이모가 등장하는 충격적인 섹스 동영상이 들어 있었다. 이윽고 삼촌이 끙하고 괴롭다는 듯 신음을 내뱉는 소리가 나지막하게 들려왔다.

제3장

이터널 플랫폼, 있는 그대로 알고 봄이다

엊그제 엄마는 어둑한 방에서 울다 뒤척이다 잠이 들었다. 엄마도 동영상을 보았으리라. 얼마나 괴로웠을까. 문수는 엄마의 뒤척임을 이해할 수 있었다. 엄마는 뾰족한 칼끝 같은 말로 아빠의 마음을 얼마나 상처를 냈을까. 안 봐도 뻔한 일이었다. 아빠는 얼마나 긴장했을까. 엄마는 가끔 뒤에서 끌어안아 오글거리게 했는데 엄마 특유의 성깔로 사람을 엄청 속타게 만들곤 했다. 아빠는 얼마나 애끓였을까.

그동안 엄마 아빠 속에 있었다. 엄마 아빠의 품속에 존재하는 동안은 따스했다. 위기에 처한다면 엄마 아빠는 온몸을 던질 것이다. 그게 가족이다. 엄마는 아빠 앞에서 늘 그랬다. '아들. 넌 젊어가고 우린 늙어가고 공평하지 않다. 우리가 늙어서 위기에 처하면 아들이 우릴 구해줄 거지?' 하고 다짐하곤 했다. 커서는 그런 유치한 질문을 던지지 않았지만 '가족이란 서로 위기에 처했을 때 서로 기대고 돕고 사는 거 그런 거다'라고 했었다. 그랬다. 어린 문수는 그렇다면 이제 엄마 아빠는 내가 구해야 한다는 마음에 부르르 몸을 떨었다.

아버지는 방향을 잘못 선택했다. 길을 잘못 들어섰으면 이 길이 아니다, 했으면 돌아섰어야 했다. 아버지의 뜻과 의지대로 세상이 굴러가지 않았다. 이모로 인해 세상에 엮인 아버지는 힘겨운 싸움에서 분명히 졌다. 이모 때문에 아빠는 슬픔, 나락으로 떨어질 줄 알면서도 헤어 나오지 못했다. 아차 했지만 이미 때는 늦었다. 가족이 모두 깨질 것 같은 공포와 두려움으로 온몸에 소름이 돋았다. 적어도 엄마와 아빠는 최고의 지성적 인간들이었다. 무엇이 저들을 이렇게 망가뜨렸을까. 엄마는 이모를 '바보 같은 년' 했고 문수는 '아, 이모'라고 탄식했다. 이 모든 사태가 이모부 때문이라는 건 그 누구도 부인하지 못할 사실이었다. 엄마에게 말 못하는 얼마나 많은 이야기들이 아빠의 가슴속에 담겨 있을까. 입술에 물집이 생겼다. 가만히 두지 못하고 혀로 꾹 꾹 문질렀다. 야리야리한 아픔을 즐기며 웅크린 채 누워 있던 문수는 가혹한 현실 앞에 숨을 크게 들이켰다.

"어디야?"

"소라넷. 의사인 너의 이모가 용돈 만남한 건 아닐 거고."

"엥? 이게 뭥미? 좆밥, 병신좆망겜새끼들. 함부로 말하지 마. 그놈들 싹 잡아서 내가 확 다 부셔버릴 거다."

문자로 애꿎은 보현이에게 화를 냈다. 보현이 발끈하며 '어, 이게 뭥미?' 하며 어이없어 했다.

삼촌은 아빠와 이모의 합성된 포르노 영상까지 다 보았을 것이다. 아버지를 겁박하기 위해 놈들이 이모부를 협박해 촬영했을 것이다. 분명 이모와 아버지의 얼굴이었지만 조금만 살펴봐도 합성이라는 걸 알 수 있었다. 그러나 보통 사람들은 합성임을 구분하지 못하는 게 문제였다.

삼총사가 결성된 건 벌써 8년 전 초딩 3년 때의 일이다.

"망했쓰."

"오늘 예뻐."

"이게 죽을라고."

뾰로통해진 보현을 보고 말했는데 곱지 않은 말들이 되돌아왔다. 그날 같은 반 짝꿍이었던 보현이 죽을상을 하고 앉아 2교시 끝날 때까지 아무 말도 하지 않았다. 또 삐진 거다. 위험하다. 꼬집힌다. 그러지 않으면 괴롭혔다.

"아, 짜증나. 난 왜 맨날. 이게 뭥미?"

"왜?"

"…… 어제 새벽 계정 해킹 당했쓰."

"으쩌다?"

피가 솟구친다며 보현이 팔딱팔딱 뛰었다. '별 거 아닌 거 가지고' 하며 피식 웃던 문수가 주춤했다.

"빌어먹을 어떤 새끼가 아이디 비번을 찾아낸 것 같으."

눈을 치켜뜬 순간 보현이 '문수 너? 지금 나 비웃는 거야?' 하는 눈빛으로 쏘아봤다. '난 아니라고.' 문수가 입을 삐죽 내밀며 그렇게 범인 취조하듯 쳐다보지 말라며 억울하다는 표정을 지었다.

문수는 애틋한 보현을 눈으로 바라봤다. 까맣고 커다란 눈, 그린 듯한 반달 같은 눈썹, 거기에 입술까지 도톰했는데 건드리기만 해도 톡 터질 듯 골난 얼굴이었다.

"이게 나라냐? 짜증나. 열받아. 조낸 뒤지기 직전."

보현의 말꼬리가 올라갔다. 가슴이 콩닥거렸다. 이맛살을 찌푸리는 보현을 힐끗 보던 문수가 헛기침을 삼켰다. 종알종알 보현의 떠드는 소리, 호들갑을 떨다 숨 넘어가는 웃음소리는 문수에게 행복감을 주곤 했다. 감정기복이 심한 엄마와 닮아도 너무 닮았다.

보현과 함께 게임을 하며 뜬눈으로 새운 밤들이 몇 날이던가. 그 사이에 두꺼비 같은 선재도 있었다. 보현은 천 마리의 종이학을 접어 유리병에 담아 내밀기도 하고 색지에 안도현 시인의 「연탄 한 장」, 「그 풍경을 나는 이제 사랑하려 하네」, 정호승 시인의 「외로우니까 사람이다」, 「우리가 어느 별에서」라는 시를 써서 내밀곤 했다. 보현은 공부도 잘했고 글솜씨도 좋았다.

"54……. 컨버딘 + 차지딘(Giveme GemPz)."

보현은 디아블로란 게임의 광팬이었다.

"인간들이 사는 성역이라는 공간에서 천사와 악마, 그리고 네팔렘, 플레이어 인간들의 다툼을 그리는 이제 키우기 시작한 해머딘(Invenroty_Item). 캐릭터도 캐릭터지만. 아까븐 아템."

"해머딘. 고속으로 키워볼라고. 딴 계정의 아이템까정 끌어다놨는데. 골킨. 아이리스. 프번 2개. 탄. 나이트 스모크. 그 외 몇몇 유닉아템. 퍼팩잼 20개 남짓."

"게임은 게임일 뿐이야."

문수가 기어들어가는 목소리로 말했다. 엄마에게 그리고 아빠에게 수도 없이 들었던 말이다.

"재수없으, 이 티타맷."

티타맷이란 캐릭터는 증오, 죄악, 거짓, 고뇌, 고통, 파괴, 공포라는 죄악을 합친 절대악이다. 8년 전이나 지금이나 보현이 발끈하기는 마찬가지였다. 보현이 말꼬리를 자르는 문수가 원망스럽다는 양 '이 티타맷 같은 놈아' 하며 옆구리를 꼬집으려 했다. 그러나 벌떡 일어나 피하던 문수가 얄궂은 표정을 지었다.

"그렇다고 네가 아누는 아냐……."

"날씨 참……."

문수의 말에 약이 바싹 오른 보현은 모든 걸 날씨 탓으로 돌렸다. 학교 유리창 밖으로 조금 전까지 비를 흩뿌릴 듯 잔뜩 흐려 있던 하늘이 거짓말처럼 맑았다.

"해머딘 용으로 팔지도 않고 준비해둔. fastest cast. +2 skill +35mana. +44rating. 디바인 셉터 바바가 들면. 어중간한. 랜스보다 괜찮쓰. 생각되는 파이크. 콜드뎀쥐 10, 어레 +267, 뎀쥐 174. …… 진덕이가 준 거. 그 외. 나름대로 쓸 만한 레어들. 예전에 리니지도 해킹 당한 후 때려치웠는데. 디아 계속해야 하는지?"

보현의 말에 문수는 입을 다물었다. 그래도 기분 짱이었다. 아누는 정의, 용기, 희망, 운명, 지혜였다. 문수는 걱정스런 얼굴을 한 보현을 보며 씨익 행복한 웃음을 지었다. 교실은 점심을 먹고 난 시간이었기에 아이들이 웃고 떠드는 소리로 정신이 없었다.

"…… 나도 OTP 짐 신청하고 비번 바꾸고 해킹 신고 해봤는데 황이더라고."

편을 들어주자 그제야 가자미눈을 뜨고 발끈했던 보현이 '갈아엎어도 시원찮을 세상, 이게 나라냐? 이러려고 내가 게임했냐' 하며 다 뒤집어야 한다고 자괴감 느낀다며 고양이 눈을 떴다.

"나 리니지 테섭 7검 4셋 해킹 무따 계정까지 크크크. 졸나 어이없다. 짱난다, 아, 아고 어이야."

"졸나 자괴감 느끼겠다. 잘나간다고 좋아하드만. 복구해줘?"

"으떻게?"

가슴이 콱 막히는지 열을 내던 보현이 눈꼬리를 치켜뜬 채 빤히 쳐다봤다.

"알았쓰. 나만 믿으라고. 악마 대 천사의 게임에서 늘 악마들이 이기는 건 아니야. 이따, 선재랑 PC방 가자. 우리 둘이 다 널 사랑하거든."

"사랑……, 선재? 상관없쓰. 둘이서 나를 왕창 사랑하라고."

선재도 문수를 찾아와 울상을 지었었다. 리니지 아이템을 하나 사려고, 돈을 입금했는데도 계정 폭파를 해버리고 하이킹, 날라버려 돈만 뜯겼다는 거였다.

"문수짱."

"왜, 또?"

"으떻게 방법이 없냐. 그 씨바 좆밥새끼 땜에 잠이 안 와. 아빠한텐 얘기하지도 못하고 사이버수사대에 신고했는데, 방법이 없대. 오히려 왜 그런 불법거래를 했냐고 졸라 혼만 났어, 씨바."

"OTP 짐 안 했어?"

"…… 했지."

"그 새끼 신상 캡처 해뒀어?"

"…… 아이디하고 닉네임만. 계좌번호는 내가 보낸 거 있고."

"알았쓰. 그 새낄 내가 잡아줄게."

"아……싸, 갑자기 가슴이 둥둥거리고 몸이 붕붕 뜨는데."

진초록 스웨터에 꽃무늬가 있는 치마를 입은 보현을 보며 다가오던 선재의 말에 '나도 그랬쓰, 짜증나' 하며 맞장구를 쳐주었다.

마른침을 꿀꺽 삼키던 보현이 입꼬리를 살짝 올리고 낯빛을 밝히며 '약속 확인' 하며 왼손 손가락을 내밀었다. 볼에 뽀뽀라도 해줄 기색이었다. 씩 웃던 문수가 그런 보현의 눈을 한동안 들여다보다가 '알았쓰' 하며 오른손을 내밀어 그 왼손 손가락을 걸어주자 생글거렸다.

방과 후 PC방에 앉은 삼총사. 보현을 왼쪽에 앉히고 선재를 오른쪽에 앉혔다. 왼쪽엔 머리를 오른쪽엔 행동대원을 두기로 한 것이다. 세 사람은 똑같이 리니지를 켰다. 그러나 게임 밑에는 선재가 돌린 USB 해킹툴을 깔아놓았다. 한 30분이 지났을까. 선재가 게임을 하다 슬쩍 일어섰다. 선재와 문수는 이번이 처음이 아니었다. 문수는 반장이었고 보현은 부반장이었다. 하지만 보현을 더 좋아하는 건 선재였다.

"보현이 컴 갈키자."

"…… 그럼 네가 보현네 집구석 좀 조사해봐."

"벌써, 했지. 엄마 아빠가 할머니 대를 이어 산곡동 중앙시장에서 국밥집 하는데 제법 쏠쏠하드라고. 가정환경조사서 메일로 넣었쓰."

"…… 알았쓰. 검토해볼게."

선재는 PC방을 나와 옆 건물에 있는 PC방으로 들어가 리니지를 켰다.

"괜찮아?"

보현이 조심스럽게 물었다.

"응."

문수가 걱정말라고 웃으며 말했다. 곧이어 문수의 휴대폰이 삐 하고 울었다.

- OK. 그럼 열정을 보여봐.
- 정의의 사도 로우터스 그럼 블루, 레드 연꽃들 나가십니당.

메신저에 뜬 단어들이었다. 문수도 보현과 똑같이 악마들을 처치하는 디아블로에 들어갔다. 심지어 보현의 별명은 천사 이나리우스였고 문수의 별명은 악마 릴리트였다. 두 사람이 서로 사랑해서 게임 속에 중립적 공간을 만드는데 그게 바로 성역이었다. 릴리트와 이나리우스는 사랑을 해서 자손을 낳게 되는데 그게 네팔렘, 선재의 별명이자 닉네임이다. 선재의 얼굴은 둥글넓적하고 투실투실했으며 목은 짧고 굵었다. 보현은 선재를 보며 가만히 웃었다. 그렇게 생각하니 진짜로 두꺼비같이 생겼다. 선재의 닉네임은 정신나간 두꺼비였다.

선재가 윈도의 TELNET 프로그램을 이용해 POP 서비스에 접속했다. TELNET은 재미있게도 TCP 프로토콜로 제공되는 모든 서비스에 접속할 수 있었다. 가슴이 콩닥거렸다.

해킹툴이 돌아가기 시작했다. 선재가 옆 건물의 PC방으로 자리를 바꿔 해킹툴을 접속했다. 혹시 옆 사람이나 지나가는 이가 볼까봐, 엔터를 치면 리니지 화면이 뜨게 전환시켜 놓았다. 해킹프로그래밍이 시작된 것이다. 보현과 문수가 있는 곳에서 보현이 가상의 아이디로 게임에 접속했다. 해킹한 놈은 보현이 접속하면 함께 접속하게 된 프로그램이다.

보현은 계속 게임을 하고 문수와 선재는 한 걸음 한 걸음 트래픽을 좇아 포렌식 IP 역추적 기법으로 추적에 들어갔다. 네트워크 경로에는 일반적으로 방화벽이 설치되어 있지 않았다.

"아싸, 잡았어."

"…… 놈을 잡았어?"

한 삼십 분 걸렸을까. 옆에 앉은 보현의 얼굴이 밝아졌다.

"응. 네가 처형해."

"알았쓰."

반신반의하던 보현의 눈빛은 사라지고 어느새 고양이 눈이 되어 있었다. 보현이 의자를 당겨 문수의 곁으로 다가왔다. 문수가 잽싸게 고개를 돌려 주변을 살폈다. 다행히 아무도 관심 갖는 이들은 없었다. 검고 윤기나는 보현의 어깨까지 늘어진 머리카락에서 훅 토마토 향기가 전해져 왔다. 하마터면 문수는 다가온 보현의 얼굴을 두 손으로 잡을 뻔했다.

역추적 프로그램을 돌리자 마침 게임을 하고 있었던 것이다. 놈은 역시 마찬가지로 보현을 해킹한 것처럼 다른 놈 하나를 해킹하고 있었다. 포트 미러링을 통해 패킷을 감시한 것이다. 프로미스큐어스(promiscuous) 모드로 변형하면 랜카드는 모든 패킷을 받을 수 있었다. 라우터를 통해 패킷이 외부에서 내부로, 내부에서 외부로 가는 길목 커널 덤프를 눈 부릅뜨고 지키던 중이었다.

"이 새끼 죽여도 돼?"

보현이 검지손가락으로 컴퓨터 테이블을 탁탁 치며 물었다.

"As you wish…… 너의 마음대로."

매의 눈으로 화면을 쏘아보던 문수가 고개를 끄덕이며 무덤덤하게 말했다.

"If you again attack me. you die(다시 날 공격한다면 넌 죽을 거야)!!"

보현이 눈을 반짝이며 '나는 죽음의 신. 너희들 나쁜 놈들의 파괴자가 될 거야. 이 악마 같은 나쁜 놈들아. 나는 미친 복수자. 한번만 더 까불어라. 내가 너희를 박살내주마. 내 주먹은 너희 같은 악당들의 몸을 찢어 죽여 피를 마셔버릴 거다',를 영작한 'I feel very sorry for your preemptive strike. I know that it is tribal support. I will let off once, but if you continue, you must be prepared for death'라는 문장을 화면에 쳐놓고 손가락질을 했다. 눈을 깜박이며 문수를 보고 보채던 보현이 '응?' 하고 문수의 낯빛을 살폈다.

"유치해."

"할래."

"복잡하다니깐."

문수의 눈가와 입가에 잠시 웃음이 스쳐지나갔다. 그리고 잠시 생각에 잠겼다가 '히히 As you wish……. mind your own business' 하며 고개를 끄덕였다.

보현이 막무가내로 놈에게 복수의 글을 넣겠다는 것이다. 메시지를 넣으면 혹시라도 추적당하기 쉽다. 추적을 당하지 않게 문수는 패킷을 돌리고 돌려 변메시지까지 넣는데 한 시간이 넘게 걸렸다. 화이트 해커 팀 네티즌 수사대 로우터스 플랫폼이 결성된 첫날. 그렇게 나쁜 놈 한 놈을 처단했던 것이다.

문수는 몰래 선재와 보현의 ID에 cpu 처리에 사용되는 침입탐지용 아키텍트로 삼을 어셈블리 소스코드를 심어놓았다. 그리고 아무 일 없다는 듯 해킹한 아이디와 비밀번호들은 물론 도용한 아이디의 계정 메일로 보내고 세 사람은 룰루랄라 PC방을 나와 분식집으로 모였다.

"내가 쏜다."

후끈 달아오른 보현의 말에 선재가 바보같이 웃었다.

보현은 하늘을 나는 기분인 모양이었다. 선재도 덩달아 미소지었다. 날이 바뀌면, 보현을 해킹해서 아이템을 갈취해간 그 놈은 자정이 지나야 파산당한 줄 알게 될 것이다. FIN패킷, RST패킷, 세션에 악성 코드를 심어 게임을 종료할 때 아이템과 자산을 몽창 빼돌리고 돌리고 돌려서 제3의 계정에 쌓이게 한 것이다. 그렇게 제4, 제5계정으로 넘겼다가 그 아이디로 게임을 해서 아이템과 자산을 다 따먹고 그 계정을 폭파시키면 그것으로 끝이었다.

"문수야 넌 우리들의 짱이야."

"크으……."

선재의 말에 문수는 하얗게 웃었다. 놈을 찾아냈는데, 상대는 C급 해커로 의외로 놈은 가까이에 있었다. 아이디를 추적해보니 부락산자애원이라는 복지시설이었다. 그러나 문수는 선재나 보현에게 아무 말도 하지 않았다.

힘들게 사는 인생 너만의 생각 아니야.
누구나 같은 생각 모두 다 힘들어하지.
중요한 건 생각하고 맞서는 것
당당하게 용기내서 자, 가는 거야.

우린 정의의 사도 좌우의 날 선 검을 들고
다같이 큰소리치면서 가자 악당들 두려워 물러가네.
너와 나 우린 정의의 사도 초특급 울트라 슈퍼파워
다같이 하나로 힘을 모아서 악당들 모두 다 물리치네.

"화이트 해커팀 네티즌 수사대 로우터스 만세."

보현이 신이 나서 노래를 부르고 소리쳤다. 앞으로도 돌고 돌아 보현의 계정에 게임 경험치와 아이템들이 차곡차곡 쌓일 것이다.

"왼팔 조직, 블루팀을 만드는 방법을 알려줄게."

오른팔 조직, 레드팀의 역할이 공격이라면 블루팀의 역할은 수비였다. 각종 패킷을 수집하고 수집된 패킷의 패턴을 분석해서 공격에 대한 대응해서 인터페이스를 구축하는 거였다.

그날로 삼총사가 결성되고 선재와 보현, 세 아이들은 그날부터 컴퓨터 학원에 다니기 시작했다.

문수는 먼저 심장을 만드는 걸 가르쳐주었다. 보현은 왼팔 블루 로우터스, 선재가 오른팔, 레드 로우터스. 왼손이 하는 일을 오른손이 몰라야 했다. 세 명이 기반 플랫폼이 되는 것이다. 인터넷에서 콘텐츠를 수용하고 발행할 수 있는 네트워크 웹사이트가 바로 플랫폼이었다. 왼팔, 오른팔들 조직을 만드는 건 간첩이나 마약상들, 다단계 상인들이 쓰는 점조직과 다를 바 없었다. 형성할 수 있는 정보 시스템 환경. 자신의 시스템을 개방해 원하는 일을 자유롭게 할 수 있도록 환경을 구축하고자 하는 것이었다.

Tor를 사용하려고 하면 토르 브라우저를 설치해야 하는데 일반인들은 몰랐다. 옛날에 그렇지 않았는데 요즘엔 브라우저를 설치하는 순간, 다크웹, 딥웹에 들어가는 순간부터 경찰 사이버수사대는 물론이고 각종 슈퍼컴퓨터, 화이트 앤 블랙해커들의 보안검열 시스템의 검색엔진에 자동으로 체킹 된다는 사실을.

해커를 잡는 해커들, 세 사람은 다 꿈이 달랐다. 선재는 경찰이 되어 사이버수사대 수사관이 되는 거고 보현은 법대 로스쿨에 들어가 검사가 되겠다고 했다.

그렇게 첫날 영안실에서의 밤은 지나갔다. 뱀을 밟은 거 같았다. 삶이 끝장났다는 얼굴을 하고 있던 문수가 '왜 이리 기분이 개 같은 거지?' 하며 낮게 중얼거렸다. 갑자기 세상이 낯설고 우울해졌다. '이모부는 나빴어.' 영안실 창밖은 어두워 보이지 않았고 형광등 불빛이 창에 비쳐 눈을 부시게 했다. 비장해진 문수는 그러나 비명을 삼켰다. 눈을 감고 숨을 깊게 삼켰다. 문수는 몸을 축 늘어뜨린 채 눈을 씀벅거렸다. '왜 이리 심장이 두근거리는 거지?' 하며 중얼댔다.

그랬다. 중2 때 할머니가 돌아가셨을 때, 문수는 한참 울었다. 살아 있다는 거, 죽는다는 거 그게 고통이고 슬픔이라는 걸 할머니의 죽음으로 충분히 보고 배웠다. '사람은 누구나 다 늙고 병들어 죽는단다.' 할머니는 말했었다. 몰랐다. 사람이 죽을 때 그 순간이 그렇게 힘들다는 걸. 문수는 빈소를 나와 주차장 차 사이에 쪼그리고 앉아 할머니의 죽음을 떠올리며 담배를 태워 물었다.

그때 전화벨이 울렸다.

"박 교수와 자애원 원장, 그리고 우리 아버지 셋이 부원장실에서 만나고 있어.”

선재였다.

“괜찮겠어?”

말이 꼬이는 게 선재는 술을 많이 먹은 거 같았다.

사람을 시켜 박 교수를 미행하는 것까지 보현에게 미뤘지만 토요일이라 수업이 없자 한 시 반에 만나기로 했던 것이다.

“내가 지금 사는 게 사는 게 아니다.”

“…… 넌 빠지라니까.”

“넌 그게 그렇게 쉽냐, 내 몸에 뜨거운 피가 솟구치는데?”

“도대체 놈들이 그리는 큰 그림이 뭔데?”

“어마무시하든데.”

“뭐가?”

“골드문트시티, 바다가 내려다보이는 지상 400m 101층 건물에 85층 아파트 두 동. 주상복합건물 하나.”

“에이, 바닷가 바로 앞이고 거기 군사지역인데 그게 가능해?”

“…… 어떤 방법이 있겠지 뭐. 불가능을 가능으로 바꾸는 게 놈들 아냐? 근데 너, 문수야. 너네 할아버지, 외할아버지도 옛날에 거기 땅 있었다고 했었잖아.”

“…… 응. 옛날에 있었는데 빼앗겼데. 그런데 골드문트시티하고 인터넷 대란하고는 무슨 상관이니?”

“CDMA(code division multiple access) 이동통신망의 코드분할다중접속, GSM 권력의 싸움은 곧 땅따먹기 돈싸움.”

답은 나왔다. 선재가 ‘어른들 왜 그래? 우리 아버지도 그렇고’ 하며 고개를 절레절레 흔들었다.

"…… 문수야. 미안해."

"네가 잘못한 게 아니잖아. 지금 중요한 건 너 보름 후에 있을 수능이고 우리 엄마, 아빠 그리고 네 아버지의 목숨이 달렸다는 걸 잊어선 안 돼. 그 새끼들 얼마나 무서운 새끼들인지 너도 알지? 김 선생님 지금 행방불명된 거?"

선재가 문수의 말에 '음' 하고 짧은 신음소리를 내더니 고개를 푹 수그렸다. Y남고에서는 선재가 Y여고에서는 보현이 경찰대에 붙었다. 7월 29일 시험을 보았고 8월 18일 1차 합격을 했지만 11월 15일 수능 점수를 합산해 최종 발표는 12월 초로 예정되어 있었다.

문수는 담배연기를 깊게 빨았다. 이번 사건에서 방어적 조처로 선재를 배제할 것인가, 한동안 보현과 문수는 고민에 빠졌다. 결국 선택은 선재에게 맡기기로 했다. 선재의 가까운 친척 중에 영화 특수분장사가 한 명 있었다. 전예철이란 선생님 제자로 일반분장을 시작해 특수분장계의 독보적인 기량이라고 했다. 실패한다면 모두가 죽음일 것이다. 문수와 보현이만이 결정할 사항이 아니었다. 선재의 계획을 들은 강부관 할아버지는 고개를 끄덕였다. 그때 박 교수와 연관된 동영상이 전송되어 들어오고 있다는 진동이 울렸다. 미리 CERT팀에게 박 교수 연구실에 웹캠을 설치하게 했다. 오른쪽 주머니의 휴대폰을 열었다.

"무슨 일처리를 그따위로 하세요?"

박 교수의 질책하는 소리가 들렸다

"죄송합니다."

자애원 원장이 굽실거리며 말했다.

"로우터스쪽 아이들 움직임은 어떻습니까?"

"예, 최 검사가 투입될 예정입니다."

정보과 반장으로 있는 선재아버지였다.

"이번 금요일 서울서 어르신들이 내려오신답니다. 상황이 상황인 만큼 만전을 기하도록 하세요."

문수는 숨을 낮게 들이켰다. 선재도 듣고 있을 터였다. 선재는 얼마나 괴로울까. 서울에서 내려오는 손님들은 누구이고 장소는 어디일까. 강부관 할아버지의 예상은 맞아떨어졌다. 놈들은 반드시 접근해올 것이다. 이제부터는 보현의 활약을 기대할 수밖에 없었다. 그때 왼쪽 호주머니의 전화에서 메시지가 왔다

- 삼촌이 널 찾고 있어 입관 때문인가봐.

보현에게서 온 메시지였다. 입관,이란 문자에 순간 문수는 단발마를 삼켰다. 심장이 멈추는 거 같았다.

"선재야, 나 들어가봐야 해. 요번 서울에서 내려오는 어르신들이라는 인간들 네가 마킹해서 직접 체킹해. 엄마, 아버지 입관이래."

"알았쓰, 들어가. 미안해."

영안실 주차장 한쪽 차량들 사이에 쪼그려 앉아 담배를 태우던 선재가 술에 취해 헛구역질하다 어서 들어가라며 손사래질 했다. 그런 선재를 두고 영안실로 들어서던 문수는 멈칫했다. 장례식장 주차장 한 편에 주차되어 있는 컨테이너가 탑재된 트레일러 차량 하나가 눈에 들어왔

다. '뛰는 놈 위에 나는 놈 있다더니.' 문수는 끙 신음을 삼켰다.

아군인지 적군인지 가늠이 되지 않았다. 문수는 곧바로 보현에게 '트레일러 차량' 하고 메시지를 넣었다. 장례식장 주변 전화들의 통화 내역을 도감청 모니터링하는 차량으로 보였다. 이쪽 저쪽 정보전으로 모두 혈안이 되어 있었다.

입관이 삼십 분 연장되었다고 했다. 서둘러 피우던 담배를 밟아 끈 문수는 '그것 참 지랄 같네' 하며 신경질적으로 침을 찍 뱉었다. 그리고 다시 돌아와 빈소 벽에 등을 잔뜩 기대고 국화꽃 속에 둘러앉은 엄마와 아빠의 영정 사진을 보다 금붕어처럼 눈만 끔뻑거렸다.

발인제를 마치고 화장터로 출발하려다 잠시 주춤했다. 문상객들은 거의 돌아가고 화장터까지 따라가는 사람이 적어 미니버스를 대절했다. 그러나 미니버스에는 관을 하나밖에 싣질 못한다는 것이다. 다시 돌려보내고 관 두 개를 실을 수 있는 미니버스가 오는 동안 잠시 지체되었다. 이모는 자기 차를 끌고 화장터로 따라온다 했다.

더 이상의 문제는 없었다. 발인 시간을 맞춰 화장터로 향했다. 빈소 차리기를 잘했다는 생각이 들었다. 이모가 '그동안 내가 경조사비 낸 게 얼만데' 하며 조문객을 받자고 한 말을 따른 것이다.

화장터에 도착하자 장례 비용을 계산하려는 이모를 만류하고 삼촌 이름으로 만들었던 카드를 내밀었다. 장례를 치르고도 일천여만 원이 남아 이모에게 다 주었다. 이모의 빚이 7억 원이 넘는다는 걸 알고 있었다.

"너 지금 뭐하는 거니?"

"할머니가 주신 거예요."

문수는 거짓말을 했다. 할머니가 돌아가시기 전엔 은행 예금이 실명제가 아니었다. 가족관계증명서, 주민등록등본을 은행에 제출하고 할머니는 강부관에게 삼촌 이름으로 통장을 하나 개설하게 했다.

"이모가 필요한 데 쓸 만큼 쓰고, 나중에 카드를 삼촌에게 전해줘요. 비번은 삼촌 생일이에요."

입을 꾹 다문 이모가 의심스럽다는 양 흘깃 문수의 눈을 다시 쳐다보았다. 돈 때문에 꽤 긴장한 듯 당혹감이 스치던 이모의 얼굴이 잠시 안도의 눈빛이 보이더니 다시 우울한 모드로 바뀌었다. 할머니가 돌아가셨을 때 삼촌은 오지 않았다. 이모는 서글픈 눈으로 천연덕스런 얼굴을 한 문수를 건너다봤다. 이모의 통장은 마이너스 통장으로 거의 한계에 차 있다는 걸 문수는 누구보다 더 잘 알고 있었다.

"다 됐어?!"

상조회에서 온 팀장과 삼촌이 사무실로 들어왔다. 이모는 시신화장신고서를 작성해서 제출하려다 확인하라며 삼촌에게 내밀었다. 시신화장신고서 뒤에는 병원에서 발급한 사망진단서가 있었고 장례식장 사무실에서 인터넷으로 발급받은 주민등록등본과 호적등본, 그리고 엄마 아빠의 호적 초본이 묶여 있었다. 삼촌이 서류를 받아 읽어보고 고개를 끄덕이더니 이모에게 서류를 내밀었다. 서류와 함께 이모가 창구 안쪽의 직원에게 문수가 준 카드와 함께 내밀었다.

"다 나 때문이야. 내가 죽일 년이라고."

이모가 똑같은 말을 반복하며 탄식했다. 죽을상을 하고 있는 이모가 안쓰러웠다. 화장터에서도 문제가 생긴 것이다. 승화원에 도착했는데 관을 운구할 사람이 없었다. 아빠의 친구들과 병원사람들은 일이 많은 사람들이었다. 상조회에서 나온 팀장이 재빨리 움직여주었다. 대기하던 다른 상조회 직원들을 불러모은 것이다. 동지애를 느낀 다른 회사 상조회 직원들이 팀장의 부탁에 달려들어 엄마 아빠를 화로 입구까지 운구해주었다. 딸랑딸랑 노스님은 요령을 흔들 뿐 염불은 하지 않았다. 조용했던 화장터 긴 복도가 요령 소리로 가득 찼다.

"…… 7번, 8번 대기실입니다."

상조회에서 나온 사람을 따라 대기실로 들어섰다.

"맞습니까?"

"네……."

"영정하고 위패를 여기다 올려놔라."

노스님이 말했다.

문수는 들고 있던 위패와 영정을 받침대에 올려놓고 고개를 푹 수그렸다. 아버지는 7번 화로에, 엄마는 8번 화로에 들여보내졌다. 문수는 멍하니 섰다. 화부가 망자의 이름과 성별, 나이가 표시되어 있는 표를 확인시켰다. 확인이 끝나자 화로 문이 굳게 닫혔다.

이모가 먼저 울음보를 터트리며 발버둥쳤다. 스님 옆에 합장을 하고 서 있던 삼촌도 손으로 눈물을 훔쳤다. 처음으로 울음을 삼키는 삼촌을 바라보며 문수도 눈물을 삼켰다. 무뚝뚝했지만 정이 많았던 아빠였다. 이기적이며 히스테릭하고 예민하기만 했던 엄마. 문수는 멍하니 관이 화로 안으로 들어가는 걸 보며 눈물을 쏟아내기 시작했다.

이윽고 불이 들어가고 있다는 표시로 붉은 전등이 켜졌다. 이제 엄마 아빠의 육신은 불타오를 것이다. 내장은 터지고 이글이글 지글지글 기름은 끓을 것이며 시간이 지나면 뼈만 남게 될 것이다. 소각 중이라고 깜빡이는 붉은 불빛이 '이건 가짜야. 연출되는 장면이라고' 하는 데도 문수의 눈을 찔렀다. 전류가 흐르듯 온몸이 떨려왔다. 문수는 걱정스러운 듯 이모를 보고 있었다. 문수가 소중하다고 말한 가방을 꼭 안은 이모는 문수의 곁을 떠날 줄 몰랐다.

목청 높여 우는 이모를 보니 더 미안했다. 이모의 울음소리는 문수의 귀를 찢었다. 옆 대기실에서 '어떻게 해, 난 어떻게 해?' 하는 젊은 여자의 울음소리와 이모의 날카로운 울음소리가 함께 겹쳤다. 힐끔 보니 찔러도 바늘 하나 안 들어갈 것 같던 삼촌의 눈가에도 주르르 눈물이 흘러내렸고 눈가가 빨갛다. 무너질 것 같음에 한쪽 구석에 처박혀 울고 있던 문수는 눈을 감은 채 이를 악물고 참았다. 노스님은 아버지의 영정 앞에서 짧게 염불을 했고, 노스님을 따라 우르르 엄마의 영정이 있는 대기실로 몰려갔다.

"이제 유족 대기실에 들어가 기다렸다 쇄골실에서 뼛가루를 받는 일만 남았다."

노스님의 말에 문수의 걸음이 휘청거렸다.

"야야. 너도 담배 한 대 태울래?"

"…… 예."

"나가자."

노스님은 이제 다 끝났다며 '그란데, 담배는 끊어라. 니들은' 하며 건물 밖으로 나서자 수고했다는 듯 문수의 머리통을 쓰다듬으며 한소리 했다. 이모와 문수는 '네. 스님 고생하셨어요' 하며 두 손을 가슴에 모으고 허리를 꾸벅했다. 얼굴이 까무잡잡한 노스님이 입을 실룩거리며 웃었다. 뭐라고 말을 이으려다 그만두는 눈치였다. 삼촌이 노스님의 가사와 장삼을 받아 개켰고 노스님의 걸망을 열어 목탁과 요령 그리고 가사 장삼을 곱게 넣었다. 문수는 노스님을 따라나왔다. 삼촌이 노스님의 걸망을 어깨에 걸어멘 채 따라나설 수밖에 없었다.

"저도 한 대 주세요."

이모가 다가와 둥그런 재떨이통 앞에 선 노스님에게 손을 내밀며 끼어들었다.

"근데, 담배값 올랐다……."

"네…… 스님."

그냥 넘어가는 법이 없다. 어쩜 할머니랑 똑 닮았을까. 노골적으로 돈 더 내놓으라는 압력에 '음' 하고 낮게 신음하던 이모가 '알았어요, 네, 네, 네' 하며 썩은 미소를 지어보였다.

"빽빽 울 때보다 예쁘네. 니는 내과 의사라 캤지? 그나저나 이 천방지축인 작은 악마랑 어찌 잘살 수 있겠나?"

"아직…… 개 한 마리도 길러보진 못했어요. 잘할지 모르겠어요."

"저 꼴통 같은 놈이. 맘 아프게 하고 힘들게 하믄, 마 고아원 갔다줘뻬라."

"…… 네. 정 안 되면 해인 스님이 시키는 대로 내다버리죠, 뭐."

갑자기 문수는 유기견이 된 기분이 들었다. 노스님의 '네 엄마 아빠가 죽었다 해도 세상은 눈 하나 깜짝 안 할끼다'라는 말, '죽음이라는 놈, 선함과 악함, 슬픔과 고통을 안다는 건 어른이 된다는 말이다. 아마추어가 아니라 프로페셔널'이라는 말도 가시처럼 와 박혔다.

날이 흐렸다. 하늘에 뜬 해는 파리했다. 곧 비라도 뿌릴 듯싶다. 화장터 곳곳에 심어놓은 단풍나무들도 붉게 그 마지막 울음을 태우고 있었다. 나무들은 희뿌연 하늘로 머리를 쳐들고, 온몸을 떠는 단풍잎들이 불쌍해 보였다. 떨어진 나뭇잎들이 땅바닥을 수놓고 있었는데 바람이 불어 이리로 저리로 어디에 가 닿을지 모르는 파도처럼 쓸려 다녔다.

네 사람은 담배를 피우며 아무 말도 하지 않았다. 70대의 노승과 40대의 승려. 40대의 여인과 10대 소년이 자연스레 담배를 빨았다가 음울함을 털어내려는 듯 푸 연기를 내뱉었다.

지금은 아버지 서재로 쓰고 있는 방이 할머니 방이었다. 방이 제법 컸다. 어머니는 할머니의 병수발을 들었다. '니가 해라.' 할머니의 악착같음에 엄마는 간병인을 둘 수 없었다. 엄마가 담배를 피우기 시작한 건 할머니의 똥오줌을 받아내고부터였다.

그랬다. 목숨의 바다는 늘 출렁거렸다. 할머니는 흑변을 보고 이삼 일이 지나자 손과 발이 차가워졌다. 싸늘해진다고 할까. 죽을 때가 되어서도 할머니는 '남편 잡아먹을 년'이라며 엄마의 손을 탁탁 쳐서 엄마는 들고 있던 것들을 방바닥에 떨어뜨리곤 했다. 아버지는 마지막까지 고부간에 화해하지 못함을 보며 괴로워했다. 할머니는 많이 위축되긴 했지만 엄마와 아예 눈도 맞추려 하지 않았고 이야기도 섞으려 하지 않았다. 해인을 불러놓고 구역질을 해댔다. 가르랑거리면서도 변덕이 들끓었다. 식구들 다 보기 싫다 하기도 하고 툭하면 할아버지를 '나쁜 새끼'라고 욕하기도 하고 아버지에게 '나가, 이 바보 새끼야' 하고 소리치기도 했다. 도무지 그 기분을 맞출 수 없었다. 그래도 문수에게는 강짜를 부리지 않았다.

죽을 때가 되면 헛것이 보이는가 보았다. 헛소리를 했다. 환상 속에서 할머니는 웃기도 하고 울기도 했다. 이미 죽은 사람과 이야기를 하거나,

존재하지 않는 걸 보았다 하기도 했다. 순돌이네 집에서 쌀 세 되 빌린 게 있다던가. 어느 집 장독대에서 총각김치를 훔쳐 먹었다던가, 무언가 해결하지 못한 것이 있다는 둥, 안절부절못하는 경우가 많았다. 불안해하고 두려워했다. 평안하게 해주려 했지만 문수는 속으로 평안하지 않았다. 마지막에 할머니는 부글부글 끓었다. 호흡이 일정하지 않았다. 숨이 곧 끊어질 거 같았는데도 돌 굴러가는 듯 가래 끓는 소리, 천둥번개 몰아치는 소리. 그렇게 밤새 고생하시다 한순간 동공이 확대되고 턱이 척 늘어졌다. 엄마는 고개를 숙인 채 등을 벽에 기대어 자고 있었고 아빠는 그냥 할머니의 책상에 엎드려 자고 있었다.

엄마는 똥냄새 오줌냄새가 싫다고 할머니 방을 나오면 담배를 피웠다. 아침 먹고 한 대, 저녁 먹고 한 대. 가끔 문수도 엄마 옆에서 뻐끔 담배를 피웠다. 엄마는 말리지 않았다. 대신 화장실에 들어가 피우거나 숨어서 피우지 말라고만 했다.

이모의 얼굴은 창백했다. 문수는 가시덤불에 선 듯한 이모의 얼굴에서 그때 일그러졌던 할머니의 얼굴을 보았다. 화로에서 시신을 태우는 데 걸리는 시간은 45분 정도라고 했다. 검은 옷을 입은 고만고만하게 생긴 사람들. 한눈에 보아도 형제로 보이는 사람들이 슬픔에 잠긴 얼굴로 관을 운구했다. 머리에 삼베 건을 한 사람들, 왼팔에 삼베 완장을 한 사람들이 휴지통 앞에 몰려서서 담배를 태우고 있었다. 사람들의 얼굴에는 피로와 숙연함 그리고 경건함이 덕지덕지 묻어 있었다. 화장 순서를 기다리는 장의차들은 주차장까지 늘어서 있었다. 차 한 대가 빠져나가면 그 다음 차들이 빠져나간 차만큼의 거리를 채웠다.

망자의 이름을 확인한 마스크를 쓴 쇄골실 직원이 유골을 분쇄기에 넣고 빻아 뼛가루를 함에 넣어주었다. 채 3분도 걸리지 않았다. 숙련된 하얀 장갑을 낀 손놀림을 보며 문수는 계속 그 자리에 멍하니 서 있었다. 엄마를 더 기다려야 했다. 쇄골실 앞에서 유골이 든 오동나무 상자를 두 개째 받아들었다. 뼈가 든 상자는 따듯했다. 마지막 온기를 전해주려는 듯, 유골상자를 든 문수의 걸음은 휘청거렸다. 강부관 할아버지가 말하길 엄마의 관, 아빠의 관 속에는 행려병사자들이 들어 있을 거라고 했다. 깊게 절망하듯 장례식을 끝내고 나오니 세상이 달리 보였다.

"버스는 보냈어요."

이모가 침묵을 깨며 기어들어가는 목소리로 말했다.

이모가 병원 영안실에 주차해놓았던 검정 에쿠스 승용차를 타고 왔다. 일단, 엄마 아빠의 유골을 노스님이 거처하는 미륵산, 당신 말로는 아뿔사,라는 곳으로 모시고, 다시 병원으로 가야 한다고 했다.

"…… 고생들 많이 하셨어요."

"어쭈구리, 인사도 할 줄 알고."

널찍한 화장터 주차장에 선 노스님은 어깨에 줄을 걸고 유골을 가슴에 맨 문수를 놀렸다. 화장을 기다리며 줄지어 서 있는 영구차들을 보며 '백 년도 못 사는 것들이' 노스님의 말투를 흉내내며 혼자 중얼거리던 문수는 한동안 아랫입술을 깨물고 선 채 쓸쓸히 웃었다. 얼마나 울었던지 문수의 목소리도 갈라지고 쉬어 있었다.

"…… 애썼다. 어쩔래?"

어디선가 까마귀 울음소리가 들려왔다. 까마귀 울음소리는 가슴을 훑고 지나갔다. 푸드득 허공으로 날아오르는 까마귀들을 보던 문수의 걸음이 무너질 듯 위태로워 보였다.

"살겠죠, 뭐. 사는 거 다 거기서 거기겠죠 뭐."

문수는 말해놓고 마른침을 삼켰다. '난 네 놈이랑은 함께 못 산다' 하던 삼촌을 빤히 보았다.

"경화라면 아마 너랑 합이 맞을 거다, 워낙 헌신적인 애라서……."

"벌써 눈이 오려나, 꽤 춥네……?"

'그러네요' 하며 이모가 분위기를 바꾸려는 듯 말꼬리를 길게 끌었다. 삼촌은 이미 외롭다거나 슬프다거나 고통스럽다는 표정에서 벗어난 얼굴이었다. 왜일까, 문득 문수는 평정심을 찾은 삼촌이 싫었다. 죽은 사람은 죽은 사람들이고 산 사람은 산 사람이라며 '너 앞으로 이모한테나 잘해?' 하는 갈라지고 터진 목소리가 싫었다. 이제 쓰레기를 다 치웠다는 양 훌훌 털어버리는 듯한 태도에 화가 난 것이다. 문수는 코를 훌쩍였다. 그랬다. 아버지에게도 그런 냉정함이 간혹 보였다. '문수만 신세 조진 거지 뭐' 하며 눈치를 챈 노스님의 입꼬리가 살짝 올라가는 게 보였다.

"신세 조졌어도 계속 살아남아야지, 뭐. 용빼는 재주 있냐?"

노스님이 문수의 눈을 들여다보며 보며 말했다. 노스님의 표정은 웃는 건지 비웃는 건지 알 수 없었다. 그 말을 들은 문수는 가슴이 울컥했다. 상처받은 짐승처럼 웅크렸던 문수는 요동치던 가슴을 달래며 숨을 낮게 들이켰다.

극단적인 선택을 하기까지 엄마 아빠는 얼마나 힘들었을까. 그래도, 그렇다. 사는 게 그렇게 쉽지 않겠지만 힘들어도 죽는다는 건 너무 심한 건 아닐까. 만일 수간호사가 약병을 바꿔치기 하지 않았다면.

문수는 숨을 크게 들이켰다. 엄마 아빠의 절박함을 눈치챈 건 얼마 되지 않았다. '너희 집 족속들은 똑똑하기는 하지만 바보들이야. 헛똑똑이들. 원래 세상은 극락인데 욕망 어리석음 분노 노여움으로 지옥으로 만든단 말야' 하던 노스님의 말을 떠올렸다. 문수는 거기까지 생각이 미치자 침을 꼴깍 삼켰다.

이모가 차를 몰고 노스님이 서 있는 쪽으로 다가와 멈췄다. 문수가 뒷좌석에 타려하자 조수석 쪽의 자리로 앉으라고 노스님이 말했다. 조수석 좌석에 오른 문수는 입술을 깨물고 앉았다. 문수는 끙 신음을 삼켰다. 뱃속은 쓰리고 목안이 따끔따끔했다. 삼촌이 아랫입술을 지그시 깨물고 멍하니 서 있다. 얼굴을 차가운 유리창에 대고 창밖에 눈을 주던 문수는 울컥거렸다.

"왜?"

"어지러워."

이모가 물었고 문수가 답했다. 눈에서 눈물이 주르르 흘러내렸다. 유골함을 가슴에 안은 문수의 마음은 무겁기만 했다.

"현기증은 좀 어때?"

"버틸 만해."

"울지 마. 자꾸 울면 힘 빠져."

룸미러로 돌아보던 이모가 툭 말을 던지고 문수의 눈치를 살폈다. 화장터에서 유골함을 두 개 들고 있는 문수를 지나가는 이들이 힐끔힐끔 쳐다보는 눈빛이 싫었다. 아랫배 허벅지 쪽으로 하얀 보자기에 싸인 유골들의 온기가 따스하게 전해져왔다.

"이문수, 너 분명히 말하는데 나대지 마라. 깝치다 죽는 수가 있다."

"삼촌 입 다물고 있어요. 나 지금 무슨 짓을 저지를지 모르니까."

차에 올라타며 두 사람은 서로에게 한마디씩 했다. 분위기가 갑자기 싸늘해졌다. 전후좌우를 따지지 않는 이모는 문수가 말을 함부로 한다고 눈을 하얗게 흘겼다. 삼촌의 표정이 얼음장처럼 차가웠다.

삼촌에게 '뭐야?' 하는 힐난의 눈빛을 보내는 이모의 이목구비 선이 엄마랑 흡사했다. 문수는 몸을 약간 옆으로 해서 호주머니 속에 울고 있는 휴대폰을 꺼냈다. 그리고 보현이 보내온 영상 하나를 작동시켰다. Y대 박영우 교수가 어떤 건물로 들어가고 있었다. 실내 조명은 어두웠다. 양쪽으로 고급 등받이 의자들이 놓여 있었고 담배를 피우는 사람들, 다리를 꼬고 앉아 있는 사람들이 시트에 잔뜩 등을 기댄 게 보였다. 일곱, 여덟 명이었다. 박영우 교수가 차렷 자세로 서서 무언가를 설명하는 게 보였다. 앉아 있는 사람들이 거만해보였다. 골드문트를 움직이는 Y시의 검은 그림자들, Y시를 떠나 살지만 Y시를 좌지우지하는 자들임을 직감할 수 있었다. 그때 전화벨이 울렸다.

으, 하며 문수는 동영상을 끄고 화상통화 버튼을 눌렀다. 이내 할아버지의 모습이 보였다.

"욕봤다."

"할부지……."

"우짤래, 미국으로 들어온나."

잠시 화면이 지지거렸다.

"…… 아이다, 여기서 할 일이 생겼다."

"뭔데?"

"내한테 새엄마가 생겼다. 할부지는 못됐다."

"그래 나 못됐다……."

"나, 엄마 바꿨다. 이몬데 새엄마 하기로 했다. 내과 의사다. 할배, 속

안 좋으면 마 들어와라. 치료해줄게."

운전석에 앉은 이모가 고개를 옆으로 돌려 문수를 보았다. 그리고 '안녕하세요, 오랜만이네요' 하고 인사했다.

"오랜만이네요. 어쨌든 마 정리가 되믄 들어왔다 가이소. 내가 갈 수 없으니 올 수 있는 그대들이 와야지."

할아버지는 화면을 뒤로 뺐고 여러 대의 컴퓨터를 앞에 두고 휠체어에 앉은 모습이 비쳤다. 할아버지는 하반신을 쓰지 못하는 반신불수였다.

"야 이 문딩아."

그때, 뒷좌석에 앉아 눈살을 찌푸리던 노스님이 끼어들었다.

"어이, 땡중."

"지랄염병하고 자빠졌다."

그 말에 이모와 문수, 삼촌이 싱긋 웃었다. 품위와 격식은 찾아보려야 찾아볼 수 없었다.

"니 귀신이고? 그해 12월 죽었다 들었는데."

"…… 그래 나 죽었다 부활했다. 여기는 극락이다."

"지랄하고 자빠졌다. 내 죽었다 사는 건 내 자지밖에 없드라."

노스님의 말에 이모가 쿡 웃음을 터트렸다.

"그래 됐다."

"너는 그냥 죽어도 되는 놈인데. 그래, 뭐할라꼬 다시 무덤에서 기어 나왔노? 어디노?"

할아버지의 표정에서 만감이 교차한다는 걸 문수는 알 수 있었다.

"엘에이다."

"…… 엘에이가 어디고? 어느 비어홀을 말하는기고?"

삼촌과 이모가 다시 희미하게 웃었다. 잠시 화면이 다시 지지직거렸다. 그러나 이내 정상으로 돌아왔다. 문수가 태블릿 위치를 약간 돌려 노스님 쪽을 향하자 화면 저쪽에서 할아버지는 노스님의 행색을 훑어보더니 혀를 끌끌 차며 다시 입을 열었다.

“아이고, 이 답답중, 깝깝중놈아. 나…… 성이라꼬. 이 무식한 땡중놈아, 그렇게 평생 중노릇하고도 아직도 무식하냐?”

“너 잘 만났다. 야이 쓰브랄 놈아. 내가 언제 네 마누랄 따묵었노? 이 의처증 걸린 개호로새끼야. 내가 달라칸다고 네 마누라가 내한테 선뜻 홀랑 벗고 함 줄 여자고?”

그제야 노스님은 화면 안쪽의 인물을 확인하고는 눈을 흘기더니 기가 막히고 코가 막힌다는 양 지거리를 퍼부어댔다.

“…… 미안타. 우짜든둥 이혼할라카이 너를 팔아묵었다. 너를 그래 좋다하던 내 마누라 보살도 저승으로 가삣다고.”

“우짜든둥, 이 개호로자슥아.”

경화이모가 고개를 옆으로 하더니 조수석에 앉은 문수에게 ‘심하다’며 장난스러운 눈으로 졌다는 듯 어깨를 들썩거려 보였다. ‘맞아요 미성년자도 있는데’ 하며 문수도 고개를 끄덕이며 맞장구를 쳐주었다.

“아들, 며느리 사십구재 좀 잘 부탁한다.”

“…… 웃기지 마라, 돈 십만 원 내고 사십구재까지. 택도 없는 소리하지 마라. 그나저나 니는 이 업보를 우짤낀데……. 아이고 죽은 네 마누라가 불쌍타. 사과하그래이.”

“…… 사과한다.”

“내한테 하지 말고 니 죽은 마누라한테 하란 말이다.”

"…… 우짜믄 되는데?"

"천도재라도 올려줘라. 원한이 맺힌 넋이 구천을 을마나 헤맸겠노? 천만 원이다. 그케 본댁정 버리고 화류객정 찾아간 새끼들 다 업보받는다, 내 캤나, 안 캤나."

"…… 욕해도 된다, 내 많이 참회하고 있다, 용서하그라. 애들 사십구재도 거 뭐라캤노? 천도잿지 뭔지 모르지만 좀 잘 올려줘라. 마 돈은 내 문수를 통해 곱빼기로 보내꾸마."

"…… 인자 와서 백날천날 참회, 천도재 올림 뭐하노, 때는 이미 늦으리다, 나쁜 놈아. 이 등신쪼다 같은 놈아."

할아버지의 눈길이 심하게 흔들렸다. 이미 노스님에게 밀려도 왕창 밀리는 눈치였다. 노스님이 담배를 태워 물었다. 이모가 차창의 문을 내렸다.

"야야, 군바리새끼야."

"그래, 오야."

"니 둘째 아들도 여기 있다. 그런데…… 니네집 집구석 패밀리들 졸라 재수 없다. 군바리들."

"졸라……? 그새 너도 문수한테 전염됐나?"

"느그집 집구석에 맘에 드는 인간이라고는 니 손자 하나밖에 없다."

문수는 태블릿을 벌레 씹은 얼굴을 한 삼촌에게 건넸다.

"아들?!"

"…… 네. 아버님, 저에요."

그때 삼촌이 끼어들었다.

"그래 영식아 야야, 너 치질은 기않나?"

"…… 예, 수술했심더."

헛기침하던 할아버지는 화면 속에서 삼촌을 쏘아보며 또박또박 물었다. 할아버지 목소리가 낮고 굵게 바뀌었다. 의아해하던 삼촌은 치질 얘기가 나오자 자세를 바로 잡고 앉았다.

"…… 살아계셨습니까? 저도 아버님이 돌아가신 줄로 알고 있었어요. 아들 문안…… 인사드립니다."

삼촌은 뭔가를 짚어내려고 눈을 깜박이다 치질 이야기가 나오자 감정이 북받치는지 침을 꿀꺽 삼켰다.

"…… 스님이 되었다 카던데."

술 마신 아버지의 목소리는 할아버지랑 똑같았다. 심지어 할머니까지 깜빡 속은 적이 한두 번이 아니었다.

"…… 형하고 형수님을 지켜주지 못했습니다. 마…… 죄송합니다."

한동안 두 사람의 대화가 끊어졌다. 할아버지는 입을 굳게 다문 채 검붉은 얼굴 근육을 움직이며 고개를 주억거렸다.

"부채 관계며…… 뒤처리 깨끗하게…… 해줘라. 문수가 잘살 수 있도록."

"……."

"대답해라. 넌 기회만 있으면 도망치더라. 도망쳐서도 잘살지도 못하믄서. 정식이는 그래도 살아볼라꼬 애쓰다 그래, 됐지만도."

할아버지는 노스님하고 통화할 때와는 달리 목소리가 낮고 차가워졌다. 미간을 찌푸리고 삼촌을 힐난하는 눈빛이었다. 할아버지의 눈빛에 광채가 났다. 문수가 한번도 보지 못했던 할아버지의 카리스마가 작렬하고 있었다.

"…… 저는 수행자입니다. 아버님."

삼촌의 목소리도 만만치 않았다.

"꼴에 입은 뚫렸군, 쥐뿔도 없는 놈이. 내가…… 네 처지를 이해하고 하는 말인데……. 지금 다 네 놈 땜에 위험해진 거 아니냐?"

두 사람의 대화가 끊겼다. '이게 다 삼촌 때문이라고?' 하며 문수가 너스레를 떨었다. 그런데 할아버지는 화면을 끌어당겨 쓰지 못하는 두 다리 쪽을 비췄다.

"이판이 사판이고 사판이 이판인 줄 안다. 승이 속이고, 속이 승이고, 부처가 어디 산속에만 있느냐?"

삼촌이 화면 속 할아버지의 눈을 뚫어져라 보았다. 그러다 슬쩍 그 시선을 피하며 입을 열었다.

"예, 그렇지만요……."

천하의 삼촌도 바짝 긴장하고 있다는 걸 눈치챌 수 있었다.

"책임질 수 있나?"

"…… 노, 노력하겠습니다."

문수는 속으로 '아싸' 하고 쾌재를 불렀다.

"중노릇 하는데 불편한 건 없고?"

"각자도생의 길, 제 인생에 있어…… 지금이 최고 불편하네요."

"네 어메가 준 카드는 받았나?"

"예."

"서울 혜화동 집은 문수 줘도 되겠지?"

"예."

"이번 일 잘 처리하면 내 문수에게 너하고 땜통이 죽을 때까지 오라가라 하지 않는 마 쪼매난 암자 하나 시주하마."

"…… 이 세상이 다 절인데요 뭐."

삼촌은 눈을 부릅뜬, 위협하듯 윽박지르는 할아버지의 말을 따르는 듯했다. 할아버지의 두 다리를 본 노스님도 '그렇게 병신으로 살았나?' 하며 '참으로 질긴 게 목숨이다. 꼬라지를 보니 참 눈물겹구나. 다, 네 마누라 기도공덕인기라' 했다. 삼촌이 장례식에 나타나고 처음으로 가장 말을 많이 하는 순간이었다.

그때 건널목에 신호가 붉은 등으로 바뀌었고 차가 멈추었다. 다시 신호가 바뀌자 이모가 액셀러레이터를 밟았고 차는 슬금슬금 Y시의 내장 속으로 빨려 들어가기 시작했다.

들키지 않았다. 아무도 눈치채지 못했다. 입을 꾹 다문 문수는 가슴 속에서 뜨거운 것들이 올라왔다. 차는 역 광장을 지났고 쌍다리를 지났다. 쌍다리를 지나 천변길로 들어서는 걸 보니, 복잡한 시내 거리를 피해 외곽도로를 택한 모양이다. 해변을 따라 차가 질주했다. 해안에선 갈매기들이 하늘로 차고 올랐다. 금빛 저녁노을을 받은 바다는 아무 말도 하지 않았다.

문수는 그저 차창 밖 먼 바다만 내다보았다. 차는 해안을 지나고 가로수뿐인 논밭을 지나 한적한 국도변을 달리고 있었다. 차창 밖으로 논과 밭 공장지대를 지나 비슷비슷한 길가 풍경들이 펼쳐졌다. 이윽고 차가 시내로 들어섰다. 과속방지턱에 차가 크게 덜컹거렸다. 그 바람에 문수의 기분도 덩달아 들썩거렸다. 아랫도리께가 싸한 게 이상했다. 의외로 잔소리꾼인 노스님이 이모의 거친 운전에도 헛기침만 내뱉을 뿐 아무 말씀도 하지 않았다. 이윽고 식당과 상점들이 눈에 띄기 시작했다. 순간, 미륵산으로 향하던 이모는 불교상회가 바로 보이는 길가의 노견에 비상등을 켠 채 차를 세웠다.

"잠시만 내리세요."

"와카노?"

"내려보시라카이."

노스님은 이모에게 꼼짝도 하지 못했다.

Y시는 항구도시며 비행장이 있는 군사도시였다. 그러나 차츰 교육도시로 바뀌어 가고 있었다. 대학이 다섯 개나 들어섰다. 인근 대도시에서 한 시간 거리 안에 위치한 터라 학생들을 통학버스로 실어 날랐다. 한 때의 대학생들이 거리를 휩쓸고 지나갔다.

깔끔한 이모 성격에 구질구질한 노스님을 그대로 보지 못했다. 간섭하지 않으려고 차 안에 얌전히 앉아 있던 문수도 눈을 깜박였다. 순간, 문수는 가방을 챙겨들고 '삼촌도 좀 내려봐' 했다. 불교상회 바로 옆에 중고폰이라고 씌인 휴대폰가게가 보였다.

"왜?"

"좀 내려보라니깐."

먼저 차에서 내린 문수가 뒷좌석 문을 열고 삼촌을 끌어내렸다. 문수는 삼촌을 데리고 휴대폰가게로 들어섰다.

"정상 해지된 중고 태블릿 공단말기 한 개 하고요, 스마트폰 두 개. 선불폰 LTE 요금제 얼마짜리가 있나요?"

"27,000원 340분짜리."

"다른 건?"

"예. 통화 무제한 요금제도 있는데."

"즉시 개통되죠?"

"네."

"하나는 27,000원짜리, 하나는 최신형으로 해서 통화무제한 요금제로 개통해주세요. 여기 휴대폰 값."

가입서류를 대신 쓴 문수가 지갑 속에 든 카드를 꺼내 내밀었다. 골드다. 삼촌이 입안에 바람을 잔뜩 넣고 문수를 바라보았다. 요금을 계산하고 폰 세 개를 받아들고, 스마트폰 두 개와 태블릿을 삼촌에게 내밀었다.

"선불폰, 이건 가지고 계시다가 노스님 드리세요. 제가 연락을 취해야 할 거 같으니까."

"…… 나 이딴 거 없이도 조용히 잘살았는데."

"아, 좀. 제발……. 쪽팔리게 하지 말고."

문수의 목소리가 높아졌다. 휴대폰가게를 나오는데 직원이 두 사람을 이상하다는 듯 건네다봤다.

"야 인마. 너?"

"인생 공수래공수거, 빈손으로 왔다 빈손으로 가는 거라며?"

문수가 말을 내뱉고는 '무슨 말이 그리 많아? 지금 나랑 길바닥에서 한판 붙어보자는 거야?' 하며 휴대폰들을 강제로 가슴에 툭 밀었다. 휴대폰을 겨우 받아든 삼촌은 '미치겠다. 너 땜에' 하며 벌레 씹은 얼굴을 했다.

"삼촌, 그러니까 좀 도와줘."

"인마, 난 조문을 왔지 세상을 구하러 온 게 아니라고."

"삼촌 깨진 유리창이론 알아? 단지 우리들 마음의 유리창이 쪼끔 금이 간 게 아니라고. 유리창틀, 우리 식구들, 가족들이 완전 박살난 거라니깐. 좀, 좀. 제바알."

문수는 낮은 목소리였지만 힘주어 말했다. '증거가 없는데, 증거가 있어도 유전무죄 무전유죄란 말 몰라? 위에서 찍어누르는데 어떻게 법으로?'라고 따지지 않았다. 그때 마침 노스님이 새 승복으로 갈아입고 불교상회를 나오고 있어 두 사람의 대화가 끊겼다.

"…… 새 옷으로 갈아 입는다꼬 누더기, 거지발싸개 같은 내 인생이 바뀌겠나?"

"…… 스님, 우리 하루를 살아도 제발 깔끔하게 살자구요."

이모와 노스님이 티격태격하고 있었다. 삼촌에 이어 이모까지 '제발'이라는 말을 하자 문수는 픽 웃었다. 정말 이모의 말대로 승복이 바뀌자 스님이 바뀐 거 같았다. 차에 타고도 노스님은 계속 구시렁거렸다.

"입던 옷은."

"버리라고 그랬어요."

"왜?"

삼촌까지 노스님 편을 들고 나섰다. 최고급 승복이라고 했다. 문수는 어이가 없어 피식 웃었다.

이모는 운전석에 앉은 채 문수에게 '내가 이겼지' 하고 생글거렸다. 노스님도 이모에게는 더 찍소리하지 못했다. 검버섯진 얼굴, 바짝 마른 노구 옆얼굴로 비친 노스님의 짧은 머리엔 흰 머리카락이 드문드문 비듬과 함께 보였다. 낡고 닳은 승복이 아니라 새 옷을 입어서 그런지 왠지 노스님에게 위엄이 보이는 것도 같았다.

미륵산 노스님의 거처에 도착했다. 삼우제는 지내지 않기로 했다. 따스한 온기가 남아 있던 유골을 내려놓던 문수는 출렁거렸다. 하늘과 땅, 온통 회색의 세상도 출렁거리고 있었다. 넘어질 듯 아슬아슬하고 위태

위태한 걸음걸이였다.

"스님."

노스님은 당신의 거처를 '아뿔사'라고 했다. 그랬더니 행색을 본 이모가 '아뿔싸 정도가 아니라 완전히 맙소사, 질식사로구먼 뭐?!' 해서 모두 한바탕 웃었다.

"부처님 단 위에 위패와 영정 그 뒤에 두 영가를 모시고 촛대에는 촛불 켜고 향로에는 향불 피워서 꽂고 세 번 절해라."

"예."

꽃도 염불도 없었다. 방으로 들어선 식구들은 담배냄새에 절은 방바닥에 앉았다.

"노스님."

"응?"

"이 인간을 잠시 부탁해요."

"누구?"

"여기 우리 삼촌이라는 중생. 씻지 못할 실수도 많고 과거도 살벌한."

"야, 인마. 누구나 실수도 하고 과거도 있는 법이야."

삼촌의 항변에 이모 그리고 노스님이 쿡 웃었다. 삼촌이 집으로 따라오겠다는 걸 문수는 말렸다. 하루만, 딱 하룻밤만 더 엄마 아빠를 조사해 보겠다고 문수는 대놓고 말했다. 그러니 아침 일찍 와달라며 대문 도어록 비밀번호를 가르쳐주었다.

"몇 번?"

"…… 1023. 내 생일이다, 잊어선 안 돼."

삼촌이 어이가 없다는 양 되묻는 문수를 내려다보았다. 그래도 표정의 변화가 없었다. 장례 기간 동안 한번도 손을 잡아준다거나 문수를 안아준다거나 그런 일은 없었다.

"이모."

"응?"

"삼촌이 스님 되기 전에 뭐했어?"

"응, 소령이었어. 국토안전부 안전국 특수작전과 다섯 명으로 이루어진 팀의 팀장."

"특수작전과가 뭐야?"

"국토안전부 대테러부대라던데……. 외국으로 한참 나다녔던 걸로 기억해. 자세히는 나도 몰라."

집으로 돌아온 문수는 아무도 없는 집에 혼자 책상에 앉았다. 이모도 밤근무라 내일 아침에나 옷가방만 챙겨 집으로 들어온다고 했다. 문수는 고개를 내저었다. 꿈인가 했다. 그러나 현실이었다. 한동안 문수는 책상 앞에 앉아 꼼짝도 하지 않았다. 건넌방 큰방에서 엄마가 금방이라도 부를 것만 같았다. 방문을 열고 마루를 지나 엄마의 방으로 들어섰다. 아무도 없다. 아빠의 냄새는 나지 않는데 엄마의 냄새, 토마토 이파리 냄새가 진했다. 깨끗하다. 그래서 더 슬펐다.

문수는 아빠 서재에 있는 다이어리를 펼쳤다. 무엇보다도 채무자들을 살폈다. 그 중 떠 있는 인물 중 문수는 장태주란 자를 주시했다. 사채로 3년 전 9억 원을 빌렸는데, 작년 토지 및 건물등기부 등본에는 담보가 4억 원이 더 추가되어 13억 원으로 부채가 설정되어 있었다. 우연의 일치인지 신상을 털어보니 역시 같은 반이었던 진덕이네 보육원 이사장이다. 침착하자. 문수는 제1, 제2 은행권 담보들을 눈여겨보았다.

다이어리를 보자 아빠의 고민과 두려움, 아픔 같은 것들이 적나라하게 드러나 있었다. 딱 부러지고 깐깐한 엄마랑 얼마나 옥신각신했을까. 눈물이 글썽거렸다. 티격태격했을 아빠. 엄마의 질서정연한 논리 앞에 눈만 끔벅끔벅, 미안해했을 아빠. 문수 앞에선 그 통증들을 숨기고 흥흥, 웃음을 보이던 아빠. 문수는 이맛살을 찌푸리다 자신도 모르게 한숨을 내쉬었다. 가슴에 돌덩이 하나가 짓누르고 있었다. 문수는 몸을 일으켰다. 그리고 엄마 방으로 가서 엄마가 피우던 담뱃갑에서 담배 한 개비를 꺼내 물었다. 아빠가 일본학회에 갔다가 올 때 엄마에게 선물한 전자 라이터로 불을 붙여 담배연기를 뱃속 깊숙이 빨아 당겼다. 갑자기 집안에 있는 사물들이 화들짝 놀란 듯 못마땅한 표정으로 문수를 흘겨보는 듯했다.

엄마, 아빠가 없다는 것 때문에, 짙은 고요 때문에 그동안 들리지 않던 소리가 귀에 들려와 맴돌았다.

"엄마, 이 더러운 세상에 내가 잘살아낼 수 있을까?"

엄마는 대답하지 않았다. 물론 엄마는 집에 없었다. 문수는 자신이 말해놓고 깜짝 놀랐다. 문수는 담뱃불을 재떨이에 비벼 끄고 다시 아빠의 다이어리를 넘겼다. 무엇보다 채무자들을 정리해놓은 부분에서 시선을 떼지 못했다. '뭔 빚이 이리 많아?' 가만히 보니 빚이 빚을 낳은 꼴이었다. 차츰차츰 이자는 눈덩이처럼 불어났고 나뭇가지에 연줄 걸리듯 이 은행 저 은행 담보 잡히지 않은 건물과 땅이 없었다.

어둡다. 불이란 불은 다 켰다. 방과 방, 거실. 형광등 불들을 다 켰는데도 해결되는 건 아무것도 없었다. 보일러도 켰다. 그래도 모든 것이 침묵이다. 어둠과 슬픔, 공포 같은 것들이 밀물처럼 자꾸만 가슴속으로 파고들었다. 엄마랑 아빠랑 웃고 떠들고 밥 먹고 싸우던 게 그런 게 다 행복이었구나. '아, 엄마' 문수는 낮게 탄식했다.

엄마 아빠가 때를 묻혀놓은 집기며 남은 온기들. 엄마 아빠가 눕고 자고 섹스하고 깔깔거리던 엄마의 침대에 대 자로 누웠다. 그때 적막을 깨고 문수의 왼쪽 휴대폰이 울렸다.

"괜찮아?"

"…… 괜찮아지겠지, 뭐."

"뭐해?"

"……."

"내가 가줄까?"

"…… 아냐."

보현의 말에 순간 문수는 하얗게 웃었다.

"중요한 것들 캡처해서 보냈어."

영상을 캡처해서 jpg 파일로 바꾼 다음 메일로 보낸 것이다.

"…… 오늘은 무조건 쉬고 싶어."

'세상을 바꾸고 싶어. 놈들의 입맛에 맞는 세상이 아니라. 우리들의 세상.' 그런데 좋은 세상을 만들 자신이 없었다.

"배후, 놈들은 전 대통령 장태산을 중심으로 움직이는 거 같아."

"김 선생님, 김 선생님은 돌아가셨겠지?"

"음, 그런 거 같아."

눈꺼풀이 자꾸 내려앉았다. 어찌 보현의 전화는 그렇게 타이밍이 잘 맞았을까. 전화가 오지 않았더라면 죽음 같은 어둠, 절망 같은 것들 속에 휩쓸려 미쳐버렸을지도 모른다는 생각을 했다.

"음악 좀 틀어놔, 아님 텔레비전을 틀던가."

"크으. 이모가 오기로 했어. 옷 갈아입고 옷 가지러 갔어."

사실은 이모는 내일 아침이나 되어야 올 것이다.

"이모?"

멈칫하던 보현이 정색을 하더니 새초롬한 목소리로 되물었다.

"너네 이모 맘에 안 들어. 너희 엄마 아빠를 그렇게 만든."

"그래도 이모는 이모야."

문수의 말에 수화기 저쪽에서 '그래도 싫어' 하고 보현이다운 태도였다. 동영상 때문일 것이다.

"…… 그래도 나 혼자 있는 거보다는."

"너네 엄마가 나한테 반지를 줬다."

보현이 화제를 바꾸려는지 잠시 침묵을 깨고 입을 열었다.

"반지?"

"응. 어머니와 아버지의 이름이 있고 그곳에 너의 이름과 나의 이름 이니셜이 있는 18k. 그러니까 살아 넌 내 거니까. 알아서 겨. 텔레비전 켜고."

"…… 알았어, 잘 자."

문득 전화를 끊은 문수의 가슴에는 파문이 일었다. 노스님이 색즉시공 공즉시색이라고 세상은 가짜다. 살아 있는 게 산 게 아니다. 꿈 같고 물거품 같고 그림자 같으며 이슬 같고 번개와도 같다는 말을 떠올렸다. 엄마가 반지를 보현이에게 주어도 되냐고 물었었고 문수는 한참 있다가 고개를 끄덕였었다. 그때 선재에게서 대포폰으로 문자메시지가 왔다는 알람이 울었다.

- 잘 치렀니?

- 응

- 고생했다.

- 어젠, 미안. 취했다. 핸드폰 동선을 추적해보니 김 선생님 납치되기 전 메시지 있었어. 마지막.

- 무슨?

- 누군가 건설진행자금 570억 편취.

- 570억을 잃어버렸다고?

- 응, 그런데 선재아버지가 위험하대.

문수는 잠시 생각에 빠졌다. 골드문트 골프장으로 향한 사람들은 정무수석, 국회의원 2명, Y시 시장, Y시 경제특보, P포럼 고문, 금융지주회사 회장, 신문사 사장, 방송국 사장이라는 것이다. 이름, 인적사항, 전화번호는 비밀 사서함에 들어 있다는 내용이었다.

문자를 끝낸 문수는 고개를 절레절레 흔들며 끙, 신음을 삼켰다. 망망한 바다에 돛도 닻도 없이 둥둥 떠내려가는 기분이었다. 어서 이 밤이 지나갔으면 했다. 밖에는 비가 내리는 모양이었다. 어두워서 창밖은 보이지 않았다. 빗소리, 바스락거리는 소리, 귀에서 윙윙거리는 이명과 같은 마루에서 나는 냉장고 소리, 누군가 골목 앞을 지나며 쿵쿵거리는 소리, 간혹 들리는 차들의 소음도 들려왔다.

"그냥 괜찮다고 말해주면 안 되겠니?"

"선재아버지가 우리편이라…… 선도 악도 다 우리들 꺼네."

문수는 보현에게 말을 해놓고 한동안 말을 잇지 못했다. 보현의 '그냥 괜찮다고 말해주면 안 되겠니?' 하는 말은 멋졌다. '너 같으면 괜찮겠니?' 하려다 나중에 '괜찮아. 김 선생님 삼 개월 통화 내역, 차량 이동경로, 차량 블랙박스, 주변 CCTV 다 뒤져봐' 하고 겨우 말했다. 분명 김 선생이 납치된 건 경로를 아무리 추적하려해도 추적이 되지 않는다고 전문가들의 소행이라고 보현이 툴툴 댔었다.

사흘간 밀봉되었던 집안의 창문들이 서글프지 덜컹거렸다. 문수는 그 창문 덜컹거리는 소리들이 신경 쓰였다. 바람에 창문들이 덜컹거리다 바람에 와르르 무너져 내리면 어떻게 하지, 하는 쓸데없는 생각에서였다. 집 대문 비밀번호를 누를 때 하늘은 비가 내릴 거 같았다. 문수는 선뜻 집으로 들어설 수 없었다. 비가 오는 건가. 집안에 아무도 없으니 내리는 빗소리가 더욱 크게 들렸다.

"빌어먹을 비는 왜 내리고 지랄이야?"

문수는 구겨진 감탄사를 삼켰다.

시간이 지날수록 빗소리는 커져갔다. 진통제 반 알을 먹었다.

"이게 뭐야? 왜 이리 참담한 거지?"

잠은 오지 않고 눈만 더 말똥말똥하게 떠졌다. 문수는 자신도 모르게 '씨발' 하는 욕설이 튀어나왔다. 문수는 남겨놓은 진통제 반 알을 다시 먹은 후 누웠다.

여전히 창문들은 바람에 삐걱거리며 울고 있었다. 수면제도 약통에 있었지만 수면제는 엄마가 먹지 말라고 했다. 잠들고 싶었다. 그러나 아무리 눈을 꼭 감아도 잠은 오지 않았다. 헝클어진 생각들. 사연들. 곰곰 생각해보니 돌이킬 수가 없다. 괜찮다면 어디서부터 정리를 시작해야 할까. 문수는 두 다리를 허공에 뿌리며 몸을 일으켰다. 휴대폰을 집어들었다. 어둠과 두통 속에서 문수는 재발신 버튼을 눌렀다.

"응, 왜?"

"잘 자라고."

막상 보현에게 전화를 했지만 무슨 말을 해야 할지 마음이 엉겼다. 보현이 '피이' 하는 바람 빠지는 소리를 냈다.

"비가 많이 내리네."

보현이 실망했다는 듯 졸린 고양이 소리를 냈다.

"박영우 교수. 체킹 잘하고 있지? 움직이는 동선. 3개월간 통화 내역, 1년간 들어오고 나가는 통장 내역, 만나는 친구, 만나는 사람들……. 내연 관계. 잘 가는 술집들, 잘 가는 찻집. 죄다."

"박 교수를 들여다봤는데 지금 가진 증거만으로도 장태산의 오른팔이라는 심증은 차고도 넘쳐. 비트코인 채굴기 만들어 판 회사 부도내기. 골드문트 놈들에게 포섭된. 높은 분들의 불법 장기이식 수술 배후에."

"찾아……. 증거를 무조건 찾아."

"…… 알았쓰."

"선잰 모르게."

"알았쓰……. 토끼몰이, 그거뿐이야?"

"자애원 옆의 부대 내에 있는 골프장 골드문트. 그 안에 위치한 요상한 건물이 있어. 무슨 전략연구소던데 민간인 사찰, 가짜 뉴스를 만들어 내는 곳인가봐. 그 옆 건물, 레스토랑에서 이번 서울에서 내려오는 손님들을 그곳에서 마약 파티라도 할 태세야. 그곳엔 접대할 수 있는 장소가 많아. 그런데 접근이 쉽지 않네. 전파가 차단되어 있어. 외부와 차단된 자체 라인을 쓰거든."

"응. 밖에서라도 얼굴인식기 돌려서 출입자 명단, 근무자 인원 면면들을 자세히 알아봐. 보육원 여자애들도 가끔 불려가던데. 적어도 Y시에서의 중요한 사항들은 거개가 골프장에서 결정되었다. 골프장 내 숙박과 연회를 벌일 수 있는 장소는 레스토랑과 카페, 그리고 별관 쪽에 있는 별장. 그곳은 Y시를 끌고 가는 골드문트 그룹에 반대하는 난동자들을 끌고 가서 물고문이나 거꾸로 매달아 두들겨 패는 곳. 전파교란 뚫는데 너 선수잖아. Y시 부정한 세계의 성소(聖所) 같아. 바다 쪽의 부락산 별장과는 달라."

"응, 레스토랑까진 뚫었어. 법무부 차관, 정권 실세들, 금융감독청, 국민연금 등 기관장들, 은행, 관련기관 행정부 수장들, 들락거리더라고."

"알았어. 뚫지 못한 건 오른팔들을 시켜 조사하도록 할게……. 제2, 제3의 별장도 들어오고 나가는 차량 사람들, 잘 체킹하고. 전화 끊어."

문수는 딸깍 전화를 끊었다.

빗소리가 바람을 피해 방안으로 기어들어와 생각에 잠긴 문수의 밤을 물어뜯고 있었다. 엄마의 침대에서 베개를 끌어안은 채 문수가 내지르는 신음소리를 창밖의 바람소리 빗소리가 삼켰다. 얼마나 그렇게 고요와 정적 속에 앉아 있었을까. 한 생각에 발딱 몸을 일으킨 문수는 화다닥 자신의 방으로 내달렸다.

제4장

다크웹, 나는 누구이고 너는 무엇인가?

아침이 왔고 알람 소리가 요란히 울렸다. 문수는 으, 하며 겨우 몸을 일으켰다. 다행이 악몽을 꾸지 않았다. 깨어보니 빨리 일어나라고 쫓아다니던 엄마가 보이지 않았다. 엄마가 없어도 새날, 새아침은 밝았다. '엄마' 하고 불러보지만 엄마가 대답할 리 없었다. 외로움은, 이별은 있던 것들이 있어야 할 자리에 없다는 거다. 낯설다. 엄마도 아빠도 이젠 없다. 헤어지는 방법, 이별의 능력이 부족했던 탓인가, 잠에서 깬 문수는 혼자라는 사실에 침대에 앉은 채 한동안 고개를 푹 수그렸다. 사탕을 깨물어 먹어버린 어린아이처럼 문수는 엄마 없이 등교하는 첫날부터 허둥대기 시작했다.

엄마의 염주에 꿰어 있던 나날들. 이제 그 한 줄에 꿰어 있던 인연들이 끊어져 알알이 흩어졌다는 생각에 문수는 숨을 낮게 들이쉬었다. 엄마의 세상은 늘 고요하고 우아하고 거룩해야만 했다. 하지만 엄마는 아들이 못된 소년이라는 것도 알고 있었다.

문수는 담뱃갑에서 담배를 뽑아 물고 불을 붙였다. '도대체 넌 어느 별에서 온 아이니?' 지저분한 문수의 방을 보면 '네 유전자는 도대체 어떻게 된 거니? 야, 돌연변이. 똥강아지' 하며 나무라곤 했다. 툭하면 '됐다, 그래. 졸라, 씨바'를 입에 달고 사는 문수를 못마땅해했다. 문수는 학교 앞에 잠시 주차한 차 문을 열고 나왔다. 이모에게 공손히 고개를 숙여 인사를 했고 손을 흔들기까지 했다. 엄마에게는 그저 손 한번 흔들어 보였을 뿐이다. 엄마의 차는 은색 소나타였는데 이모는 엄마 차보다 더 좋은 에쿠스다. 문수는 교실로 올라가는 언덕을 오르며 자신도 모르게 교문 쪽을 획 돌아보았다. 그러나 이모 차는 보이지 않았다. 오늘은 7교시다. 4교시가 끝나면 조퇴하기로 했다. 엄마 아빠의 사망신고를 위해 교문 앞으로 삼촌이 엄마 차를 운전해 오기로 한 것이다.

"어떻게 하냐? 니 생활 패턴이 바뀔 텐데……."

정작 임팩트가 필요한 건 삼촌이었다. 삼촌이 아침에 집으로 와 문수의 어깨를 툭 쳤다. 이모도 야간근무를 마치고 왔다.

"어쩌긴 바퀴벌레 같은 놈들 싸그리 다 잡아죽여야지."

"크크크. 살충제가 많이 필요하겠네. 그러지 말고 법으로 하자고. 악법도 법이다."

"법 같은 소리하시네. 삼촌은 법만 있고 정의는 없냐?"

문수의 말에 삼촌은 한동안 말을 잇지 못했다. 일단 삼촌을 자극해야 했다. '방법이 뭐가 있을까, 나 삐뚤어질 거야. 나 엇나갈 거야.' 그 방법이 최선이라는 생각이 들었다.

"야 인마. 너, 삼촌이라 부르지 말고 스님이라고 부르랬잖아."

어른들은 툭하면 권위를 내세웠다.

"삼촌이나 나한테 인마, 전마 하지 마시라고요, 꼰대 스님 아저씨."

목적을 위해선 살인 납치 감금을 일삼는 놈들. 증인 증거 목격자를 지우는 놈들. 놈들이 왜 이럴까. 단순히 돈을 잃었기 때문은 아닌 거 같았다. 동기가 뭘까, 아무리 골똘하게 '왜, 왜, 왜' 해봐도 답이 나오지 않았다. 그러나 짚이는 구석은 있었다.

문수의 말에 삼촌이 어이없다는 양 하얗게 웃었다. 인마 전마 얀마, 하는 건 아버지와 똑같았다. 낮고 차분차분하고 예리한 눈빛. 비슷한 목소리. 그렇게 인마, 전마, 얀마는 엄마나 아빠가 문수에게 하는 거친 말의 전부였다.

"아침밥을 왜 안 먹어?"

"왜 이러실까. 내가 삼촌의 사생활엔 간섭 안 하잖아. 그러니까 삼촌도 내 사생활에 간섭하지 말라고."

"야…… 인마. 너 까불어도 너무 까분다, 나한테 한번 된통 맞아볼래?"

"때리려면 때려봐. 한 대라도 딱 맞는 순간 112에 전화해서 폭력범으로 확 처넣어버릴 테니까."

문수의 말에 이모도 정색을 하고 '얘가?' 하며 깜짝 놀라는 표정을 지었다. 살갑지는 않지만 그래도 문수에게 폭력을 쓸 정도로 막돼먹은 삼촌은 아니었다. '나 더 삐뚤어질 거야' 하는 듯 '씨발 조또' 하며 문수는 앉았던 식탁에서 벌떡 일어섰다. 순간, 문수의 태도에 '어, 저놈이' 하는 삼촌과 이모를 발견할 수 있었다.

"앉아라. 네가 방으로 건너가는 순간, 난 이 집을 나간다."

"……."

히뜩, 삼촌이 소리치며 문수의 눈을 쏘아봤다. '너, 왜 그래?' 하는 표정을 짓게 만들어야 하는데. 삼촌이 속 좋게 웃고만 있다. 오히려 삼촌이 '까불어라, 똥강아지' 하며 문수의 머리통을 쓰다듬었다. 그러나 당황하는 이모와 삼촌을 느낄 수 있었다. 그러는 삼촌에게 빨려들어갔다. 하지만 삼촌에게 녹아들 만큼 어리숙한 문수는 아니었다. 문수는 누구보다 판단력이 빨랐다. 인터넷 네트워크에서는 민첩해야 했고 또 예민해야만 살아남았다. 속으로 문수는 '삼촌 속을 완전 뒤집어놓고 말 거야' 하고 씨부렸다.

"너를 보니 세상이 재밌어지는구나. 내 심장에서 막 이상한 소리가 난다, 야."

"어…… 떻게?"

"쿵쾅쿵쾅 쾅."

두 사람은 서로 마주 보고 조심스럽게 웃었다. 밀당, 밀고 당기는 데에도 타이밍이 있었다. 문수가 딴청을 부리거나 어깃장을 놓아도 관심법을 쓰는지 삼촌은 밤송이 같은 문수의 머리를 쓰담쓰담할 뿐이었다.

"김 선생님이 납치되었다고?"

"빨간 마티스 차량, 차에 번개탄 피워놓고. 대체 저 사람들은 머리가 그렇게밖에 안 돌아가? 작업하는 꼬라지들 보라고. 국토안전부 과장급 인사랑 차량의 이미지가 매치된다고 봐?"

"야, 인마. 너 그따위로 나불대면 니 혀가 온전하게 남아 있으리라고 생각하니?"

"…… 양우회라는 집단은 뭐야?"

"제발 알려고 하지 말고, 나대지도 말고. 마음을 다쳤을 때 보복심만

일으킨다면 그저 고통스럽기만 할 뿐이야. 그따위로 까불다가 청춘은 물론이고 미래를 다 잃어버리게 돼."

문수가 삼촌을 뚫어질 듯 노려보았다. 삼촌은 짐짓 쏘아보는 문수의 눈빛을 피하며 낮게 한숨을 쉬었다.

"이번에도 또 놈들은 특임검사를 내세워 싹 다 덮어버리고 빠져나가겠지?"

먹고살기 위해 사람들이 일자리를 찾아 Y시로 몰려들지만 죽어나가는 사람들이 더 많은 도시였다. 삼촌도 Y고 출신이었다. Y시를 다 먹여 살렸다고 자부하는 Y고 출신들. 문수는 고개를 갸우뚱하다 삼촌의 눈을 똑바로 보았다.

"골드문트, 전직 대통령 장태산, 그 놈들이 일을 꾸민 거냐?"

"산속에서 도 닦던 아저씨가 그걸 어떻게 알아?"

문수의 말에 삼촌이 피식 웃음을 흘렸다. 이모는 문수가 삼촌에게 아저씨라고 부르자 '야, 너 이 문수' 하고 괴성을 내질렀다. 그러고는 '왜 둘이서 막 던지고 부수고 싸우지' 하다가 '다 나 때문이야. 내가 시작이고 끝이야' 하는 레퍼토리를 읊조리며 괴로워했다.

엄마 아빠의 사망신고가 중요한 게 아니었다. 엄마의 맑은 눈에 눈물 그렁그렁하게 한 놈들이었다. 문수는 슬퍼하는 이모의 눈을 바라보며 그간의 사건 자료들을 소파에 앉아 있는 삼촌에게 파일째 집어던졌다.

이모가 아침밥을 준비하다 의자에 털썩 주저앉았다. 톡 건드리면 울음을 터트릴 듯한 표정이었다. 엄마도 속이 상하면 습관처럼 그랬다. 손으로 가칠가칠한 입술을 뜯어냈다. 문수는 엄마의 그 버릇에 대한 의미를 알고 있었다. 그럴 땐 가만히 있는 게 최선이었다. 괜히 건드렸다간 그 송곳 같은 목소리로 '아들, 너 까불래?' 하다가 '가, 나가. 네 방으로 안 가?' 하고 소리지르며 폭발하곤 했다.

삼촌은 프린트된 인쇄물들을 꼼꼼히 읽으며 낮게 신음을 삼켰다.

"…… 너의 이모부가 도박에 빠졌었구나. 그래 놈들과 어떻게 싸울 건데?"

"마구 불도저처럼 정의로 밀어붙이는 거지 뭐. 눈에는 눈으로 이에는 이로. 죗값을 치르게 해야지. 감옥에서 썩어야 할 놈들이 버젓이 팔다리 흔들며 다니게 할 순 없잖아."

"아이고 이 어리석은 조카놈아. 이 땅 욕계에 나쁘지 않은 놈들이 몇이나 되냐? 다들 먹고 자고 애써 일하며 부자가 되고 싶고 성공하고 싶어하는 인간들인데."

삼촌이 문수를 무시하듯 거칠게 말했다. 문수는 동작을 멈추고 잠시 한숨을 내쉬었다.

"그나저나 네 놈이 나쁜 놈인지 나쁜 놈들보다 더 나쁜 놈인지 그걸 내가 어떻게 아냐?"

문수는 삼촌이 툭 던지는 말에 말문이 막혔다. 게임이 시작되기도 전에 감정과잉으로 조바심을 쳤다. '네가 옳다는 걸, 네가 정의라는 걸 내가 어떻게 믿어?' 하며 쏘아보는 삼촌의 날카로운 물음은 문수의 가슴에 와 부딪쳐 불꽃으로 들끓었다.

이모가 식탁 위에 젓가락과 숟가락을 놓았다. 삼촌은 파일에 눈을 두었다가 이모가 놓은 수저를 식탁 끝부분에 반듯하게 놓았다. 하는 짓거리가 아빠랑 똑같다. 엄마는 음식을 준비하느라 대충 수저를 놓으면 아빠는 다시 수저를 반듯하게 놓았다. '그 사람의 행동방식에 따라 본모습이 드러난단다.' 아버지도 엄마에게 동조하는 그런 사람이었다. 집안은 늘 반듯반듯해야 했고 삐뚤삐뚤한 건 용서되지 않았다. '완전하지 못한 완전주의자들' 하며 문수는 식탁에서 일어섰다.

"왜……. 밥 먹어야지?"

"못 먹겠어. 다 토할 것 같단 말이야. 우리 집 식구들 다 재수 없어."

그때 식탁 위로 이모가 밥과 국을 놓았다. 삼촌은 그저 떠오르는 대로 지껄일 뿐인데 문수는 삼촌의 눈치를 보며 마음을 다해 답하는 자신을 느꼈다. '에이씨' 하고 화가 머리끝까지 난 문수는 몸을 일으켜 방으로 건너왔다. 문수는 어른들을 걱정하게 하는 법을 알고 있었다. 문수는 가방을 들고 일어섰다.

무엇보다 조퇴를 하고 동사무소에 가서 엄마 아빠의 사망신고를 하고 부채 문제는 아빠가 선임한 변호사를 삼촌과 찾아가야 했다. 아버지의 고교 동창이라고 했다.

침대에 앉아 잠시 눈을 감고 있던 문수는 결정했다는 듯 주먹을 움켜쥐었다. 보현이 캡처해서 보낸 영상들을 보지 않았으면 더 좋았을 텐데. 아빠가 엄마 앞에서 놈들 중 한 놈에게 따귀를 맞는 장면은 문수로 하여금 아침도 먹지 못하게 만들었다. 방으로 들어선 문수는 동영상을 삼촌에게 전송했다. 삼촌이 문수의 방문을 두드렸다.

"들어오세요."

"이 동영상 때문에 아침도 먹지 못한 거니? 관세음보살. 너 절대 경거망동하지 마라. 골드문트가 누구 건지도 모르면서. 관세음보살."

불명호를 삼키던 삼촌이 걱정된다는 듯 문수에게 낮고 짧게 말했다.

"가야 해요. 더 늦으면 지각이에요."

이모의 차를 탔고 이모가 운전했으며 문수는 등교하는 내내 아무 말도 하지 않았다.

Y고. 비록 지방에 있는 학교였지만 지난해 입시까지 S대에 일백 명 이상씩 또 각종 사립대에 그만큼씩 합격자를 배출해내는 최고의 대학 합격률과 합격자 수를 자랑하는 명실공히 전국적인 명문 고등학교였다. 그만큼 Y고 출신들이 Y시를 빛내고 있다고 선생님들은 학생들에게 자부심을 가지라고 했다. 그러나 Y고 출신들이 Y시를 빛내는 게 아니라 Y시를 망가뜨린 바로 주범들이었다.

평상시 학교로 오르는 길보다 배나 더 길어 보였다. 보현이 보낸 동영상은 하나 더 있었다. 어질어질했던 몸이 붕 떠오르는 거 같다. 수업이나 제대로 받을 수 있으려나. 문수는 손수건으로 콧물을 닦았다. 담임선생님은 여전히 교문 앞에서 대걸레 자루를 잘라 만든 지휘봉을 든 채 서 있었다.

"일루와."

담임선생님이 불렀다. '담탱이가 왜?' 하고 주머니에 넣었던 두 손을 빼며 문수가 담임선생님에게 다가가 허리를 굽혀 인사를 했다.

"애도와 위로를 표한다. 너도 의대에 갈 거지?"

"…… 모르겠어요."

문수가 기어들어가는 목소리로 말했다. 담탱이가 교복 주머니에 단 삼베 리본을 건너보며 호주머니에서 비닐팩을 꺼냈다.

"이거 마셔."

담임선생님이 내민 비닐팩은 6년근 홍삼진액이었다. 문수는 거절하지 않고 두 손으로 받았다. 먹으라고 내민 걸 선생님 눈앞에서 버리긴 그렇고 그냥 호주머니에 쑥 집어넣었다.

"일단 올라가. 다음 주에 수시 원서 쓸 때 얘기하자."

"네."

꾸벅 인사를 하고 낮은 기침을 하며 돌아섰다. 지독한 몸살이었다. 가파른 언덕길을 올라가던 문수는 걸음을 멈추었다. 그러나 이내 다시 걸음을 옮겼다.

"왔어?"

호주머니에 든 휴대폰이 울고 있었다. 문수가 이어폰 줄에 달린 통화 버튼을 누르자 보현의 하이톤 목소리가 문수의 귀를 찔렀다.

"철봉 쪽을 봐."

언덕을 넘어 막 운동장으로 올라가려는데 오른쪽 운동장 철봉이 있는 곳에 보현이 보였다. 눈이 파르르 떨렸다. 지나가는 친구들이 '안 됐다, 고생했다' 하며 툭툭 치며 지나갔다. 보현은 눈을 마주치더니 손을 흔들어 안심했다는 표정을 지었다. 보현이 서 있는 철봉 그 옆에는 선재가 힘내라며 주먹을 불끈 쥔 채 서 있었다. 그때, 보현이 누가 보든 말든, 고개를 오른쪽 왼쪽으로 삐딱삐딱, 몸을 둠칫둠칫 그리고 양손을 들어 엄지손가락을 척 내보이더니 마치 야구장의 치어리더처럼 양손 엄지와 검지로 사랑한다는 하트를 보내고 있었다. 깜짝쇼다. 문수는 '응, 땡큐' 하고 왼손으로 전화기를 든 채 짧게 말했다. 그리고 문수는 오른손으로 주먹을 쥐어 보이며 '됐어, 그만해' 하는 몸짓을 해보였다. 그러고는 오른손바닥으로 왼손 주먹을 쥐고는 쓰다듬는 수화를 해보였다. 역시 보현이 멀리 선 채 오른손바닥으로 왼손 주먹을 쓰다듬었다.

"애들이 쳐다본다. 그만."

"괜찮아? 그런데 긴급상황이야."

보현이 그렇게 말했다. 문수는 통화를 끊어버렸다. 보현은 이따 산에서 비상회의가 있다는 걸 알렸다. 또 무슨 급한 상황일까. 문수는 가던 걸음을 멈추고 서서 두 손을 가슴에 모으고 합장을 해보이며 '알았쓰, 신경 써줘서 고마워' 하며 손을 흔들어주었다. '귀찮다, 세상이 다 싫으네' 하며 문수는 걸음을 조금 빨리 걸었다.

보현의 친구 도연이 보현에게 다가가는 게 보였다. 문수는 교실이 있는 건물 쪽으로 돌아들었다. 문수가 선재와 보현을 가까이 오지 못하게 하는 이유는 여러 가지였다. 전화도 대포폰만 쓰게 했다. 학교 내 곳곳에 CCTV가 없는 곳이 없었다. 둘은 문자와 전화로만 통화했다.

"너네 엄마 죽던 날, 나 너네 엄마한테 인사했었다. 그날 엄마가 골라줘서 입었던 옷들 입고 학교 와."

지난 밤, 보현의 부탁은 어려운 게 아니었다. 엄마가 골라준 옷들은 지난 생일 때 엄마가 사준 라운드 흰 티, 그리고 교복 위에 입을 수 있는 검은 오리털 패딩이었다. 보현은 선재가 펼치는 작전을 알지 못했다.

"진덕이 그리고 자애원을 좀 쪼아봐."

"알았쓰."

이미 보름 전 문수가 선재와 보현에게 자애원, 골드문트 골프장에 대한 감시 명령을 내렸다. 보육원 라인에서 TOR 브라우저를 사용하는데 다크웹에서 포르노 영상을 유포한 게 분명 그쪽이었다.

"문수야, 여기."

학교에 붙어 있는 철망으로 된 펜스, 개구멍을 빠져나가면 Y여고와 Y

남고가 붙어 있는 산이었다. 담배 피우기 딱 좋은 장소였다. 선재가 담배연기를 하늘로 푸 뿜었는데 보현이 태블릿으로 영상을 작동시켰다.

가죽장갑을 낀 한 사내가 느닷없이 뒤에서 김 선생을 감싸 안았다. 문수는 이미 본 화면이었다. 그의 손에는 무언가가 묻혀 있는 흰 거즈 뭉텅이가 있었는데 김 선생의 입과 코 쪽에 가져다댔다. 또 다른 사내가 김 선생의 옆에 붙었고 축 늘어진 김 선생은 두 사람에게 들렸으며 또 나타난 한 사내가 김 선생의 얼굴에 검은 복면을 씌웠다. 순식간이었다. 검은 봉고차가 다가섰고 김 선생은 짐짝처럼 차에 실렸다. 사내들 중 하나가 붉은 마티스를 끌고 검은 봉고차를 따라가는 게 보였다.

초등학교 1학년 때였다. 문수는 강부관 님을 졸랐다. 할머니를 조르고 또 졸랐던 것이다. '어려운 일 있으면 강부관에게 말해' 하던 할머니의 말을 떠올린 문수는 같은 반이었던 진덕이 사는 희망보육원에 컴퓨터 열 대를 시주해달라고. 강부관은 문수의 눈을 보더니 고개를 끄덕였다. '야호' 문수는 소리쳤고 강부관 님은 시주뿐만 아니라 후배라며, 모 기관의 Y지부에 근무한다는 컴퓨터 전문가인 김 선생님을 소개해주었다. 컴퓨터 보안 전문가인 김 선생님은 '그래 재능기부다' 하며 선뜻 자애원, 전희망보육원의 아이들은 물론 보육원 밖의 아이들에게도 일주일에 한번 무료로 컴퓨터를 가르쳐주었다. 인연은 그랬다. 김 선생님에게 컴퓨터를 배운 한 아이는 미국으로, 한 아이는 스웨덴으로, 한 아이는 영국으로 입양 갔다. 아이들은 서로 인터넷으로 연락을 주고받을 수 있었다. 누리캅 로우터스가 서버를 국내에 두지 않고 외국에 둘 수 있는 기반이 된 것이다. 아이들은 김 선생님을 스승으로 깍듯이 모셨다. 그 후 결혼을 했어도 슬하에 아이가 없었던 김 선생님은 사모님까지 대동하고 보육원의 아이들을 친자식처럼 챙겼다.

"문수야 지금 보낸 거 살펴봐."

한 달 전 이모부의 장례를 치른 후였다. 뒷좌석에 앉은 문수는 진덕이 건넨 USB를 검토하던 중이었다. 보현이 기겁하고 메신저를 보냈다. 이모의 포르노 동영상이 음란 사이트에 올라왔다는 것이다. 영상도 문제였지만 영상 속에 숨어 있는 변종으로 진화시킨 랜섬웨어 바이러스가 더 문제라는 것이다. 훔쳐보기 악성 코드를 깔고, 웹캠과 마이크를 원격 조정해서 음성과 영상을 도촬했던 호텔, 여관 방의 IP 카메라 속의 화면이었다. 화면 속에는 아버지가 들어 있었다. Y시에 있는 세 개의 호텔 중 파친코가 있는 B호텔이었다. 놈들은 먼저 GUI 기반의 PORT Scanner Os에 사용 가능하도록 호텔의 IP 주소 범위를 설정했다. 브로드밴드 인터넷(Broad Internet Connection)에 연결시켰다. IP 주소를 찾은 게 아니라 브로밴드 라우터에 접근해서 IP를 꺼낸 것이다.

"건드리지 말고 지켜만 봐. 캡처만 해놓고 놈들이 아직 야동 사이트에는 올리지 않았지?"

"이미 조회 수가 상당해."

"빨리 내려."

보현이 난감해했다. 당장 조치를 취하고 싶지만 사이트가 외국에 서버를 두어 절차가 복잡했다. 코리어 디스크 계열의 골드 인스코비의 짓이라는 거였다. 문수는 '이모' 하며 한숨을 포옥 내쉬었다. 하루 이틀에 삭제할 수 있는 사항이 아니었다. 도박을 하던 이모부가 이모를 불렀던 모양이다. 그리고 그 영상에 이모부 대신 아버지의 얼굴을 덧씌운 것이다.

"이거 우리가 해결할 문제가 아니다. 영상도 문제지만 더 큰 문제는 영상 뒤에 숨겨 있는 이 랜섬웨어. 반드시 놈들은 바이러스를 업데이트시켜 그 어딘가를 목표로 무차별 공격해올 텐데. 그런데 스테가노 그래피, 이 숨겨진 악성 코드 이건 내가 알기로 저쪽 놈들 건데……."

보현이 말하며 울상을 지었다.

"…… 이제 정말 너의 이모는 끝장났다고 봐야 한다. 신고하자."

그때 선재가 나섰다.

"그 새끼들 다…… 그 나물에 그 밥 아닐까?"

"…… 우리 아빠."

"맞아, 너네 아버지 그것도 정보과 팀장이잖아."

"그럼 이렇게 하자. 선재 넌 빠지고 보현이하고 내가 너의 아버지를 만날게."

그렇게 전 세계적으로 영상을 다운 받은 사람들의 컴퓨터가 좀비가 되어 활성화되어가는데 선재아버지한테는 '한 달째 수사 중'이라는 소식 말고는 깜깜무소식이었다. 발끈공주 보현이 가만있을 리 없었다. 하지만 문수는 '뭔가 있어' 하며 '지켜보자' 하고 해결방안을 모색하다 세 사람은 강부관 할아버지랑 서울로 올라가 한식당에서 비밀리 박 선생님을 만났던 것이다.

"박 실장."

"네."

강부관 할아버지가 박 선생님을 박 실장이라고 불렀다. 강부관 할아버지의 부하였다고 했다.

"자네도 Y시 출신이지?"

"예."

"저희가 공조수사 하긴 하는데 박 선생님을 믿지 못하는 게 아니라…… 그래도 신분을 밝혀주시는 게."

그때 선재가 더듬더듬 따지듯 물었다.

"응, 그래, 난 국토안전부 국가안보실장님의 비서로 있다. 국토안전부 조사본부 정보과장을 겸직하고 있지."

"…… 네에."

"국가비상위원회가 소집될 거야. 무엇보다 이 작전은 첫째도 안전, 둘째도 안전, 셋째도 너희들과 가족의 안전이다. 국가 CERT 경호팀이 너희들을 따라붙게 될 거야. 문수의 할아버님, 미국의 게임회사 MR Robots의 국내 활동을 보장해주는 조건으로."

문수가 국토안전부 안전국에 요구한 내용이었다. Imei, 진덕과 은서가 준 휴대폰에 이중 삼중 보안을 걸어놓은 인터넷 마스터 키, 그 대포폰 번호들의 이동 단말기, 컴퓨터의 고유 식별 번호로 위치를 추적하면 놈들의 전진기지를 찾아낼 수 있을 것이다. 시간이 걸려도 합법이 필요했다.

"다시 돌려봐."

문수가 쉰 목소리로 말했다.

세 사람은 김 선생님이 검은 봉고차에 납치되기 전과 납치 후의 영상을 뚫어져라 노려보았다. 이미 김 선생님의 사무실 지형지물 공간을 파악하고 단계별로 습격작전을 펼치고 있다는 걸 한눈에 알 수 있었다. 김 선생님이 차를 몰고 주차장으로 들어섰을 때 지시를 받은 봉고차 한 대가 김 선생님의 차보다 먼저 진입해 들어오고 있었다. 그리고 다른 한 차가 뒤따라와 앞뒤를 막았다. 또 다른 차량들이 입구와 출구 쪽을 통제했다. 한 차선뿐인 골목으로 김선생님의 차가 막 진입했을 때 먼저 진입했던 차가 후진해 김 선생님 차량의 진행을 막아섰고, 그 뒤로 검은 봉고차가 접근하더니 우르르 사내들이 차에서 내려 김 선생님의 차량을 에워쌌다. 그뿐이 아니었다. 진입로 입구 양방향으로 2㎞ 내외에 또 다른 두 대의 봉고차가 대기하고 있었다. 예민한 김 선생이 그걸 눈치채지 못할 리 없었다. 고도로 훈련된 전문가들임을 알 수 있는 장면이었다.

"으쩌냐?"

보현이 든 태블릿의 영상을 본 세 사람은 다 꿀 먹은 벙어리처럼 입을 굳게 다물었다. 그때 보현이 선재의 눈을 보았다. 보현이 겁먹은 눈빛이다. 다음 타깃은 보지 않아도 뻔했다. 김 선생님이 마지막으로 보낸 메일은 선재아버지가 위험하다는 메시지였다.

"선재야."

"응."

"너네 아빠한테 사람 몇 붙였어?"

"세 명."

"두 명 더 붙여."

"그래도 우리 아빠, 경찰, 정보과 팀장인데."

문수가 '새꺄, 금방 봤잖아' 눈을 찌푸리며 쏘아봤다. 국토안전부 계장급도 저항하지 못하고 자살당하는 판이었다. 선재는 찍소리도 하지 못했다.

"어디로 끌려간 거야?"

문수가 보현의 눈을 보며 말했다. 보현이 들고 있던 태블릿의 자판을 누르자 부둣가 으슥한 곳으로 봉고차가 들어가는 게 보였다. 보현이 개발한 추적감시 시스템 프로그램을 통해서다.

"골프장 골드문트, 부근 폐차장."

"응, 겨우. 호스트를 열어 네트워크 명을 알아냈어. 픽셀을 추출해서 웹 트래픽 임시 쿠키를 통해 접속해봤지. 전용 네트워크를 구축하고 있고 방호벽이 보통 정교한 게 아냐. 결국엔 추적불가야."

"야, 이놈들 도대체 왜 이러는 거야. 놈들은 또 뭘 덮으려 하는 거야. 아, 진짜. 내 머리가 터질 거 같다. 도대체 누가 아군이고, 누가 적군인 거냐?"

선재가 심사가 복잡하다는 듯 벌떡 일어서서 두 주먹을 쥐며 우거지상을 했다.

"야…… 어떻게 하지?"

시간이 어느새 1교시 오 분 전이 되었다.

"일단 수업 들어가자. 다들 신중하고 침착하고. 나 이따 조퇴할 거야. 오늘은 내가 아빠 사망신고도 해야 되고 바쁠 거 같아. 선재, 네가 정말 잘해야 한다. CERT팀의 엘리엇에게 보고하고."

"아, 씨발. 엘리엇이 내 인생 대신 살아주냐? 아. 조또 씨바알. 우리 아버지 불쌍해서 어떻게 하냐?"

그때 선재가 두 손을 쥐고 하늘을 향해 욕을 해대며 포효했다. 갑자기 혼란스럽고 힘들어진 모양이었다.

"3개국을 돌아 들어오는 방탄 호스트라. 야, 일단 수업 들어가자. 바이브 항상 켜놓고."

"응, …… 니들 먼저 들어가. 나 생각 좀 하고."

선재가 죽을상을 하고 문수에게 말했다. 첫 시간 땡땡이를 칠 모양이었다.

"선재야. FAKE. 우리 엄마 아버지 네가 살려낸 것처럼. 너의 아버지도 살릴 수 있지?"

선재가 괴롭다는 듯 오만상을 찌푸린 채 고개를 설레설레 내저었다. 문수는 수업시간 때문에 말을 마치고 먼저 일어나며 '그래도 얼마나 다행이냐, 너희 아버지가 우리편이라는 게' 하며 선재의 어깨를 툭 쳤다. 보현도 따라 일어섰다. 보현도 선재와 같이 태권도 3단, 검도 2단이었다. 뒤돌아보던 보현이 멀어지며 손을 흔들었다. 보현은 선재가 쳐다보지 않자 손을 펴 입술에 가져다대고 손바닥을 들어 문수에게 후 날려보내곤 총총히 산을 내려갔다. 문수도 그런 보현에게 어서 내려가라고 손짓해보이곤 서둘러 산을 내려오기 시작했다.

"야, 거기."

거의 산을 다 내려온 문수는 딱 걸렸다. 학생주임이었다.

"호주머니에 있는 거 다 꺼내."

"선생님 저 학교선 담배 안 피워요."

"이문수. 너 말이 참 많다, 실시."

딱 엄마 스타일이다. 원리원칙, 고집불통, 유도리가 하나도 없는 완전하지 못한 완전주의자. 문수는 호주머니에 있는 지갑과 손수건을 꺼내 보였다. 담배와 라이터가 나올 리 만무했다. 속이 좋지 않아 집에서도 아침 담배는 잘 태우지 않았다.

"입 벌리고. 아, 해봐. 더 더 더 더."

"아……."

"담배냄새 안 나네. 쿠린내만 나고. 산에는 뭐하러 올라갔던 거야?"

담임선생님에게는 별명이 하나 더 있었다. 개코라고.

"똥 누려고요. 학교 화장실이 냄새가 너무 나서."

선재가 내미는 담배를 거절하길 잘했다.

"…… 좌우간 수능이나 잘 봐. 어여 들어가."

"네."

담임선생님은 산 저쪽에서 내려오는 다른 아이들을 부르며 쫓아가고 있었다. 교감으로 승진된다더니 더 극성이었다.

"짱."

"왜?"

진덕이는 4급 발달장애로 약간 말을 더듬고, 어릴 적 소아마비로 다리를 절었다. 점심 급식시간이었다. 진덕이 찔떡대며 다가왔다. 진덕은 두 달에 세 번 정도 입에 거품을 문 채 교실 바닥이고 운동장이고 그저 쓰러져 몸을 뒤틀다 온몸을 부들부들 떨었다. 그러면 양호선생님이 달려와 혀를 깨물지 못하게 막대를 입안에 끼워 넣었다. 아침부터 기웃거리던 진덕이 점심 급식시간에 배식을 기다리며 서 있는 문수를 발견하더니 실실 따라와 문수의 뒤에 섰다.

"하, 할 말이 있어."

"안 해도 돼…… 코나 닦아 새꺄."

진덕이 무슨 말을 할 듯 말 듯했다. 문수는 인상을 찌푸렸다. '찐따, 진덕이가 무슨 일을 벌이려는 거 같아.' 자애원을 조사하던 보현이 긴급 텔

레그램 비밀단톡방 대화 메시지를 보낸 걸 기억했기 때문만은 아니었다. 진덕이가 콧물을 질질 흘리며 기다리고 서 있었다.

문수가 호주머니에서 휴지를 꺼내 진덕에게 내밀었다. 엄마 아빠가 그렇게 되어 안 됐다고 말하려는 줄 알았다.

"오, 오늘 놈들이 찾아갈 거야."

"오라, 그래. 아무도 다치지 않는 평화로운 복수는 없어."

"그래도 조심해야 해. 한방에 훅 가는 수가 있어."

말은 그렇게 해도 문수는 흠칫했다. 문수가 진덕을 보았다. 부석부석한 눈으로 애원하듯 힘없는 애조로 말하던 진덕의 눈이 빛났다.

"서론은 들었고. 본론은 뭐야?"

"마, 맛있게 점심 먹으라고."

"…… 조까."

문수의 좆까라는 말에 진덕이 키키키 웃었다. 그때 진덕이 아무도 모르게 USB 하나를 슬쩍 문수의 호주머니에 넣으며 눈을 찡긋했다.

랜섬웨어는 몸값을 뜻하는 랜섬(Ransom)과 악성 프로그램 맬웨어(Malware)를 합성한 용어였다. 크립토락커(Cryptolocker), 워너크라이(WannaCry), 페트야(Petya) 같은 악성 프로그램의 일종으로, 사용자 동의 없이 컴퓨터에 설치되는 것이 특징이다. 특정 컴퓨터 시스템에 침투해 중요 파일을 걸어 잠근 뒤 금품을 요구하거나 사용자의 클라우드나 파일 서버까지 감염시킬 수 있었다.

"이거 누구 솜씨냐?"

"…… 은서, 보육원 황은서. 그 누나, 위, 위에 있는 놈들."

"…… 증거가 필요해."

어제, 진덕이는 악성웜 하나를 증거로 오늘 주겠다고 했다. 예상은 맞아떨어졌다. 보현의 얘기로는 우리 누나, 우는 천사로 활동하는 SNS 상으로 올라오는 사진의 지영누나는 진덕이 친누나가 아니었다. 어릴 때 기억으로 진덕의 친누나는 살짝 곰보로 예쁘지도 않았다 그건 선재도 알고 있었다. 은서 누나 역시 함께 김 선생님에게 컴퓨터를 배운 사이였다. 선재더러 진덕을 쪼아보라고 했을 때, 문수가 노린 건 파일 속에 들어 있는 렉(Lag)이었다. 상대방의 컴퓨터를 느리게 하는 그 렉은 일반인들이 가질 수 없는 프로미스큐어스(Promiscuous) 모드로 변형된 공격형 랜섬웨어가 들어 있었다.

"도, 돈을 벌고 싶었어. 채팅앱을 만들어 성매매 알선도 하고 성매수자들의 알몸을 찍어 몸캠피싱을 하기도 했어. 그런데 놈들의 손아귀에서 벗어나지 못하고 노예로 전락해 착취만 당했어. 음란사이트도 만들었지. 도, 돈을 좀 벌었어. 너도 알지만. 아, 근데 나쁜 새끼들이 다 뺏어갔어. 뺏기고 또 뺏기고."

두 소년은 어느새 나란히 식탁에 앉아 숟갈질을 했다.

"도, 돈 많이 벌어서 먹, 먹고 싶은 거 먹고 싶었고, 갖고 싶은 거 갖고 싶었어. 우리 누나 다리도 고쳐주고. 내 다리도 고치고."

"…… 그런데?"

진덕은 밥 먹다 말고 '히히히……. 돈은 좀 챙겼지' 하며 웃음을 지었다. 순간 누런 이를 드러내고 '벌었지가 아니고 챙겼지' 하며 찌질하게 웃는 진덕이 안쓰러워 보였다.

"……자애원 옆에 골프장 거기 지하 벙커가 있어."

진덕의 표정이 진지했다. 진덕이 헛소리를 할 위인은 아니었다. 진덕과 헤어진 문수는 입맛을 다셨다. 진덕의 말을 어디까지 믿어야 하는가. 배가 살살 아파왔다. 점심시간에 급식을 먹고 체했나 보다. 밥을 먹고 조금만 신경쓰면 소화가 되지 않았다. '세계 최초 5세대(5G) 상용화를 앞둔 막전막후라지만 세계 전쟁수출입업자들이 우리나라를 가만두지 않으려는 획책'이라는 말을 듣는 순간 명치끝이 싸하게 아파왔다.

문수는 담임선생님에게 말하고 양호실로 가서 누웠다. 담임선생님은 아이들에게 가방을 챙겨다주라고 했다. 조퇴해도 되고 내일까지는 학교에 나오지 않아도 된다고 했다. 담임선생님에게 병원에서 발급받은 엄마 그리고 아빠의 사망진단서를 제출했던 까닭이었다.

한낮인데도 어둡다. 한바탕 비라도 쏟아질 기색이다. 마음이 복잡해졌다. '어떻게 놈들을 때려잡지?' '괴물과 싸우는 사람은 그 싸움 속에서 스스로 괴물이 되어야 한다.' 스스로 다짐하는 자신을 보고 문수는 끙 신음을 삼켰다. 양호실 침대에 누운 문수는 눈을 뚱그렇게 뜨고 천정만 바라보았다. 그때 반 친구가 담임선생님 지시라며 조퇴증과 함께 문수에게 가방을 가져다주었다. 양호선생님은 담임선생님과 통화했다며 누웠다 언제라도 가고 싶으면 가도 된다고 했다. 문수는 두 다리를 허공에 뿌리며 일어나 앉았다.

- 삼촌 지금 학교로 와주세요. 체해서 배가 아프네요. 양호실에 누워 있어요. 조퇴해도 된대요. 내일까지 학교 안 나와도 되고요. 오늘 화요일이니 내일 모레까지 학교 오지 않아도 결석처리 하지 않는데요. 노스님한테 갈 수 있겠네요.

문수는 삼촌에게 문자를 넣었다.

- 그래, 알았다. 병원에 주차되어 있는 네 엄마 차 끌고 가마. 한 사십

분쯤 걸릴 거다.

금세 답장이 왔다.

소화제와 진통제를 먹어서 그런지 편하게 누워서 그런지 복통은 사라졌다. 휘황찬란한 불꽃놀이가 끝난 거 같다. 허공의 한 정점에서 불꽃을 터뜨리며 하강하던 오색 불꽃들. 그리고 떨어져 내리며 사라지는 빛의 파편들. 엄마, 아빠와의 그 생각 조각들로 가슴이 먹먹해왔다. 엄마한테 욕이라도 한 바가지 얻어먹고 등짝이라도 실컷 얻어맞았으면 속 시원할 텐데.

- 죽고 싶어요?

엄마의 메일을 들여다본 적이 있었다.

- 너희들 그렇게 약하니? 죽고 싶다고 죽으면 문수는 어떻게 하니?

- 아버님이 계시잖아요.

- 참 너희들 무책임하구나. 가장 소중한 건 돈이 아니라 사랑이다. 돈은 내가 다 복구해주마. 어떻게 살 방법을 강구해보자.

문수는 일촉즉발을 깨달으면서 한숨을 길게 내쉬었다. 배에서 꾸럭꾸럭 하는 소리가 들렸다. '아, 씨바알' 하며 오만상을 찌푸렸다. 아빠는 돈에 쫓기자 메스암페타민, 헤로인, 다이아 제팜(바리윰), 프로포폴. 마약류 약품까지 빼돌리고 있었다. 수사진에 꼬리를 밟혀 구속 일보 직전이라고 했다. 정보 출처가 바로 선재아버지였다. 순간 문수는 두 다리를 공중에 뿌리고 몸을 벌떡 일으켰다.

"왜 가려고?"

"예, 선생님."

"더 아프면 병원에 가야 한다."

"네. 선생님."

문수는 꾸벅 인사를 하고 가방을 들고 긴 복도를 걸어나왔다. 요즘 와서 계속 몸이 들떠 있는 느낌이었다. 삼촌이 도착했다는 문자가 왔던 것이다. 문수는 학교 건물을 내려가다가 아무도 없는 학교 운동장 스탠드 쪽으로 걸었다. 삼촌이 차를 교무실 앞 주차장에 주차하고 멀리서 다가오는 문수를 물끄러미 바라보고 서 있었다. 삼촌은 검정 야구 모자를 깊게 눌러 썼는데 아버지가 입던 검정 바지에 검정 티, 검정 점퍼를 주워 입어서 그런지 어설프고 낯설다.

"가자."

"응, 이따, 변호사 사무실, 동사무소엘 들렀다가 나 운짱 좀 해줘."

삼촌이 차 시동을 걸며 '뭐할라고?' 하는 눈빛으로 돌아보았다.

"위험한 건 아니지?"

얼굴 표정 하나 바꾸지 않고 삼촌이 말했다.

"위험하지 않은 게 어딨냐? 목숨을 거는 일인데."

삼촌은 '좌우간 못 말리는 놈이라니까' 하며 차를 서서히 앞으로 진행시켰다. 문수는 이마를 차가운 유리창에 댔다.

"삼촌아. 사복이 참 잘 어울리는데."

"…… 난 네 놈이 스스로 망가진다 해도 눈 하나 깜짝하지 않는다는 거 알지?"

"그건 상관없고."

문수가 심통을 부리며 말했다.

"지금이 바로 네 인생의 전환점이라는 것만 명심해."

"앞이나 잘 보고 운전이나 잘해. 내 인생 신경쓰지 말고."

차는 이미 학교 골목을 빠져나와 시내를 질주하고 있었다. 차창 밖으로 보이는 거리의 상점들은 대개가 식당들이었다. 돌솥밥집, 분식집, 삼겹살, 한우고기집. 중국집을 지나자 술집들과 옷가게들이 즐비했다. 그러고는 궁전여관, 대화장, 황궁, 백악관 같은 여관과 모텔 간판들이 눈에 들어왔다. 비쭉비쭉 성기같이 솟아오르기만 하는 건물들. 먹고 자고 싸고……. 휘황찬란한 거리를 활보하는 행인들이 마치 영혼 없는 산송장 시체들로 보였다. 수단과 방법을 가리지 않고 돈 많이 벌고 높은 자리에 올라가 떵떵거리려고만 하는 사람들. 커다란 성기를 달고 커다란 머리통으로 우스꽝스럽게 걷는 좀비들. 잘 먹고 잘살아보려고 애쓰는 사람들의 거리를 내다보던 문수는 삼촌이 룸미러로 쳐다보자 '약 오르지?' 하며 혀를 쏙 내밀었다.

"병원엔 안 가도 되겠어?"

"……."

삼촌의 물음에 문수는 아무 말도 하지 않았다. 변호사 사무실에 가서 상담했고 필요한 서류들을 적었으며 동사무소에 가 엄마 아빠를 저승으로의 전입신고를 마쳤다. 의외로 시간이 얼마 걸리지 않았다. 호적등본 주민등록등본 가족관계증명서, 토지와 건물 등기부등본, 기타 은행에 관한 서류들을 떼어 변호사 사무실에 제출했다.

문수는 유산상속에 관해서 잘 이해가 가지 않는 부분이 있었다. 쉽게 설명해 달라니까, 안건에 따라 상속을 받을 수도 있고 그렇지 않을 수도 있다는 내용이었다.

역 앞의 5층 병원 건물, 선산인 임야 오천 평. 전 삼천 평, 부락동 행복빌라가 다 엄마 아빠의 전 재산이었다. 행복빌라의 부채는 얼마 되지 않았다. 그러나 5층 건물의 부채가 가장 많았다. 변호사는 부채상환을 위해 채무자들에게 통고 절차를 진행한다는 것이다.

"어쩌려고?"

"돈? 갚으면 될 거 아냐, 증여세 내고. 부채액이 총 34억 아냐. 행복빌라 2억5천만 원. 그리고 사채 7억, 은행권 그리고 사채 이자 5억. 차용증에 쓰인 금액으로, 담보 잡힌 금액으로 법적 이자로. 그 이상은 못해줘. 변제는 변호사가 대행하기로 했어."

"그 많은 돈을 네가…… 갚는다고 어떻게?"

"나 재벌급은 아니래도 건물 몇 개 가지고 있어."

문수의 말에 삼촌이 '거짓말?' 하는 표정을 지었다. 그러나 문수는 삼촌의 눈을 똑바로 보고 못을 박듯 '내 뒤엔 할머니가 있었고 할아버지도 있잖아' 하며 얼버무렸다. 채무증서에는 장태주란 이름으로 7억짜리가 있었는데 5층 건물이 자그마치 15억에 저당잡혀 있었다. 그 금액은 다 갚을 수밖에 없다고 했다.

어느덧 다섯 시가 넘어가고 있었다. 은서 누나랑 여섯 시에 만나기로 한 걸 기억하며 '삼촌 길가에 잠깐 차 좀 세워' 하고 말했다.

"저기 가서 담배 한 보루하고 라이터 하나만 사다줘. 에쎄 프라임이라는 거로."

"…… 뭐?"

"미성년자들은 담배를 못 사잖아. …… 그런 게 생겼어."

삼촌은 차를 세우고 돌아보며 어이없다는 표정으로 문수를 쏘아봤다.

"Esse가 무슨 뜻인지 알아?"

차는 하북천 쌍다리를 지나 둔치 쪽으로 향해 가고 있었다.

"Esse?"

"응. 엄마가 피우던 담배야. 나 전교 1등인 건 알지? 빨리 가서 사와. 라틴어에서 나온 말이래. 존재, 실재(being, existence), 실존이란 뜻이야. 나 지금 토할 것 같다고. 한 대 피우면 나을 거 같아."

잠깐 운전석에 앉아 망설이던 삼촌은 '뭐 인마?' 했다. '삼촌이 사주지 않으면 불법으로 사고' 하며 엄마도 아빠도 허락한 사항이라고 항변했다. 삼촌은 문수의 말에 끙 하고 신음을 삼키더니 기어를 파크에 놓았다. 곧이어 비상 깜빡이를 켜고는 차 문을 열고 나갔다.

체했던 건 점심을 급하게 먹어서인가 보았다. 금요일 특식 날이었다. 점심밥을 먹을 때 다른 아이들이 듣지 못하게 진덕이 말했었다.

"우리 누나 이름은 지영이야."

"알아, 새꺄. 은서 누나가 너네 누나 행세한다는 거."

"자애원 바로 옆쪽에 보면 구만리로 가는 다리가 있고 뚝방 내려가는 계단이 있어. 그 계단 중간쯤에 앉아 있음 우리 같이 컴퓨터 배우던. 은서 누나가 나갈 거야."

은서가 문수를 만나고 싶다는 전언이었다. 문수는 열적게 '왜?' 하고 물었다. 컴퓨터 실력은 선재보다 위였고 보현이보다는 아래였다. 궁디팡팡이라고 SNS나 인터넷 채팅앱 채팅창으로 상대에게 접근해 성매매 알선하는 그룹의 중간책이었다.

"오랜만이네……."

"얼굴 보는 건 오랜만이네. 너 어렸을 때 보고"

개천으로 물 흘러가는 소리가 들렸다. 간혹 지나가는 차들의 써치라이트가 사선을 그으며 지나갔다. 문수는 마침 왼쪽에 놓인 돌멩이 하나를 집어들었다. 그리고 씨융 날렸다. 앉아서 던져선지 돌멩이는 멀리까지 가서 떨어지지 않았다. 흐르는 물까지는 못 가고 물길에 쌓인 풀섶에 툭 떨어졌다.

"여기 큰 쥐 뉴트리아 산다."

"왜 보자고 한 거야?"

문수와 은서는 차가 다니는 도로 옆에서 천으로 내려가는 계단 중간에 나란히 앉았다. 은서의 말에 문수가 시큰둥해했다. 어둡고 습도가 높았다. 달의 둘레에는 화환과 같은 달무리가 둘러져 있었다. 밤안개가 달무리 진 하늘로 피어올랐다.

"피울래?"

문수가 두 손가락을 내밀었다. 담배 한 개비를 은서가 손가락 사이에 끼웠다. 그리고 또 무언가를 내밀었다. 문수는 왼손으로 그걸 받았다. 네모난 게 잡혔다. 손바닥의 감각으로 보아 USB라는 걸 직감할 수 있었다.

USB를 받아넣은 문수가 한동안 침묵을 지키자 은서가 깊은 한숨을 내쉬며 라이터에 불을 붙여 내밀었다. 할머니는 달무리가 뜨면 비가 온다고 말했었다. 문수는 은서가 내미는 담배를 받아 물었다. 두 손가락을 내밀고 담배를 끼워주고 담뱃불을 붙인다는 건 언제까지나 복종하겠다는 선서의 뜻이었다.

지나는 사람들은 보이지 않았고 가로등이 드문드문 서 있어 천변은 어두운 편이었다. 그 중 불이 들어오지 않는 가로등도 있었고 불빛이 껌

벅대는 것들도 있었다. 흐린 불빛 아래 은서는 예쁜 얼굴을 하고 있었다. 양쪽 눈과 눈의 간격이 같았다. 미간의 간격도 그랬다. 코끝부터 턱끝까지 비율이 아랫입술을 기준으로도 간격이 같았는데 희미한 가로등 불빛에 보아도 피부가 뽀얗다. 그러나 인형 같을 뿐 보현이만큼 개성은 없었다. '그냥 예뻐' 하고 문수는 속으로 말하며 주머니 속에 들어 있는 USB와 특수 제작된 삼단봉 그립을 만지작거렸다.

문수는 다시 은서를 뜯어보았다. 약간 눈꼬리가 길고 옆으로 째졌다. 코끝은 약간 둥글었는데 입술 가운데 부분은 포동포동했다. 가는 허리, 눈처럼 흰 살갗 뜯어보면 뜯어볼수록 예쁘게 생겼는데 야릇한 향내가 났다.

순간 문수는 코를 킁킁거렸다. 미간을 찌푸렸다. 삼국지 게임에서 초선의 캐릭터가 떠올랐다. 앙증맞은데다 툭하면 '뭐?' 하며 혀로 입술을 핥는 관능의 캐릭터였다.

"여동생들 팔아 돈은 많이 챙겼냐?"

문수가 은서의 머리를 꽁 때렸다. 같은 고3이라 했지만 두 살이 더 많았다. 어디선가 개 짖는 소리가 들렸다. 정녕 문수가 미간을 찌푸린 이유는 다른 데 있었다. 길 건너편의 승용차였다. 분명 지나가는 차들이 내쏘는 불빛에 무언가 반짝이는 게 보였다.

순간 문수는 희미한 미소를 날렸다. 낮에 변호사 사무실에 갔을 때 나머지 일처리를 맡기고 먼저 나왔다. 엄마 차의 블랙박스 칩을 빼내고 다시 새 걸로 끼우고 트렁크를 열었다. 무슨 결정적 단서가 없을까, 하는 마음이었다. 가방을 열어보니 카메라가 먼저 눈에 들어왔다. 카메라 기자 못지않게 이백만 원대 망원 렌즈가 달린 DSLR 카메라였다. 디지털

일안 반사식 카메라 야간 투시경도 들어 있었다. 트렁크 안에는 외삼촌 승복이 든 회색 걸망 말고 또 하나의 검은 가방이 보였다. 그 가방을 연 문수는 '뭐야?' 하며 눈을 크게 떴다. 장갑이 두 개 나왔다. 삼촌은 문수가 엄마 차의 키를 가지고 있다는 걸 몰랐다. 장갑은 둘 다 특수 장갑이었다. 하나는 검은 장갑으로 손가락 마디가 나오는 거였다. 일반인들이 쓰는 보통 장갑이 아니었다. 문수는 이미 게임 캐릭터에 수없이 나오는 것으로 그 장갑이 특수요원들의 장갑인 줄 알고 있었다. 더 뒤져보니 플레이트 캐리어가 보였다. 그것도 두 개다. 하나는 검은 색, 하나는 얼룩덜룩한 군복색이다. 분명 방탄복일 거다. 하나는 칼로 쑤셔도 들어가지 않는. 살로몬에서 제작된 등산화, 헬멧 캠을 장착할 수 있는 택티 컬, 야간 투시경이 달린 망원경, 헤드셋 경찰들이 쓰는 삼단봉까지 있었다. 펴보니 독일제 보노비가 아니고 특수 제작되어 버튼만 누르면 튀어나오게 되어 있는 것이다.

"괜찮은데."

빼보니 80㎝는 되는 거 같았다. 문수는 삼단봉 그립을 잡고 휘둘러보았다. 씨융, 하는 금속음 소리가 들렸다. 검도를 한 문수에게 딱 안성맞춤이었다. '이건 압수다' 하며 문수는 삼단봉을 챙겨 들었다. 스프링 코시, 스프링 봉인데도 접히는 거였다. 절대 휘거나 하지 않아 거의 톤파급이다. 문수는 태권도 2단 검도 2단이었다. 삼단봉에 한방 맞으면 적어도 골절상을 입을 거 같았다. 삼촌의 가방에는 도검류, 총만 없었을 따름이었다.

"넌 왜 그딴 식으로 사냐?"

문수가 찡얼대듯 말했다.

"여기 있는 여자애들은 다 상처 많은 아이들이야. 다 뺏겨. 그걸 다, 내가 챙겼겠냐?"

은서의 말에 문수가 '하긴 그렇겠지' 하고 고개를 끄덕였다. 은서가 혀로 마른 입술을 축이며 입을 열었다.

"무서워."

"어쩌라고. 이……건 내 선에서 끝낼 문제가 아냐."

이번엔 은서가 말을 잇지 못했다. 그러나 문수는 은서의 눈을 보았다. '시키니까 하지' 안 할 수 없으니까 하는 눈빛이었다. 그때였다.

"얘들아, 얘들아…… 얘들아. 어이고 이게 누구야? 황은서 아냐? 담배 피우러 나왔져? 목하 자유로운 연애 중이시라고. 저 새끼가 니 깔치냐?"

은서는 생각도 못했다는 듯 곤혹스러운 표정을 지었다. 문수는 먼저 은서에게 받은 USB들을 잃어버리지 않으려고 잽싸게 점퍼 주머니에 넣고 지퍼를 올렸다. 고개를 이쪽저쪽으로 비틀어보았다. 우드득 하는 소리가 들렸다. 상대를 보니 부락산 천변 뒷골목을 서성대는 불량배들이었다.

놈들이 느닷없이 '일루와 봐라' 하며 계단에 앉아 있던 은서와 문수의 뒷덜미를 잡고 천변으로 끌고 내려갔다. 이미 문수의 손은 삼촌의 차에서 꺼냈던 삼단봉을 움켜쥐고 있었다.

"넌 이년아, 왜 말을 안 들어."

저항하던 은서가 한 불량배의 손을 뿌리쳤다.

다가선 놈 중 하나가 은서의 뺨을 올려붙였고 주먹으로 냅다 은서의 배에 어퍼컷을 먹였다. 은서가 픽 쓰러졌다. 한 놈이 쓰러진 은서의 머리카락을 잡고 일으켰다. 하북천 뚝방 쪽으로 끌려 내려간 문수는 돌로 축대를 싼 담벼락에 세워졌다.

"나 건들지 마라. 건들면 니들 다 아작 내버릴 거야."

독이 오른 문수가 으름장을 놓으며 말했다.

"아쭈구리 그래, 어디 함 해봐라, 이 씨발놈아."

그때 은서가 비명을 내질렀다. 놈들 중 하나가 은서의 뱃구레에 또 다시 주먹을 먹인 모양이다. 은서가 폭삭 고꾸라졌다.

"야, 야, 야."

문수가 소리쳤다. 그렇게 몸을 비틀며 저항하던 은서와 눈이 마주쳤다. '가, 하, 하지 마. 도망가'라고 소리쳤다. 문수는 끙 하고 신음을 삼켰다. 지키지 못하면 다 빼앗겼다. 게임 아이템 장사는 아무나 하는 게 아니었다.

검도학원에서는 2단 단증을 따기도 했지만 강부관 할아버지가 소개한 박 선생으로부터 직접 칼을 배웠다. 박 실장이라 불리는 박 선생님은 강부관 님의 부탁으로 서울에서 내려와 문수를 지도해줬다. 매일 얻어터지고 들어왔는데 강부관 할아버지를 찾아가 졸랐다.

"할아버지, 나 더 이상 맞기 싫어."

"상대가 누군데?"

"깡철이 형이라고 자애원에 있는 놈. 자꾸 돈을 뜯어가. 일주일에 얼마씩 상납하래요."

"너랑 나이 차가 얼마나 나는데?"

"세 살."

박 선생이란 이는 도무지 알 수 없는 사람이었다. 늘 얼굴 표정이 굳어 있었다. 가끔 강부관 할아버지와 만나던 이였다. 찌르고 치고 베고. 보통걷기. 밀어걷기. 이어걷기. 벌려걷기. 뛰어들기. 일안, 이족, 삼담, 사력(一眼, 二足, 三膽, 四力). 얼마나 얻어터져가며 배웠던가. 칼을 한번 뺐을 때 실수하면 반신불수가 되거나 죽는다. 단 한번의 실수로 인생 종칠 수 있다. 그러나 아직 한번도 칼로 사람을 찌르거나 베거나 한 적은 없었다. 하지만 엄마 아빠가 근무하는 밤이면 밤마다, 박 선생과 나무를 깎아 만든 칼로 실전을 방불케 하는 칼싸움을 벌이곤 했다. '공짜는 없다.' 박 선생은 한 합 붙을 때마다 삼만 원씩 받아 챙겼다. 중학교 1학년 때였다. 삼십대의 박 선생에게 늘 힘에 밀렸다. 한 달에 한번 혹은 두 번씩 그 금액은 차츰 올라가 한번 올랐다 하면 3만 원이었다. 일 년을 했을까. 매일매일 파란색 보라색, 온몸에 멍자국이었고 마침내 박 선생에게 돈을 잃지 않을 수 있었다. 그렇다고 돈을 딸 수는 없었다.

사시미 칼을 가르쳐주던 박 선생은 땅바닥에 인체해부도를 그려놓고 머리, 목, 골격, 몸통, 다리뼈의 위치와 이름들, 장기 위치와 이름들을 외우게 했다. 심지어는 아킬레스건을 뚝 소리가 나게 끊는 법도 배웠다. '아킬레스 힘줄(Achilles tendon)은 사람 몸의 한 부분으로 종아리 근육들인 장단지근과 가자미근을 발꿈치뼈에 연결해주는 힘줄이다, 알았나?' 하면 문수는 '예' 하고 크게 대답했다. '그려봐라' 하면 '아킬레스 힘줄은 사람 몸의 한 부분으로 종아리의 근육들인 장단지근과 가자미근을 발꿈치뼈에 연결해주는 힘줄이다'며 연필로 인체해부도를 그렸다. 공격동작보다 수비 동작을 더 우선시 했다. 상대를 해치기 위한 살인검이 아니라 자기 자신을 지키는 활인검이 되어야 한다는 것도 박 선생에게 수십 번, 수백 번도 더 들었다.

"눈깔아."

"헐."

"이 조옷밥 새끼가."

두 놈이 은서의 양팔을 잡고 있었고 한 놈은 문수의 멱살을 붙잡고 있었다. 먼저 놈들과 눈싸움을 벌였다. 또래보다 조금 키가 컸던 문수와 놈들의 키 차이는 별로 나지 않았다. 한 놈은 어느새 은서의 가슴 속으로 손을 넣고 있었다. 분명 놈들을 사주한 배후가 있을 것이다.

"나 맞기 싫어. 어릴 적에 지긋지긋하게 많이 맞았어."

고등학생이 되자 근방의 양아치들은 문수를 보면 슬금슬금 피했다. 그걸 모르는 놈들이 웃기지 말라는 듯 왼손으로 멱살을 잡고 발을 약간 비켜서서 어퍼컷을 먹이려 했다. 그래도 닳고 닳은 고아원 출신들이었다. 하지만 한 발 더 빨랐던 건 문수였다. 문수는 삼단봉을 폈다. 일족일도(一足一刀), 칼이라면 너무 깊게 찌르면 죽는다. 삼단봉이라 찔러도 적당히 충격을 받을 뿐, 병신이 되지 않을 정도로 겁을 주는 쪽을 택해야 한다. 딱 세 군데씩만 후려주마. 삼촌아, 잘 봐라. 문수가 삼단봉을 펴서 춤을 추기 시작했다.

어느 부위를 치고 어느 정도로 힘을 주어 타격해야 놈들에게 치명적일 수 있는지 문수는 알고 있었다. 칼이 몸으로 파고 들어가 상처를 낼 수 있는지, 문수는 이미 당해봐서 잘 알고 있었다. 놈들은 모를 것이다. 얼마나 이를 악물고 나무로 된 단검을 휘둘렀는지. 단검에 찔려 고통스러워했던지 문수는 이를 아드득 문 채 놈들을 노려보았다. 그리고 이어 야차, 지옥에서 온 악마처럼 왼손으로는 혹시 모를 칼을 막을 자세로 하고 오른손으로 삼단봉을 펴서 휘두르기 시작했다. 보통걷기, 밀어걷기,

이어걷기, 벌려걷기, 뛰어들기, 퍽퍽퍽 푹푹푹 먼저 머리를 후려갈겼다. 상대가 비틀하면 그 기회를 놓치지 않았다. 목, 몸통, 팔다리를 사정없이 후렸다. 그리고 몸을 날려 발차기로 놈들의 가슴을 내려찍었다.

"무릎 꿇어."

세 놈을 제압하는 데 그리 오래 걸리지 않았다. 무릎을 꿇은 세 놈은 고개를 수그렸다. 문수는 삼단봉을 왼손에 옮겨 쥐고 오른손으로 뺨을 후려갈겼다. 부러 삼촌이 보라고 동작을 화려하게 했다.

"앞으로, 은서를 건드렸다간…… 알지?"

"…… 부락동 천변파 짱이 깡철이 형이지? 복수하고 싶으면 언제라도 오라고 해."

"……."

"앞으로 니들 조용히 찌그러져 살아. 꺼져."

세 놈이 비실비실 일어나 줄행랑을 쳤다. 은서가 놀란 눈을 뜨고 문수를 바라보았다. 그러나 고맙단 말 같은 건 하지 않았다. 문수는 삼단봉을 접어 호주머니에 넣었다.

"담배 하나 줘라."

등을 뚝방 담벼락에 기대앉은 문수가 말했고 은서가 담배에 불을 붙여 내밀며 입을 열었다.

"…… 미안해."

옆으로 나란히 앉은 은서에게 문수가 못마땅하다는 양 담배연기를 얼굴에 훅 뿜었다.

"그런데 너 인마, 왜 나한테 누나라고 안 불러?"

"아이고, 이 종달새야."

문수의 말에 은서가 하얗게 웃었다.

"저렇게 밤에 물안개가 피어오르는 건 오랜만에 본다."

"야, 어린 창녀."

"그 말 참 아프다."

순간 두 사람의 대화가 끊겼다. 문수는 일주일에 만 원씩 상납하라던 깡철이를 떠올렸다.

"너 왜 지영이 누나 이름으로 행세해?"

"…… 응, 위에서 시키는 대로."

문수가 한숨을 내쉬는데 가로등 불빛에 은서의 눈물이 반짝였다. 처음엔 아무 말 없이 눈물을 주르르 흘리더니 제법 어깨를 들썩이며 울었다. 어이없어 하던 문수는 '시끄러'라고 말하지 않았다. 문수를 슬그머니 끌어안았다. 문수는 '얘가 왜이래, 징그럽게' 하며 은서의 몸을 떼어냈다. 그리고 왼손에 들고 있던 담뱃불을 손가락으로 튕겼다. 불꽃이 튀어 저만치 날아갔다. 그때, 은서의 손이 문수의 사타구니 살으로 뱀처럼 다가왔다. 얼굴이 붉어진 문수는 미간을 찌푸리며 은서의 손을 뜯어냈다.

문수가 몸을 비틀며 '하지 마' 하며 은서의 손을 움켜잡자 은서가 '가만히 있어봐' 하고 문수의 손을 떼어냈다. 문수는 무언가에 홀린 듯 이상한 기운에 사로잡혔다.

"…… 이렇게 해봐."

은서가 코맹맹이 소리로 나지막하게 말했다. 손을 사타구니에 넣고 입술로는 문수의 귓밥을 핥았다. 문수가 고개를 틀었다. 손을 뿌리치며 깜짝 놀라는 문수를 보며 재밌고 흥분된다는 듯 은서가 깔깔대며 웃었다. 어깨의 힘이 싹 빠져 달아났다. '이럴 때는 어떻게 해야 하는 거지?'

하다 문수는 '에라 모르겠다. 될 대로 되겠지' 하며 침을 꼴깍 삼켰다.

그때 길 건너편 쪽에서 빵 빵빠방 밤하늘을 찢는 클랙슨 소리가 연신 들렸다. 삼촌이 열 받았는지 연신 클랙슨을 눌러댔다. 그 소리를 들은 문수는 질끈 눈을 감았다. 뜨거운 숨결이다. 부드럽다. 키스는 보현이랑 해보았다. 입맞춤하는데도 가슴이 벌렁벌렁거렸고 입술이 달달 떨렸다. 이게 덫이고 함정이라도 어쩔 수 없다는 생각이 들었다. 어둠과 침묵 속에 문수는 은서의 달뜬 숨소리, 머리카락이 입으로 들어와 이마를 찡그렸다. '아, 젠장' 하며 신음을 삼켰다. 허둥대던 문수는 보현에게 미안한 감정이 들었다. '이 감정은 뭐지' 하던 문수는 한순간 온몸의 근육이 일시적으로 풀려나갔다.

"너 첨이구나."

은서의 말에 자극받았던지 문수의 얼굴이 화끈거렸다. 은서의 물음에 문수는 '그래, 나 첨이야'라고 답하지 않았다. 얼마나 시간이 지났을까. 그제야 천변으로 물 흘러가는 소리가 들려왔다. 다시 달라붙는 은서의 손을 문수가 뜯어냈다.

"그만 들어가."

"……."

문수는 바보가 아니었다. 길 거너편 쪽의 삼촌 말고도 어디선가 은서를 내보낸 놈들, 할아버지가 보낸 경호팀도 쳐다보고 있을 거였다. 가로등 아래 선 문수는 '달무지기 찐 거 보이께네 내일은 비가 올란갑다'하던 할머니를 떠올리며 '야가 와 이리 족대기나?' 할 삼촌을 기다리며 씁쓸히 웃었다.

제5장

딥웹, 다시는 꿈꾸지 않으리

으스스 비가 내리기 시작했다. 문수는 길로 올라섰다. 휘청, 몸이 흔들렸다. 안개와 소슬비와 바람이 가로등 불빛을 받으며 문수의 몸으로 달려들었다. '엣취' 문수는 기침을 토해냈다. 가로등에 수천 수만 개의 빗방울들이 천변을 몽환적 분위기를 만들어냈다. 사방은 먹물을 풀어놓은 듯 조용하기만 했다. 빗물들이 알알이 길바닥에서 튀어올라 가로등 불빛으로 반사되는 걸 보던 문수는 머릿속이 복잡해졌다.

찰거머리처럼 달라붙던 은서는 개구멍을 통해 보육원으로 다시 들어갔다. 삼촌에게 집에 가자고 전화를 했다. 건너편 길 쪽에서 시동을 걸고 헤드라이트를 켜고 서서히 다리를 건너 다가오는 삼촌이 보였다. 문수는 모르는 척 아무 말도 하지 않았다. 실망했다는 듯 삼촌은 문수에게 아무 말도 건네지 않았다. 문수는 순간 뒤를 따르는 차량 하나를 감지했고 또 그 뒤를 따르는 검은 봉고차 하나도 확인할 수 있었다.

"야, 인마. 너 이거밖에 안 되는 인간이냐?"

차에 올라타자 삼촌이 다짜고짜 몰아붙였다. 핸들을 움켜쥔 채 무언지 화를 삭이려고 애쓰는 모습이 확연했다.

"놈들은 사람 잘못 건드린 거라고. 내가 다 쓸어버릴 거라니까."

문수의 말에 삼촌은 황당하고 어처구니없는지 경멸에 찬 시선을 던졌다. 그래도 삼촌의 다그치던 표정은 풀리지 않았다.

"난 네가 위험해지는 게 싫다. 누구라도 너에게 접근하는 이들에겐 모두가 다 의도가 있다는 걸 알아야지?"

"……."

"내 눈에 네가 괴물로 보이는 건 왜일까?"

"삼촌, 자꾸 그럴 거면 그냥 산으로 올라가. 삼촌 아니래도 난 지금 충분히 힘들고 괴롭거든. 그딴 말 들으면 역겨워. 토 나온다고. 난 엄마처럼, 삼촌처럼 딱딱 각 맞게는 못살아. 그렇다고 내가 지금 아무렇게나 막 사는 건 아니라고. 나도 오늘 머리에 털 나고 첨 해본 거라고."

열패감을 느꼈지만 죄책감은 없었다. 그렇다고 삼촌에게 선재아버지가 위험하다느니 납치된 김 선생이 맨 처음 컴퓨터를 가르쳐준 스승이었다느니, 테러범들이 위성을 해킹해 인터넷 대란, 일부 정신 나간 세력들이 국가 중요시설을 장악하고 있다고 미주알고주알 말해줄 수는 없었다. 문수는 하품을 했고, 기지개를 폈다. 갑자기 노곤함이 밀려왔다.

"야 이놈아. 제발 정신 좀 차리라고."

삼촌이 버럭 소리를 질렀다. 문수는 짧은 신음을 삼켰다.

이상했다 보현을 생각하지 않은 건 아니었다. 하지만 미안하다는 생각이 들긴 했지만 죄란 생각은 하지 않았다 문수는 입맛을 쩝 다셨다. 은서가 양다리를 걸치고 있었다. 보현의 정보보고에 따르면 놈들은 높은 어르신들에게 은서를 상납하곤 했다. 은서는 몰래 잠자리를 한 어르신들의 휴대폰에 도청 어플 깔고 아이디 비번을 알아내기도 했으며 옷에 웹캠을 심는 스파이 노릇도 마다하지 않았다. 골드문트 쪽에 붙어 있었지만 골드문트 쪽의 놈들이 국토안전부 정보국 쪽의 사람들과도 접촉하게 해 이중 스파이 노릇을 하다 양쪽에 이용당하고 버림받는 처지가 된 것이다.

"내가 그렇게 꽉 막히기만 한 삼촌이랑 같이 살아야 할 이유도 없고 간섭받아야 할 이유도 없잖아. 삼촌은 우릴 다 버리고 산으로 도망간 비겁한 사람이잖아. 그러니 잔소리할 권리가 없으시다고요."

삼촌에게 차갑게 말했다. 고개를 돌린 삼촌은 어이없고 황당해하며 한참이나 뚫어져라 보았다.

"마음은 모든 일의 근본이 된다. 일체유심조라고 다 마음먹기 달린 거라고."

싸늘한 눈빛을 한 삼촌은 조용했지만 격하게 말했다.

"일체유심좆 같은 소리하지 마시고."

삼촌이 짧게 헛웃음을 삼켰다.

"야 인마, 네가 멘사 회원, 천재인 줄은 알아. 그런데 그건 네 눈높이만큼의 세상이라고. 인즉시불(人卽是佛). 사람이, 사람이 먼저다. 왜 자꾸 까불어?"

"조까."

문수의 욕설 때문에 삼촌은 기분이 잡쳤는지 공연히 앞으로 끼어드는 차량을 향해 클랙슨을 신경질적으로 눌러댔다. 문수가 차 창문을 닫았다. 기침이 나왔다. 콜록콜록. 축축하게 젖은 몸에 체열이 급류처럼 몸 속 구석구석을 거칠게 후리며 돌아다녔다. 그 바람에 눈물이 핑 돌았다. 갑자기 두통과 함께 목에 푸른 힘줄이 터질 듯 불거져 나왔다.

차는 어둠 속에서도 익숙한 Y시의 밤풍경 속으로 빨려 들어가고 있었다. 그때 속도를 줄인 앞차의 브레이크 등에 붉은 불이 들어왔다. 기차가 길게 지나가고 있었다. 차단기가 내려져 있었고 멈춰 서 있으라는 경고음이 빗속에서 쏟아져 내렸다. 철길로 길게 늘어진 차량 속에 브레이크를 밟고 있던 삼촌이 룸미러를 통해 잠시 문수의 눈을 쏘아봤다. 문수는 짐짓 브레이크 등의 붉은 불빛과 삼촌의 그 날카로운 시선에 고개를 돌렸다. 어색함에 옆 좌석에 놓인 담배를 꺼내 불을 붙인 다음 창문을 열고 훅 담배연기를 내뿜었다. 기차가 지나가고 다시 차량을 진행시키던 삼촌은 차마 그 꼴을 못 봐주겠다는 양 오만상을 찌푸렸다. 그때 삼촌이 좌회전 깜빡이를 타악 소리가 나도록 넣었다. 딸깍딸깍. 불빛과 함께 백미러에 좌회전 불빛이 깜박거리자 차 안의 정적이 일순 깨졌다.

삼촌이 뒤따르는 차량들을 예의 주시하며 혼자 중얼거리듯 말했다.

"홍길동, 임꺽정, 장길산, 다 도둑놈들이야. 넌 뭐에 눈이 멀었는지. 내 얘긴 들으려고 하질 않는구나."

"악법도 법이라는 거잖아. 그렇지만 정의는 살아 있잖아."

문수의 말에 삼촌이 멀대같은 표정을 지었다. 문수는 시트에 등을 깊숙이 묻은 채 눈을 감아버렸다.

"지금까지의 상황, 정황으로 보아 네 놈이 상대할 사람들이 아니라고."

호탕하게 웃던 삼촌의 모습은 찾아볼 수 없었다. 삼촌은 문수의 말에 차를 갓길에 세우고 고개를 돌려 문수를 쏘아봤다.

"인마, 수능이 얼마 안 남았잖아……. 오늘로 세상이 다 끝나는 건 아니잖아."

말이 잘 먹혀 들어가지 않자 분개하던 삼촌은 고래고래 소리쳤다. 문수는 초조해지기 시작했다. 아빠하고 다를 게 하나도 없었다. 귀가 먹먹했다.

"이 세상은 능력도 능력이지만 관계로 맺어진 세상이라고. 시스템이라는 게 있다고."

그 말은 들은 문수는 '조또, 그놈의 시스템'이라는 말이 목구멍까지 나왔지만 다행이 입 밖으로 내지는 않았다

"어쨌든 삼촌은 날 못 막아. 내 삶은 내가 결정한다고."

문수가 쏘아붙이자 삼촌은 안타깝다는 듯 고개를 갸우뚱거렸다.

"여차하면 널 두들겨 패서라도 미국으로 보낸다."

하마터면 '미국에 누가 있는데? 삼촌, 할아버지는 일주일 전에 돌아가셨다고' 하고 실토할 뻔했다. 그러나 정신을 차리고 입을 꾹 다문 문수는 표정을 바꿔 콧물을 훌쩍거릴 뿐이었다.

"…… 이놈아. 도대체 대재앙이라는 게 뭔데."

삼촌도 거칠게 나왔다. 나름대로 삼촌이 사건을 조사하고 있다는 걸 직감할 수 있었다. 미끼를 덥석 물 삼촌이 아니라는 것도 예측하고 있었다.

"인터넷 대란과 함께 대규모 군중시위. 그리고 계엄령이 선포될 거고 쿠데타가 일어날 거란 말이야."

"이놈아, 그건 어른들의 일이야."

삼촌이 단호하게 말했다.

"아, 삼촌 졸라 웃긴다. 왜 고등학생은 나라 걱정하면 안 돼?"

순간 문수는 '아' 하는 신음을 삼켰다. 잘못된 건 차츰차츰 바꾸고 고쳐가면서 살면 된다는 삼촌은 번뇌에 얽매인 속세를 버리고 입산한 사람이었다.

"어른들은 다 왜 이 모양이지?"

삼촌은 정말 답답하다는 문수의 말에 끙, 하는 신음소리를 내다 '너란 놈 답이 없는 놈이로구나' 하며 탄식을 삼켰다. 삼촌은 '도대체 널 어떻게 설득시켜야 아니?' 하며 차를 다시 앞으로 진행시켰다. 문수는 입을 다물어버렸다. 퀭한 눈을 한 삼촌은 여전히 입을 다문 채 운전에만 집중하고 있었다. 문수도 더 이상 삼촌을 자극하지 않았다.

"삼촌?"

"응?"

집에 거의 도착할 즈음이었다.

"우리 집에 도착하면 짜장면 시켜 먹을까?"

"…… 그러자."

배가 고프지는 않았지만 점심도 먹지 못했다는 삼촌의 말을 기억하고 화해의 말을 던졌다. 시내만 빠져나가면 되는데 소통이 원활했던 거리는 어디선가 교통사고가 났는지 꼬리에 꼬리를 물고 차량들이 늘어서 있었다. 겨우 혼잡한 Y시를 벗어나 집에 도착할 수 있었다. 집에 도착한 두 사람은 초죽음이 되어 있었다. 밥통에 밥은 있었다.

"그저 단순히 컴퓨터를 해킹하려 든다면 그건 오산이다. 그건 오히려 인간이 컴퓨터에 지배당하는 꼴이 돼. 사람의 마음을 읽어내야 해. 컴퓨터는 문명의 이기, 알고리즘이란, 시키는 대로 할 뿐이야. 계산력, 정보력, 정교함, 정확성을 사람이 따라잡을 수 없어. 그 명령어를 입력하는 사람의 마음을 헤아려야 해."

"그러니까 인터넷을 통해 방대한 데이터를 손에 얻고 네트워크로 이룩된 시설, 세계를 컨트롤할 수 있다는 거죠."

친할아버지는 문수를 철저히 훈련시켰다.

집에 도착하자마자 문수는 중국집에 소주 한 병에 짜장면과 탕수육을 시켰다. 이모가 밥도 해놓고 국도 끓여놓고 야근을 나갔지만 밥맛을 잃은 지 오래다. 문수는 주책바가지 노스님을 떠올렸다. 또 라면을 끓여먹고 있을까, 하는 생각에서였다.

"그렇지? 삼촌."

문수가 더듬거리며 물었다.

"뭐가?"

"언젠간 나도 입산하고 싶어. 생명, 평화? 인간의 가치와 자연의 위대함……. 정녕 내가 사람답게 살 수 있다면……. 삼촌이 날 제자로 받아준다면……?"

눈에 잔뜩 힘을 주던 삼촌이 어이없다는 얼굴로 문수를 건너다봤다. 말문이 막히는지 '휴우, 아이고 머리야' 하며 소리가 나도록 한숨을 내쉬었다.

"너 인마, 나를 다 웃기는 걸 보면, 머리가 참 비상한 놈이로구나."

산중으로 도망간 현실도피자, 도망자, 패배자라고 몰아붙였던 문수의 말에 찔리긴 찔렸던 모양이었다. 먹는 거 가지고 치사하게 굴고 싶진 않지만 짜장면을 먹으며 삼촌이 짜장 속에 들어 있는 고기를 먹나 안 먹나 유심히 살펴보았다. 삼촌은 쩝쩝거리며 소주를 따라 홀짝홀짝 마셨으며 탕수육도 잘 집어 먹었다.

"아까, 선재라는 아이한테 전화 왔을 때, 왜 그리 짜증낸 거니?"

"응, 사연이 길은데. 내 친군데 이번에 경찰대에 합격했어. Y시에선 딱 두 명. 장하지. 근데, 걔네 아버지가 Y시 경찰서 정보과 팀장인지 계장인지 그래. 경감이야. 그런데 놈들의 끄나풀 노릇을 해요. 놈들이 협조하지 않으면 우리집처럼 풍비박산 내겠다고. 하나뿐인 아들 내 친구에게도 해코지하겠다고."

"…… 그럼 그 친구한테 화낼 일이 뭐가 있어?"

삼촌은 그래도 미심쩍다는 투로 말했다.

"수능이 얼마 안 남았는데 괴롭다고 술 처먹고 해롱해롱하니까."

"그러는 너는 이놈아?"

삼촌은 똥 묻은 개가 겨 묻은 개 나무란다며 한숨만 내쉬었다. 짜장면 그릇을 비닐봉지에 담아 대문 밖에 내어놓고 들어오자 문수를 빤히 보던 삼촌이 불렀고 문수가 삼촌의 눈을 들여다보았다.

"범죄의 패턴을 보면 말이다. 지금쯤이면 누군가 칼을 뽑을 때가 되었는데."

"응, 놈들의 돈 570억이 사라진 모양이야. 어제 언론에 빗썸 500억대 가상화폐 유출사고로 발표된. 이미 놈들의 칼이 우리들 심장을 향해 있을 거예요. 진덕이라는 애, 진덕이 누나, 또 은서라는 애가 살해 위협을 받고 있고, 선재아버지도 그렇고."

역시 삼촌이었다. 짜장면을 먹으며 태블릿을 보던 문수는 부르르 진저리를 쳤다. 칼에 꽂혀 피가 사방으로 튀는 것 같았다.

- 메일이 왔어. 오백 억을 내놓지 않으면 액션을 취하겠다는.

예감은 늘 틀리지 않았다. 보현에게서 긴급으로 날아온 문자였다. 문수의 메일은 보현이 볼 수 있게 비번을 알려주었다.

"삼촌은 570억의 행방을 알아?"

"그걸 내가 어떻게 아니, 이눔아?"

뜬금없는 질문에 삼촌이 눈을 동그랗게 떴다.

삼촌은 아버지의 서재를 내주었는데도, 거실 바닥에 가부좌를 틀고 앉았다. 하는 폼을 보니, 저렇게 똬리를 틀고 앉아 밤을 새울 모양이다. 문수는 삼촌의 그 가부좌를 틀고 눈감고 앉은 모습을 보고 '대박' 하며 눈을 동그랗게 떴다.

문수는 방으로 들어와 컴퓨터 스위치를 넣었다. 컴퓨터를 끄고 켤 때마다 할아버지의 말을 명심하고 명심했다. 보안, 보안, 보안이었다.

우선 먼저 자애원 측에서 깔아놓은 CCTV를 연결했다. 문수는 침을 삼켰다. 목이 부었다. 트로이 목마로는 들어갈 수 없다. 문수는 윈도 비스타의 취약점을 노렸다. 뚫리지 않았다. IP 변경이나 암호 뚫기를 시도했다. access granted, 조작 프로그램이 통했다. 이윽고 뚫어낼 수 있었다. 속으로 앗싸, 하면서 원래 설정한 프로그램 위에 불법 코드 메모리를 살짝 삽입했다. 문수의 손끝에서 가느다란 경련이 일었다. 접근 불가에서 다시 접근을 시도했다. 겨우 문수는 접근 승인을 받아낼 수 있었다. 이윽고 진덕의 상의에 부착시킨 카메라와 음성지원 마이크를 통해 화면을 전송받을 수 있었다. 진덕이 몸에 부착된 라이브 캠은 진덕이 팀, 또 자애원 측에서 설치해 놓은 라인들과 회선을 일부러 달리했다. 진덕이 말로는 자애원 복지원의 실태를 폭로하려고 생중계를 시도하는데 놈들이 어떻게 반응하는지 살펴보라는 거였다. CERT팀과의 첫 작업이었다. '어디 실력 좀 보자, 개봉박두다' 하고 기대했던 것이다.

'그럼 나도 삼촌처럼 컴퓨터 속으로 잠입 비밀활동을 펼쳐볼까' 하며 엔터를 쳤다. 네트워크 프로그램의 방화벽은 성벽처럼 단단했다.

"네, 요건 그래도 성벽이 제법 높네요, 그래요. 요건 조금 있다가."

문수는 혼자 중얼거리며 자애원 자치 CCTV 프로그램에다 문수가 설치해놓은 웹캠까지 연동시켰다. 이윽고 화면 속에 자애원 풍경이 한눈에 들어왔다. CERT팀의 엘리엇 알에게 회선을 연결한 문수는 흐뭇한 미소를 지었다. '그럼, 한번 붙어 볼까요?' 하며 화면 중 하나를 당겼다. 화면은 자애원을 비췄다. 고추밭이었다. 밭 이쪽과 끝은 멀었는데 천 평도 넘어 보였다. 원생들은 모두 파란 트레이닝복을 입고 있었다. 화면을 더 당겨보니 왼쪽 가슴에는 교도소 죄수들처럼 어린아이들은 하얀 색, 중고생들에게는 노란 색, 어른들은 빨간 색 명찰이 달려 있었다. 분명 국가에서 보조금이 지급되고 정부의 감독을 받는 복지원이었다. 어른들이 수용되어 있는 사동에는 오갈 데 없는 부랑인들이 세상과 격리되어 있었다.

자애원 원장은 47세 장태주였다. Y고 출신. 아빠랑 동기동창 친구라고 했다. 이재에 천재적 재능을 가진 자였다. 자애원에 허수아비 원장을 두고 각지에서 답지한 선물과 구호품을 자기 가족과 친족들과 나누어 먹고 수급비를 떼어먹는 건 아무것도 아니었다. 자애원은 어른들도 있고 아이들도 있었다. 급수는 다르지만, 발달장애와 지적장애들을 섞어놓아 듣지 못하는 아이들, 말하지 못하는 아이들, 팔이 없는 아이, 소아마비로 다리를 저는 아이, 버려진 아이, 혼혈아, 6세에서 13세까지의 어린이, 14세에서 17세까지의 소년소녀들, 오갈 곳 없는 아이들이 모여 있었다.

자애원은 누구도 들여다볼 수 없게 높은 담장으로 둘러싸인 감옥 같았다. 제1화면 속에는 자애원 입구가 보였고 제2화면은 실내, 제3화면은 원무실, 제4화면은 지하였다. 문수는 야외에 부착된 제5화면을 주시했다. 진덕의 몸에 부착된 무선 웹캠 카메라다. 자애원 여자애들은 단발머리였고 남자애들의 머리는 다 빡빡으로 밀었다.

진덕이 밭에서 일을 하고 있었다. 빨간 고추가 매달린 고추밭 바닥을 비추었다 밭 너머 먼 산이 보였다. 고추를 따다 몸을 일으켰다는 걸 짐작할 수 있었다. 문수는 진덕의 거친 숨소리를 확인하고는 다시 자판기의 엔터를 쳤다. 건물 끝에 부착된 카메라를 당겨보았다. 진덕이 원거리로 보였다. 원내에선 화장실도 세 명이 함께 다녔다. 진덕이 허리를 펴더니 땅바닥에 털썩 주저앉았다.

"어쩌려고 그러는 거야?"

인상을 찌푸린 문수는 흐름을 놓치지 않으려고 화면을 노려보았다. 진덕이 입에 거품을 물고 발작할까봐 침을 꿀꺽 삼켰다. '맞다보면 살려주세요, 제발' 하는 말들이 저절로 나온다던 진덕이의 말에 '정말?' 하고 되물었었다.

"진덕아."

"…… 또야?"

"누나."

진덕이 누나, 라고 부르는 걸 보니 지영이 누나인 모양이었다. 만난 지 하도 오래되어 얼굴이 가물가물했는데 화면을 보자 기억할 수 있었다.

아니나 다를까, 고추를 따던 진덕이 픽 쓰러졌다. 노란 명찰을 단 다른 여자아이가 '괜찮아?' 하며 다가섰다. 시선을 허공에 둔 채 진덕이 숨을 씨근덕거렸다.

"선생님."

여자아이가 소리쳤고 주위에서 일하던 또 다른 노란 명찰을 단 사내아이가 달려왔다.

"오늘 밤인데."

노란 명찰을 단 남자아이가 입맛을 쩝쩝 다시며 안쓰럽다는 듯 말했다. 어둑해졌는데도 화면 상태는 좋았다. 진덕의 주위에 있던 아이들이 다가왔다. 조금 떨어진 곳의 아이들은 마치 농장 일꾼들처럼 빨간 고추를 따서 모아놓은 것들을 외발 수레로 나르고 있었다. 스무 명 남짓한 고만고만한 아이들, 스무 명 남짓한 장애어른들이 밭에서 분주히 움직이고 있었다.

"이러다 망치는 거 아냐?"

"아, 아냐. 누, 누나. 이, 일어날 수 있어."

다리를 저는 여자아이가 다가왔다. 지영을 바라보는 문수의 눈이 깊었다. 문수가 아는 지영이 누나는 다리를 절었다. 진덕아 하고 지영이 안타깝다는 듯 내려다보았다.

"괘, 괜찮아?"

"니이미. 나 왜, 왜 이리 덜 떨어진 거지……."

숨을 헐떡이던 진덕이 말했다.

"아냐, 진덕아. 네가 죄 지은 거 하나도 없어. 네가 잘못한 거 하나도 없다고."

지영이 누나가 말했다. 그때다.

"니들 뭐하는 거야. 거기 딱 서."

사내 하나가 짜증난 목소리로 말했다. 갑자기 진덕의 주위에 모인 아이들이 얼음처럼 얼어붙었다. 달려온 이는 30대 후반의 사내였다. 손에는 알루미늄 지휘봉을 들고 있었다. 아이들이 차려 자세를 하더니 고개를 푹 수그렸다. 다가온 사내가 느닷없이 진덕을 둘러싼 다섯 아이의 뺨을 올려붙이고, 발로 걷어차기 시작했다. 아이들이 맥없이 쓰러지고 넘어졌다.

문수는 얼굴을 찡그리며 의자에서 벌떡 일어났다.

"이 쓰레기 같은 새끼들. 공짜로 밥 주지, 돈 주지. 공짜로 학교 보내주지. 이 벌레만도 못한 새끼들이 왜 지랄들 하는 거야?"

서슬 퍼런 사내의 주먹과 발길질에 아이들은 속수무책이었다. 순간 문수는 숨이 탁 막히는 거 같았다.

사방은 이미 어둠이 내려와 화면이 점점 더 흐려졌다. 삼촌을 불러 이 화면을 보여주어야 하나, 말아야 하나 고민이 되었다. 기어코 진덕은 밭 가운데 누워 발작을 시작했다. 입에 거품을 물고 사시나무 떨듯 떨었다. 은근히 화면 속에서 은서를 찾아보았지만 은서는 눈에 들어오지 않았다. 문수는 '음' 하는 신음을 삼켰다. 화면을 끌까, 하다가 녹화되고 있다는 불빛을 확인하고는 다시 '끙' 하는 신음을 삼켰다. 애들아, 너희들 많이 아팠겠구나' 하며 문수는 정신 나간 아이처럼 고개를 이리 까딱 저리 까딱해보았다.

"저 새끼 바깥으로 치워."

마뜩찮은 얼굴을 하던 사내의 말에 강제노역으로 힘없는 아이들이 달려들어 쓰러진 진덕의 사지를 들었다. 고춧대가 쓰러지지 않도록 조심하며 하우스 밖으로 나오는데도 시간이 한참 걸렸다. 진덕이 하우스 밖 맨땅에 눕혀졌다. 그때 진덕이 옆으로 청개구리 한 마리가 폴짝 뛰었다. 진덕의 발작은 멈춰 있었다. 그 대신 청개구리 한 마리가 진덕의 배로 기어 올라갔고 목 근처에서 더 이상 가지 못하고 멈췄다. 경직된 진덕은 도리질치지도 손으로 그 청개구리를 떼어내지도 못했다. 폴짝폴짝 뛰던 개구리는 진덕의 목에서 떨어졌고 풀숲으로 숨어 들어갔다. 그때, 요란한 차임벨 소리가 들렸다. 밭의 홍고추를 따는 일이 끝난 모양이다.

원생들을 돈벌이 수단으로밖에 보지 않는다던 진덕의 말을 떠올렸다. 날이 어두워 보이지 않을 때까지 고추를 따던 아이들이 다시 진덕의 주위로 다가와 시체처럼 늘어진 진덕의 몸을 들고 이동하기 시작했다.

"내가 오늘 저 새낄 가만두지 않을 거다."

한 사내아이가 죽을상을 한 채 말을 내뱉었다.

"다 불 싸질러 죽여버릴 거야."

그때 화면은 이상 없는데 갑자기 스피커 소리가 죽었다. '지옥이야, 지옥보다 더해' 하던 진덕의 말은 틀린 말이 아니었다.

자애원이라지만 자애라고는 눈곱만큼도 찾아볼 수 없었다. 그때 갑자기 지지지 하는 잡음이 들렸다. 순간 문수는 '스태빌라이저를 사용해서 그런가?' 하며 컴퓨터 자판기를 잽싸게 두드려댔다. 화면이 죽었다. 음성까지 들리지 않았다.

"뭐가 잘못된 거야?"

EPOWER와 런처에 문제가 있는 모양이었다. 홈 CCTV와 웹캠을 같이 연동시킨 까닭이었다. 문수는 웹캠과 CCTV를 따로 분리했다. 이동식 저장장치를 거쳐 클라우드까지 전용회선을 뚫는데 꽤 시간이 걸렸다. 이윽고 다시 화면이 나왔다. 화면은 실내로 바뀌었다.

예의 그 30대 후반의 사내가 아이들을 일렬횡대로 세워놓고 지휘봉으로 가슴을 쿡쿡 찔렀다. 지휘봉은 손잡이에 검은 가죽을 댄 금속 알루미늄이었다. 노을빛이 알루미늄 끝에서 반짝거렸다. 화면을 당겨보니 알루미늄은 벌거벗은 여자의 나신이었다. 다른 쪽 화면에는 식당이었는데 아이들과 어른들이 줄서서 식판을 들고 배식을 기다리고 있었다. 아직도 진덕은 복도 한쪽에 눕혀져 있었다. 화면을 클로즈업 시키자 진덕을 옮기던 아이들이 보였다.

"일어나."

"……."

"이놈 새끼들 빨리 움직이지 못해, 대가리 박아."

행동이 굼뜨다고 기합을 받는 모양이었다. 사내가 아이들을 발로 차자 다섯 명의 아이들은 한 방향으로 픽픽 쓰러졌다. 그러나 머리를 땅에 대고 두 손은 열중쉬어를 하는 원산폭격이라는 벌칙을 받던 아이들이 쓰러지면 빨딱빨딱 일어나 다시 머리를 박았다. 발로 걷어 채이거나 밟힐까봐 두려웠던 모양이다. 아이들이 우르릉 쾅 쓰러졌다가도 잽싸게 일어났다. 폭행으로 팔이 부러지거나 다리가 부러지거나 성폭행으로 정신분열증을 앓게 되면 징벌방으로 끌려가 수갑, 족갑이 채워진다고 했다. 폭행과 구타, 강제노역을 못견디고 도망가다 잡혀서 맞아 죽은 아이도 있다고 했다. 원생들이 죽어도 전화 한 통화면 의사가 자애원에 오지도 않고 심부전증이나 뇌졸중으로 사망했다는 진단서가 발급된다는 것이다. 그 시신은 매장을 하거나 의과대학의 인체 해부용으로 팔려나간다고 했다.

“어쭈구리, 소리가 나지. 일어나. 엎드려뻗쳐.”

아이들은 두 팔을 땅에 대고 엎드려뻗쳐를 했다.

“일어낫. 앞으로 취침. 뒤로 취침.”

갑자기 문수는 움찔했다. 머리가 핑 돌았고 배가 싸하게 아파왔다.

“밤마다 떨면서 자. 불러 때리지 않을까, 성폭행당하지 않을까. 밤에 불려나가 간이나 콩팥, 눈의 각막이 뜯겨나가지 않을까 하고.”

순간, 진덕이 했던 말을 떠올리며 오만상을 찌푸렸다. 가슴을 쥐어짜는 듯한 통증으로 숨까지 가빴다. ‘왜 이러지?’ 숨이 턱턱 막혀왔다. 이모는 신경성일 수도 있다고 했다. 칼로 살을 베는 듯 두통과 복통이 파도처럼 밀려와 온몸으로 퍼져나갔고 잠시 괜찮아졌다가 통증이 밀려오곤 했다. 삼촌을 부를까. 이럴 때 하필 이모가 야간근무라니. 화면 속의 아이들은 여전히 우르르 일어나고 도미노처럼 와르르 무너져 내렸다.

이모는 가끔 어지럽고 배가 아픈 게 컴퓨터 화면을 너무 오래 보아 전자파 때문일 수도 있다고 했다. 짜장면에 탕수육을 먹은 게 잘못되었나, 자애원 아이들이 무자비하게 폭행당하는 장면을 보아서 그런지 통증이 점점 더 심해졌다. ‘정말 스트레스성 위장장애인가?’ 속이 더부룩하고 바늘로 위를 찌르는 것처럼 아프고 가슴이 답답하기까지 했다.

삼촌을 부를까, 하다 가방을 끌어당겨 진통제를 꺼냈다. 거실로 나가자 삼촌은 정물처럼 가부좌를 틀고 앉아 있었다.

“와, 대박. 저런 걸 장좌불와라고 하는 거구나.”

문득 문수는 가부좌를 튼 채 입을 다물고 앉은 삼촌의 앞으로 가 얼굴 앞에서 손을 흔들어보고 싶은 충동이 일었다. 문수는 중얼거리며 거실에 놓인 냉장고 문을 열었다. 냉장고 속에는 아직도 엄마가 끓여놓은 보리차가 남아 있었다. 문수는 얼굴을 찡그리며 약을 감싼 비닐을 눌러 뜯었다. 입에 알약을 털어넣고는 엄마가 끓여 놓은 보리차로 알약을 삼켰다. 문수가 '으' 하는 신음소리를 내며 후들댔지만 삼촌은 눈길 한번 주지 않았다. '저게 무슨 청승이람' 하고 문수는 생경함에 다시 중얼거렸다. 삼촌이 문수와는 거리를 두고 지내려는 게 분명했다. 삼촌은 있어도 꼭 없는 사람 같았다. 문수는 다시 방으로 들어갔다.

엄마에게는 방 청소를 하는 데도 늘 순서가 있었다. 문수 방, 아빠 서재, 거실 그리고 안방이었다. 청소기는 아빠가 돌렸다. 침대 정리 그리고 책장 먼지를 닦았고 컴퓨터들 방바닥 그리고 마지막으로 창틀을 닦았다. 삼촌이 딱 그 스타일이었다.

헤드폰을 손에 들고 까딱까딱하다 테이블 위에 놓았다. 화면 속 상황이 심각해졌다. 삼촌을 부를까, 말까 하다 결국 '삼촌?' 하고 소리쳐 불렀다. 불러도 삼촌은 대답이 없었다. 문수가 거실로 나가 삼촌을 일으켜 세우자 마지못한 삼촌은 몸을 일으켰다.

"좀 같이 좀 보아야 할 게 있어요."

삼촌이 문수의 방문을 들어간 순간 '와우' 하며 감탄사를 터트렸다. 왼쪽 방 창문 쪽에는 침대가 있었고 벽 쪽에는 책과 장롱, 그 옆 벽 쪽으로 모니터 화면이 여덟 개였다. 키보드는 네 개였고 책상 밑에 컴퓨터 본체는 여덟 개였다. 그 중 하나는 인터넷이 연결되어 있지 않은 거다. 일반 개인 컴퓨터보다 천 배는 빠른 슈퍼컴퓨터다.

"저게 우리가 아까 지나쳤던 부락천 공군부대 옆 자애원 내의 실상이에요. 개천 다리에서 삼촌이 기다렸던. 저 뒤쪽은 골프장 골드문트고."

컴퓨터 시설로 꽉 찬 문수의 방 내부를 보고 놀라는 눈치였다. 문수가 내미는 의자에 앉던 삼촌은 화면을 들여다보더니 '뭐야?' 하며 날카롭게 물었다. 화면 속에는 한 사내아이가 민정이라는 아이를 찾아다니고 있었다.

"민정이 봤냐?"

"……."

문수는 헤드폰을 벗고 스피커로 소리를 전향했다. 사내아이의 다급한 목소리가 스피커를 통해 애절하게 흘러나왔다.

"가멸찬 것들."

문수가 낮게 중얼거렸다.

바로 옆 모니터 화면에 비치는 장면은 참으로 경악스러웠다. 그제야 문수는 시너와 휘발유가 준비되어 있다는 말에 눈을 씀뻑거렸다.

완전 성인 포르노 방송이었다. 수영복 스타일, 걸그룹 패션, 핫팬츠, 마린룩, 섹시한 레이스 의상으로 코디를 한 아이들이 귀엽고 깜찍하고 발랄하게 춤을 추고 있었다. 조명, 음향, 영상까지 갖추고 있었다. 그리고 한쪽에선 한 아이가 그 장면을 왼쪽으로 돌리면 카메라를 켜는 것이고, 오른쪽으로 돌리면 VCR로 넘어가는 줌 버튼과 줌아웃 버튼이 되는 방송용 카메라였다. 사내놈들은 둘이었다. 이미 한 놈에 한 아이씩 옆에 앉아 있었다 음악이 바뀌자 차츰차츰 아이들은 걸그룹 춤에서 유튜브 동영상에서 보았던 이태원이나 동두천 양색시들 클럽에서나 볼 수 있는 싸구려 스트립댄서들의 춤으로 바뀌어 가고 있었다. 카메라를 들고 촬영감독하고 있는 건 분명 은서였다.

"저기가 자애원이라는 곳이라고?"

"예, 삼촌……."

"전화해, 빨리. 112에. 아주 질이 나쁜 놈들이구나. 그런데 너 이건 정보통신법 위반 아니냐?"

"…… 삼촌. 우리는 누리캅스. 화이트 해커들이라고"

그래도 옆자리에 앉아 불법, 위법이라는 삼촌에게 '삼촌 왜 그래?' 하는 듯한 눈으로 쳐다보았다. 삼촌의 눈빛이 이글거리고 있었다. 그러나 속으로는 '히, 마침내 엮이셨어요, 삼촌' 하고 문수는 생글거렸다.

그때였다. 또 다른 화면 속에는 예닐곱 명의 아이들이 페트병에 무언가가 담긴 것들을 들고 문 밖 복도에 서 있었다. 순간 쓰러진 채 대방 복도에 누워 있던 진덕의 얼굴도 보였다. 그런데 한 아이가 문을 따고 들어가려 하자, 덩치가 큰 아이가 문을 열고 들어가려는 아이를 몸으로 막아 제지했다. 입에 검지를 대고 윽박지르는 걸로 보아 조용히 조금만 더 기다리라는 눈치 같았다. 그래도 막무가내로 들어가려 하자 큰 아이가 주먹으로 작은 아이의 얼굴을 치고 발로 걷어찼다. 쓰러진 아이는 배를 움켜쥔 채 꼼짝도 하지 못했다. 실내에서 틀어놓은 음악소리가 문 밖 복도로 흘러넘쳤다. 이윽고 노란 명찰의 소년이 손을 들어 보였다. 그러자 한 아이가 열쇠를 손으로 들었다. 잠긴 문을 여는 듯했다. 손을 든 아이는 손가락을 접으며 3하다가 2 했고 1, 하더니 열린 문 안으로 다섯 아이가 동시에 안으로 뛰어들었다. 그리고 벌거벗고 가면을 쓴 채 앉아 있는 사내들의 머리며 몸에 들고 있던 것들을 마구 뿌리기 시작했다.

"나가. 너희들은 나가. 은서 너도. 음악 끄고 나가?"

노란 명찰의 소년이 손에 라이터를 들고 소리쳤다. 페트병을 양손에 들고 있던 아이들은 밖으로 나갔다. 그때였다. 진덕이었다. 진덕의 손에도 라이터가 들려 있었다. 순간 진덕은 또 한손에 들고 있던 2리터짜리 페트병 마개를 열더니 자신의 머리에 콸콸 뿌리는 거였다. 그때 은서가 카메라를 내려놓고 슬금슬금 현장을 빠져 달아나는 게 보였다. 시너 냄새가 화면 밖으로 나는 거 같았다. 문수는 고개를 살래살래 내저었다.

"야, 너 이종철……. 강진덕. 너희들……."

화면 속의 사내는 아까 지휘봉을 들고 있던 사내였고 조금 나이든 사람은 장태주 이사장이 내세운 바지사장 부원장으로 보였다. 기색을 살피며 훈육주임 선생이 삿대질하며 말은 그렇게 했지만 말이 꼬였다. 초점 없는 눈들로 몸을 제대로 가누지 못했다.

"저…… 저, 저 새끼들 당장 묶어."

진덕은 흥분한 상태로 종철이란 아이를 위협하고 있었다.

"어, 얼릉."

"지, 진덕아."

어느새 준비했는지 진덕이 노란 명찰의 트레이닝복에게 말했다. 노란 운동복이 진덕이 던진 케이블 타이로 놈들의 손이며 발을 묶었다.

"야, 이 새끼, 너 이종철."

훈육주임이란 사내의 목소리에서 욕설이 튀어나왔다.

"너희들 지금 나하고 장난치자는 거야? 빨리 이거 안 풀어?"

"니이미, 뽕이다. 이 짐승만도 못한 놈들아. 니들이 죽어도 싼 이유는 백 가지도 넘어."

종철이라는 아이가 머리를 낮추어 놈들에게 욕설을 퍼부었다.

"앞으론…… 내가 니들에게 잘해줄게."

순간, 종철이란 아이가 그 말을 듣자마자 옆에 놓인 나무의자를 집어들더니 놈의 머리를 꽝 내려쳤다. 묶인 사내들은 소파 옆으로 풀썩 쓰러졌다. 날카로운 비명과 함께 놈들의 머리에서 쿨럭쿨럭 검은 피가 흘러나왔다.

"혀……. 혀엉. 형도 빨리 나가."

"…… 진덕아."

진덕이 또 다른 페트병에 든 시너를 사내 둘의 몸에 콸콸 쏟아부었다.

"빨랑 나가. 이놈들 너희들의 인생은 오늘로 끝이다."

그래도 종철이라는 아이가 머쓱해하며 나가지 않자 진덕이 소파에 앉은 채 팔과 다리가 묶인 어른들을 원망의 눈으로 보다 일회용 라이터를 켜 불을 붙였다. 그 불이 진덕의 몸에 옮겨 붙는 건 순식간이었다. 화면 속에는 종철이라는 아이가 다급하게 달아나고 있었다.

"말세로구나 말세야. 세상 구석구석까지 다 썩었어"

삼촌은 소리치지는 않았지만 눈빛이 바뀌는 걸 느낄 수 있었다.

왜 그랬을까. 문수는 삼촌의 탄식에 심사가 확 틀어졌다.

"삼촌 우리들이 상대할 놈들은 저놈들이 아니라고. 저놈들은 수족들일 뿐이라고."

실황을 화면으로 보던 삼촌의 눈빛이 날카롭게 변해 있었다. 역시 은밀한 비밀공작을 수행했던 사람답게 엄격하고 냉정함을 유지한 채였다.

"…… 삼촌. 우린 지금은 그냥 쳐다만 보고 있어야 하는 시간이라고."

문수도 차분한 목소리로 책을 읽듯 천천히 말했다.

"정상적인 것들이 없어."

"왜 그래, 삼촌. 내가 보긴 삼촌도 맛이 간 거 같은데. 우린 말짱하다고. 간단해 삼촌이 저 깃털들 뒤를 잡아주기만 하면 돼. 저놈들을 조종하고 사주하는 몸통들을."

삼촌은 벌레를 씹은 듯 잔뜩 미간을 찌푸렸다. 화면 속에는 검은 연기와 함께 불길이 치솟아올랐다.

"아아, 씨발. 죽긴, 왜 죽어?"

문수가 탄식하듯 신음을 내질렀다. '죽기는 쉬워. 사는 게 어렵지' 하고 허세부리던 진덕의 말이 떠올랐다. 진덕이 목숨을 걸고 싸우자는 건 뭘까. 이리도 파고드는 이 아릿함은 뭘까. 진덕을 뱀같이 대하던 문수는 가슴이 콱 막혔다. 알아서 생긴 대로 산다지만 온전하지 못한 정신으로 지랄한다고만 몰아쳤는데 왜 이리 마음이 쓰릴까. 가슴이 막막해졌다. 어른들이 술을 마시는 이유를 알 수 있을 거 같았다. 만났던 그날, 울음으로 가득 찬 짐승 같은 눈빛을 보이던 진덕이. '바보새끼. 죽을 마음으로 싸우지 살려달라고 한번만 말하지.' 저럴 줄 알았으면 틱틱거리지 말고 잘 대해줄 걸. 손이라도 한번 잡아줄 걸. 왜 이리 아련한 것일까 분노로 가슴이 꽉 찬 문수는 담배를 뽑아 태워 물었다.

삼촌은 얄궂은 표정을 한 채 분노로 몸을 떠는 문수를 건너다봤다. 그때 종철이라는 아이가 소화기를 들고 뛰어왔고 불붙은 진덕에게 소화기를 쏘아댔다. 날뛰던 진덕이 소화기 세례를 받고 픽 옆으로 쓰러졌다.

문수가 키보드를 신경질적으로 타닥타닥 치며 다른 쪽의 화면을 켰다. 삼촌은 아무 말도 하지 않았다. 머릿속이 복잡해졌다. 가슴도 벌렁벌렁 뛰었다. '진덕이, 이 병신새끼. 끝까지 날 돌게 만드네' 하며 거친 숨을 몰아쉬었다.

한쪽 화면에는 진덕의 누나가 혼자 노트북으로 자판기를 두드리는 게 보였다. 또 다른 한쪽 화면에는 컴퓨터실이 보였는데, 세 명이 컴퓨터 앞에 앉아 있었다. 화면 속의 모니터에는 역시 CCTV로 진덕의 분신 화면이 깔리고 있었다.

문수는 잽싸게 휴대폰을 집어들었다. 그리고 50대 남자 목소리로 변하는 음성변조기 버튼을 누르고 통화 버튼을 눌렀다.

"네."

"자애원 앞에 있는 팀원들 지금 출동시켜서 진덕이는 빨리 병원으로 후송해주고, 그 아이 누나 지영이란 애, 은서란 아이를 안가로 빼돌려 대피시켜주세요."

"네. 더는?"

"화상을 입은 아이, 진덕이란 아이요. 무조건 살려주세요. 무슨 방법을 써서라도."

"…… 예."

문수가 급하게 지시를 내렸다. 그때 의외로 삼촌이 '…… 침착하고 신중하게' 하며 문수에게 훈수를 두었다.

"그런데 문수야. 재네들이 외부로 송출하는 통신은 두절되는데 너희들 통신은 어떻게 가능한 거냐?"

삼촌이 의아하다는 듯 물었다.

CERT 기술팀이 놈들의 가상사설망을 뚫어 인공위성에 연결한 것이다. 설명해주어도 삼촌은 이해하지 못할 것이다.

놈들은 나름 패킷 필터링 방식을 활용하고 있지만, 프락시 방식으로 패킷의 헤더는 물론 내용까지 침투해 들어가 무력화시킨 것이다. 윈앰프 2.91, 샤우캐스트 1.80, 고음질 코덱을 준비하고 플랫폼에서 무료로 사용할 수 있는 obs스튜디오 스트리밍 프로그램을 사용하려 했다. 시험 방송은 성공이었다. 다중송출을 할 수 있는 곳은 xsplit. geforce, experience, kakao, ff split 등 여러 곳이 있는데, 이미 블랙해커들이 장악해버린 것이다. 문수는 상상도 하지 못했다. 페이스북, 아프리카tv, 팝콘tv, 사과tv 등 손을 안 댄 곳이 없다. 결국, 지영이 누나는 방송을 송출하지 못했다. Role Based Access Control을 무력화시킨 건 누구일까. 작전세력이 있지 않고 일개 민간 해커군단으로서는 불가능한 일이었다.

문수는 다시 모니터 화면 속에서 들리는 사이렌 소리, 그리고 불자동차 소리를 들으며 화면을 뚫어져라 쏘아봤다. 지영이 누나는 노트북으로 진덕이 분신하는 장면을 페이스북에 실시간 방송으로 띄우려 했는데 그걸 가로막고 있었다. CERT 분석팀과 보현이 눈이 빠져라 화면을 모니터링하고 있을 터였다.

"음, 너희들이었구나. 그런데 컨트롤타워가 도대체 어디 있는 거야?"

문수는 침을 꿀꺽 삼키며 중얼거렸다. 심장이 쫄깃해졌다.

"삼촌, 봐요. 얘네들은 송출하려 하고, 보이지 않는 놈들이 송출을 막고 있는 거구요. 저희는 그놈들이 누군가 찾아내려는 거고."

문수는 '바보' 하며 불만을 터뜨렸다. 선재도 보고 있을 것이다.

"굳이 이렇게까지 하지 않아도 방법은 있었을 텐데."

문수는 모니터를 들여다보며 침을 꼴깍 삼켰다. '쩐다, 쩔어. 어차피 사냥은 끝났어. 날 죽이려들 거야. 결국 난 흔적도 없이 사라지게 될 거야' 하며 꿀꿀해하던 진덕의 얼굴을 떠올렸다.

어떻게 인공위성을 해킹할 수 있을까. 컴퓨터를 핸들링하고 채집하는 게 장난이 아니었다. 리플렉션을 사용하는 걸 보면 이더넷 스니퍼

(ethernet sniffer)인 척하지만 분명 거짓정보를 생산해내는 비밀공작팀이었다. 문수는 순간 일반적으로 알려지지 않은 SR(전략정찰이란 의미) 속에 들어 있는 악성 프로그램 하나를 잡아낼 수 있었다. 런 타임에서 object 형식의 gettype 메소드를 지워가며 int 형식의 필드를 조회해서 정보들을 뽑아가고 프로퍼티 목록들을 삭제하고 있었다.

과연 놈들은 어디까지 가능한 건가. 이 정도로 시스템을 통제할 정도라면 인공위성을 조종할 수 있는 기관과 연계되었다고 밖에 볼 수 없었다. '도대체 연관된 기관은 어딜까' 하다 문수는 머리를 벅벅 긁었다.

놈들이 뭘 숨기는지, 시나리오가 무엇인지. 뭘 감추려 하는지. 놈들의 IDS, 침입탐지 시스템 침입방지 시스템도 솔루션들을 눈이 빠지도록 노려보았다.

"조심해라 문수야."

그날 아버지의 눈은 충혈되어 있었다. 술에 잔뜩 취한 채 대포폰으로 문수에게 주의를 주었다. '아들아, 미안하다. 내가 한탄스럽구나' 하고 술주정하듯 너스레를 떨다 전화를 끊었었다. 아들에게 그 죄를 다 털어놓게 할 수 없어 문수가 아버지를 박 선생님과 직접 대면을 주선했던 것이다. 문수는 한숨을 포옥 내질렀다.

간질소년 죽음의 굿판, 꿈은 없다. 자살을 권하는 사회. 어느 한 소년의 절망과 좌절, 그리고 자살. 지영이 누나가 뽑은 제목들은 그런대로 자극적이었다. 방송 송출이 원활했다면 꽤나 파장을 일으켰을 것이다. 복지원의 비리와 실태, Y시 그리고 골드문트시티 왕국의 건설 그 암묵적 커넥션. 문수는 침을 꼴깍 삼켰다. 마침내 문수는 네트워크를 통해 서버 공격을 해오는 놈들의 제3의 커널(Kernel)을 잡아낼 수 있었다.

어쨌든 자애원의 상황은 종료되었다. 어깨를 늘어뜨린 문수는 '조낸 안구에 쓰나미치네(마구, 눈물이 나네). 정말 쩐다, 쩔어' 하며 멍청히 삼촌의 얼굴을 바라보다 침대에 벌렁 누워버렸다.

"괜찮니? 얼굴이 다 벌겋다."

자못 비장한 얼굴을 한 삼촌이 침대 곁으로 와 물었다.

"삼촌, 내가 좀 많이 아프네."

문수는 울상을 지었다. 어지럼증과 함께 속이 메슥거려 토가 나올 것만 같았다. 화면 속은 소방차와 경찰차가 난리법석을 피우고 있었다. 진덕의 상태는 위독 내지는 사망일 것이다. 그럴 줄 몰랐다. '말릴 수 있었는데, 지켜줄 수 있었는데' 하는 자책감이 밀려왔다. 문수의 입에서 신음이 저절로 나왔다. 아니나 다를까. 그때 전화벨이 울었다. 문수는 '삼촌이 좀 받아줘' 했다.

"문수야. 종수라는 아인데, 다시 전화한대."

그때 전화 벨소리가 세 번 울리더니 딱 끊겼다. 그제야 문수는 꺼놓았던 하얀 휴대폰을 급하게 켰다. 보현과 선재, 셋만 아는 암호였다. 삼촌이 받았던 집 전화는 음성변조기를 썼을 것이다. 이윽고 벨이 다시 울렸다. 보현이다. 보현이 비상시 종수란 이름을 대면 연락을 취하기로 되어 있었다. 하얀 휴대폰은 대포폰으로 추적이 불가능했다. 보현이 더러 집 전화를 쓰지 말라고 했는데. 문수가 모든 휴대폰을 꺼놓아서 그런 모양이었다. 문수는 통화 버튼을 눌렀다.

"응, 나야."

"…… 목소리가 왜 그래?"

고양이처럼 야옹야옹 날카로운 발톱을 세우던 보현이 아니었다.

"…… 응, 좀 아파. 뭔 일이야, 또?"

보현의 목소리가 심상치 않다.

"선재아버지가 위험해."

"알고 있었잖아."

하긴 Y시에서 골드문트라카에 줄을 대고 서지 않고는 살기 힘들다던 어른들의 말들이 새삼스러웠다.

"선재가 휴먼시큐리티, 경호회사 사람들을 다 빼버렸어."

"뭐……?"

심장이 딱 멈추는 거 같았다. '왜'라는 말이 가슴속 저 밑바닥에서 솟구쳤다. 그러나 한편으로는 선재를 믿는 구석이 있었다.

"진덕이 불 싸지르는 거 봤지? 너……도 조심해. 놈들은 이미 자살극을 눈치채고 있었어. 난 예상 못했는데."

보현이 수화기 저 쪽에서 '쫌 말리지' 하며 안타깝다는 듯 누나처럼 말했다.

"선재아버지 어떻게 하니?"

문수는 갈라진 목소리로 '응, CERT팀에 전화해서 빨리 코드 블루 발동해' 하고 보현에게 재촉했다. 휴대폰에서 15초 표시가 반짝거렸다. 도청감청 해킹을 방지하는 시스템 작동기였다. 문수는 전화를 끊고 왼손으로 배를 오른손으로는 머리를 싸잡았다. 또다시 통증이 엄습해 왔다.

하북천 Y고교 가는 길 쌍다리 뚝방에서는 개들이 대낮에도 붙었다. 작년에는 다리 밑에서 알몸의 여자 시신이 발견되어 난리를 피운 적도 있었다. 하얀 개, 누렁이, 검은 개새끼들은 서로 킁킁거리며 빙빙 돌다 한순간 수캐가 암캐의 뒤를 올라타더니 곧이어 엉덩이질을 해댔다. 그러다 궁둥이를 마주 붙이고는 떨어지지 못했다. 붙어 있는 개새끼들에게 지나가던 아이들이 돌을 던지기도 했다. 여자애들은 쳐다보지 않는 척하며 잰걸음으로 멀어져갔다. 서로 꼬랑지를 대고 붙어 있는 것들은 돌을 맞으면 곤혹스런 소리를 내지르며 깨갱댔다. 밤에는 개새끼들 대신 젊은 남녀들이 뚝방 밑으로 차를 대고 붙었다. 차가 흔들흔들, 알궁둥이가 들썩들썩. 겨울이면 김이 서려 차 안이 보이지 않았다. 그러나 처음엔 몇 번 아이들이 호기심으로 몰래 훔쳐보기도 했지만 '사람들이나 개새끼들이나, 지랄 보쌈들을 떨어요' 하며 돌아서서 침 한번 뱉고 지나가면 그것으로 그만이었다. 그런데 진덕이는 유독 그런 장면들을 싫어했다. 그냥 지나가는 법이 없었다. 뱀에게도 개새끼들에게도 흔들리는 차에도 돌을 집어 던졌다.

'엄마가 끓여준 배추된장국이 먹고 싶어. 마른 북어를 안 넣어도 좋고 두부가 없어도…… 엄마가 끓여주시던' 하던 진덕이었다. 진덕은 크리스마스 날이면 서울역 광장으로 향했다. 헤어진 엄마를 서울역 광장에서 만나기로 했다고. 해마다 진덕은 서울역 광장으로 나갔다. 선재, 보현이 모두 함께 진덕의 엄마를 찾았지만 이미 5년 전 한 요양원에서 진덕이 어머니는 자살한 걸로 확인되었다. 그래도 진덕은 크리스마스가 되면 해마다 서울역 광장으로 향했다.

"엄마가 끓여준 된장국에 우리 누나가 까불다 허벅지를 데었어."

"들었어……. 그게 비번이냐?"

"좌, 좌우지간 우, 우리 누나 그리고 은서 누나도 부탁해."

"은서 누난 왜?"

"우, 우리들 원생들을 많이 보호해줬어. 누, 나가 모, 몸으로 때워주는 바람에……."

"……."

자애원 IP Adress, 원생들 리스트, 이사장의 뇌물 리스트가 든 USB를 건네던 진덕의 절박한 눈빛을 보며 문수는 입맛을 쩝쩝 다셨다. '새꺄, 그럼 더 잘살았어야지' 하며 진덕을 보고 구시렁거리다 '너 혹시 570억 네가 슈킹한 건 아니지?' 하고 물어보려다 입을 다물었다.

"…… 그 거 아동보호기금으로 내가 다 기부해버렸어. 나 일루 가야 해."

갈림길에 선 문수는 진덕의 마지막 말을 듣는 순간 걸음을 딱 멈추고 한숨을 포옥 내질렀다. 그날 바람이 불어와 하북천 방죽 밑에는 지는 햇살을 받은 윤슬이 유난히 반짝이며 물결치고 있었다.

"문수야."

"…… 예, 삼촌."

"밖에 있는 저 차량들은 뭐니?"

검은 승용차 하나와 봉고차, 그리고 탑차 하나가 앞으론 주구장창 서 있을 것이다. 할아버지에게서 근접경호와 원접경호가 시작된다는 걸 통보받은 건 장례식장부터였다.

"삼촌 맨 오른쪽 컴퓨터에서 삐-비빅이란 파일 열어봐요. 삼촌 난…… 요, 혁명이 일어났음 해요. 새로운 세상이 되게요."

울먹이듯 떨며 말하는 문수의 말에 삼촌은 그저 고개를 끄덕일 뿐이었다. 과격한 발언에 또 욱욱거릴 줄 알았다.

"광화문광장으로 사람들이 하나둘 모인다는구나. 촛불집회를 하는데 무저항 비폭력이래. 거대한 변화의 큰 조짐인 거 같아. 이쪽도 저쪽도 다 저마다의 번뇌와 업보로 고뇌하고 가슴앓이하는 중생들, 아무도 다치지 않고 평화로워야 할 텐데."

삼촌이 깊은 한숨을 내쉴 때 사태는 점점 더 긴박해져만 가고 있었다.

제6장

밤이 되면 늑대가 플랫폼에서 어슬렁거린다

코드제로, 긴급이라고 빨간 불과 함께 깜박이는 신호음이 명멸했다. 문수는 켜졌다 꺼졌다 하는 액정화면에 연결된 자판기의 엔터를 탁 쳤다. 영상을 보내는 건 보현이었다.

화면은 선재아버지가 근무하는 Y시 경찰서 입구를 비추고 있었다. 행복빌라에서 학교 가는 길 언덕배기 중간쯤이다. 한 사내가 경찰서에서 나오고 있었다. 꽤 높은 직원인 듯 지나는 이들이 경례를 붙였다. 나오는 사내는 그저 고개만 끄덕끄덕 해보였다. 사내는 검은 바지에 검은 점퍼를 입고 있었다. 경찰서를 나온 사내는 인도를 따라 내리막길을 걸었다. 경찰서 500m 내외를 감시하는 웹캠 카메라는 그리 화질이 좋지 않았다. 그때였다. 경찰서보다 더 위 100여 m 쪽에 설치했던 카메라가 5t 덤프트럭 하나를 클로즈업했다. 화질은 좋지 않지만 움직임을 감식할 수 있는 카메라였다. 덤프트럭이 서서히 출발했다. 갑자기 덤프트럭이 속력을 냈다. 사내가 건널목을 건너려는 순간이었다. 가속도가 붙은 덤프트럭이 순식간에 사내를 덮쳤다. 사내가 돌아볼 틈도 없었다. 덤프트럭은 차도를 벗어나 인도로 돌진했는데 한눈에 보아도 트럭에 깔린 사내는 즉사란 걸 알 수 있었다. 트럭은 인도에 붙은 잡화점 진열대를 들이박고 뒤집힌 채 적재함의 모래를 쏟아내고 있는데 시동이 꺼지지 않은 트럭의 바퀴가 한참을 떼굴떼굴 돌다 멈추었다.

"아, 선재아버지."

예상치 못했던 사태에 숨이 콱 막혔다. 문수는 '안 돼, 안 돼. 이건 아니야' 하며 양 주먹을 불끈 움켜쥔 채 부르르 떨었다. '아, 왜 이래? 너희들 악마야? 정말 나쁜 놈들.' 욕을 쏟아내는 심장이 멋대로 뛰었다. '우리 아빠는 세월과 사람들에게 너무 시달렸어' 하며 선재아버지를 경호하던 인력을 모두 철수시킨 건 바로 선재였다.

문수는 화면 속을 뚫어져라 쳐다보았다. 5t 덤프트럭 운전사는 웹캠 속에 피를 흘리며 분명 살아 있었다. 그때 검은 가죽옷을 입고 오토바이를 탄 한 사내가 현장에 나타났다. 검은 헬멧을 써 얼굴 윤곽을 알아볼 수 없었다. 작은 키에 깡마른 체형, 검은 가죽점퍼와 가죽바지를 입고 있었다. 검은 장갑을 낀 손으로 트럭 운전사의 상태를 살피는 듯했다. 순간 가죽점퍼가 호주머니에서 주사기를 꺼내 주사액을 주입하는 건 짧은 시간이었다. 그러고는 옆에 세워둔 오토바이를 타고 쏜살같이 사라졌다. 버젓이 Y시 경찰서 정문 앞에서 선재아버지를 살해한 트럭 운전사를 다시 살해하는 이중 살인의 생생한 장면이었다.

그때 '3분 전 상황'이라는 자막이 떠올랐다. 오토바이는 시속 320㎞까지 나오는 매그너스 이글이었다. 가격은 천팔백만 원대, 생각이 거기까지 미치자 문수는 다급히 자판기를 두들겨 보현의 컴퓨터로 접속했다.

보현은 도로 교통상황을 주시하고 있었다. 경찰청 교통상황실에서 실시간으로 Y시의 전체 도로 교통현황을 관장하는 프로그램이었다. 보현은 자기가 개발한 위치추적 관제시스템 소프트웨어를 교통현황 시스템에 연계해 검은 헬멧을 추적해갔다. 순간 문수는 보현이 해킹으로 보안망을 뚫는 모습이 생생하게 보였다. 놈들이 교통실황을 조작하고 있었다. 경찰청 교통상황실의 화면은 실제 상황보다 3분 정도 늦다고 말한 보현이는 화면을 쪼개서 비교화면과 함께 올리고 있었다.

모종의 세력들이 3분 주기로 매그너스 이글 오토바이의 흔적을 지워 실황을 중계하고 있었다.

"일루 와봐, 삼촌. 이거 좀 봐봐."

"또 뭐냐?"

문수가 분노에 찬 탄식을 쏟아냈다. 상황이 급박하게 돌아가고 있었다. 가부좌를 틀고 앉은 삼촌은 미동도 하지 않았다. 문수가 다가가 삼촌의 손을 잡고 강제로 일으켜 세웠다. '왜 그래, 안 하던 짓을 다 하고.' 삼촌이 한숨을 내쉬며 물었다. 아무리 대역이라 해도 살인은 살인이었다. 문수의 가슴이 벌렁거렸다. '어떻게 하니, 우리 집으로 갈래?' 하던 선재아버지의 얼굴이 떠올랐다. 문수는 삼촌에게 실제 상황과 자동 복사가 된 동영상을 동시에 보여주었다.

"저게, 저게 어떻게 가능한 거냐?"

삼촌이 '세상에' 하며 감탄사를 연발했다. 삼촌이 눈을 부라리며 물었다. 갑자기 뒷덜미가 홧홧해졌다. 꿈에서처럼 모가지가 결박당한 것처럼 피가 끓어올라 진저리를 쳤다. 화면 속의 보현은 오토바이 차량번호를 추적하고 있었다.

"어, kixx, 코리아 인베스티게이션 크리미널 시스템. 너희들 지금…… 뭐하는 짓이야?"

삼촌이 놀라 눈을 휘둥그레 떴다.

"…… 저기 깔려 죽은 사람이 내 친구 아버지야."

"이놈이, 그래도. 네 놈 머리를 콱 쥐어박고 싶구나."

눈빛이 날카로워진 삼촌이 버럭 핏대를 세웠다. 삼촌은 잠시 뭔가를 생각하는 듯한 표정을 지었다. 순간 정적이 흘렀다. 삼촌이 뜨거운 탄식을 터뜨렸다. 삼촌도 얼굴이 벌게진 채 잡아먹을 듯 문수를 노려보았다. 문수는 움찔했지만 히죽 웃었다.

오토바이는 부락동을 지나 부천동 향교 쪽에서 멈추었다. 화면이 부옇게 나왔다. 어둠도 어둠이지만 때 아닌 안개 때문이었다. 놈은 오토바이를 향교 옆 골목길에 세우고 사라졌다. 그러나 보현은 상하좌우로 화면을 변속할 수 있는 레버를 왼손으로 조작해가며 비둘기색 아반떼 차량 하나를 클로즈업시켰다. 놈이 대기하고 있던 아반떼 차량에 탑승했다. 차량은 Y시를 벗어나려는지 외곽도로를 타고 고속도로 톨게이트 쪽으로 질주해갔다. 어느새 보현은 화면을 고속도로 상황 화면으로 바꾸었고 이내 톨게이트를 통해 진입하는 아반떼 차량이 보였다. 보현은 다음 구간 화면, 다음 카메라의 화면으로 장면을 바꾸었고 이윽고 J휴게소로 차량이 진입해 주차하는 게 보였다. K시로 빠져나가려는 속셈인 모양이었다. 차에서 내리는 건 두 사람이었다. 어느새 검은 가죽점퍼 사내는 옷을 갈아입었는지 큰 가방을 손에 들고 있었다. 매점으로 들어가는가 했더니, 매점 앞의 커다란 휴지통에 종이가방을 통째로 집어넣는 게 보였다. 그런데 차를 주차장에 세워둔 채 휴게소 뒤쪽, 휴게소 직원들이 출퇴근하는 쪽으로 빠져나가고 있었다.

"아반떼 차량번호 53다 6793 지문 뜨고. J휴게소. 매점 앞 휴지통의 큰 가방을 수거해오고."

문수는 침을 꿀꺽 삼켰다. 보현이 대포폰으로 국토안전부 안전국 요원들에게 놈들의 위치를 통보하는 게 보였다.

"재는 네가 보고 있다는 걸 아니?"

"알아."

문수가 차갑게 쏘아붙였다. 삼촌은 눈빛만으로도 문수를 압도하고 있었다. '착하게 생겼구나.' 삼촌이 보현을 보고 말했다.

삼촌의 표정도 살짝 굳어 있었다. 얼굴을 똑바로 들고 심문조로 말하던 삼촌이 짧게 신음을 삼켰다.

"왜, 저 놈들이 네 친구 아버지를 죽인 거지? 이건…… 너무 지독하잖아."

"잠시만요, 삼촌."

문수는 비상 라인을 가동시켰다. 그리고 핫라인 통화를 개시했다.

"존, 보현을 지원해주세요. 살인자들이에요. 피해자는 Y경찰서 강경식 경감. 선재라는 제 친구 아버지가 살해되었어요. 범인들을 꼭 잡아야 합니다. 저놈들을 잡아야 꼬리를 물고 들어갈 수 있어요. 존, 저놈들, 커널 인터럽트를 통해 3분 후 시스템 콜로 화면을 내보내고 있어요. 저놈들 무조건 꼭 잡아야 합니다."

결연한 눈빛을 한 문수의 마지막 말은 거의 울부짖음에 가까웠다. 통화를 끝낸 문수는 창문을 열었다. 안개 때문에 마음이 더 무겁고 답답해졌다. 마치 안개는 무겁게 깔려 있는 연기 같았다. 무수한 알갱이들이 살아 있는 것처럼 꿈틀거리기도 하고 불끈거리기도 했다. 문수는 눅눅한 안개의 내음에 멀미를 하는 사람처럼 불가해한 수수께끼 같은 Y시 야경을 멍하게 내려다보았다.

"문수야. 너 지금 누구한테 전화한 거니?"

"삼촌 지금 우리가 국토안전부 안전국팀이랑 사건 하나를 공조수사하고 있어."

양미간을 좁히며 매우 성가시다는 투로 문수가 말하자 삼촌이 다그치는 말투로 의자를 끌어당겨 앉으며 물었다. 어떻게 하든 해킹한 죄를 경찰에 자수시키려 하던 태도와는 조금 바뀌었다.

"뭐……?"

"가슴이 답답해."

심장이 너무 빨리 뛴다며 문수가 눈을 가늘게 떴다. '이걸 어쩌나, 콧등에 땀이?' 하는 표정으로 삼촌이 심각한 표정을 지었다. 이내 머리가 아뜩하더니 앞이 깜깜해졌다. 어지러웠다. 가끔 눈에 별이 반짝이고 어질어질한 게 속까지 메슥메슥했다. 문수가 입을 벌린 채 고개를 외로 틀며 가쁜 숨을 몰아쉬었다. 문수는 눈을 질끈 감았다 떴다. 선재가 이 상황을 아는지 모르는지 궁금해 선재의 컴퓨터로 막 들어가 보려는데 휴대폰이 울렸다.

"나야."

은서였다.

"왜?"

문수는 반기는 대신 허둥대는 자신을 발견했다. 그러나 침착하게 삼촌이 통화 내용을 들을 수 있도록 스피커폰 앱을 눌렀다.

"나 좀 지켜줘."

"왜?…… 나 이제 겨우 집에 들어왔는데."

문수가 휘말리고 싶지 않다는 목소리로 대답했다.

"응, 코드제로 상황. 코드 블루 아니면 코드 앰버, 블랙이 될지 몰라. 삼십 분 후 자애원에서 출발하는 카팅이야."

"뭐, 너 지금 나한테 껌딱지마냥 들러붙으려는 거냐?"

"…… 욕하지 마. 찐드기처럼 달라붙으려는 게 아니고, 다급해서."

"야 내가 말했지. 너랑 더 이상 엮이고 싶지 않다고. 너 아니라도 내 머리에 쥐가 날 일들이 산더미야."

긴장한 듯 은서의 목소리가 떨리고 있었다.

"야, 미륵짱. 내가 이렇게 부탁하는데 쌩깔 거냐?"

문수는 '그래 쌩깐다, 그러게 누가 막 굴러먹으래?' 하며 숨을 크게 들이켰다.

"나한테 통화 녹음 하나 따놓은 거 있어."

"…… 통화 녹음?"

"선재란 애 있지?"

"응."

"걔 아버지 위험해. 내가 장태주 이사장 휴대폰에 도청 어플 깔았어."

안절부절못하던 은서는 안 되겠는지 협상을 시도하고 있었다. '뭐, 지금 나랑 거래하자는 거냐?' 하고 문수는 자신도 모르게 짜증을 냈다. 그러나 이내 정신을 차린 문수는 머리를 득득 긁었다.

"장태주 이사장이 선재아버지를 죽이라는."

문수는 어금니를 깨문 채 잠시 생각에 잠겼다. 전화 녹음이라면 불법이어서 재판에서 법정증거로는 사용할 수 없어도 정황단서로는 결정적일 수 있었다. 은서는 선재아버지가 이미 죽은 걸 모르고 있는 눈치였다. 문수는 잠시 숨을 골랐다.

그래도 기분이 더러워졌다. 문수가 '내참' 하며 담배를 뽑아 물었다. 순진무구한 표정을 짓던 문수의 얼굴은 찾아볼 수 없었다. 스피커폰을 켜놓아 삼촌도 통화를 듣고 있었다.

"지금 나 카팅 나가야 해. 잘못하면 나 목 졸려 죽을지도 몰라. 이 새끼들 완전 변태야."

"누군데?"

은서의 말에 문수가 되물었다.

"장태주. 돌아오면서는 또 그 새끼 운짱한테 당할 거고."

"…… 거기 골프장하고 전략연구소로 통하는 비밀 지하 통로 있지?"

은서를 닦달하는 문수의 목소리가 갑자기 커졌다.

"응."

"그럼, 들어가는 길, 나오는 길. 지하 벙커 내부도 다 그려."

"응……."

"그거 자세히 그려서 USB에 저장해놔. 녹음된 게 장태주 목소린 확실하지?"

"그러엄."

은서가 흥정하듯 말했다.

"알았어. 내가 지금 몸 상태가 안 좋아 직접 가지는 못할 거야. 사람 붙일게. 위험하면 차 안에서 손을 허공에 흔들거나 어디든 손바닥으로 자꾸 치면 차를 막을 거야. USB는 아까 가로등 축대 밑 넷 옆으로 아홉째 돌 사이에 비닐에 넣어 끼워놓고."

"알았어. 내가 뒤를 따른다고 생각해. 위급하면 신호를 보내고."

"어떻게 하려고?"

"차 한 대 미행시키고 적외선이나 열화상 카메라로 따라붙으면 돼."

"…… 알았어, 내 목숨 너한테 맡긴다."

"택도 없는 소리하지 마. 살면 살고 죽으면 죽는 거야. 너 같은 거 나한테 없을 때도 나 내 인생 잘살았어."

말은 그렇게 했지만 속으로 찔끔했다. 은서와의 대화 내용을 보현이 듣고 있을 게 뻔했다. 은서는 '알았어, 그런데 으으으, 다' 하며 간절한 신음소리를 내뱉었다. '좌우간 꼭이야' 하며 애원하듯 말했다. 옆에 있던 삼촌이 문수가 툭툭 던지는 말과 푸푸 뿜어내는 담배연기에 못마땅하다는 듯 쩝쩝 입맛을 다셨다. 문수가 재떨이에 담배를 비벼 끄고는 손을 뻗어 물병을 집어들었다.

장태주의 단서를 잡을 수 있다는 말에 문수는 긴가민가했지만 어쩐지 부담스러웠다. 차를 보내 미행을 한다지만 기실 차 안에서 순식간에 벌어지는 상황은 어찌할 방법은 없었다.

"지금 현재 자애원 상황은?"

"이미 루비콘 강을 건넜어. 진덕이만 새 된 거야. 종철이가 불붙은 진덕이 몸에 급하게 소화기를 쏘아댔어. 신음을 토하고 몸부림치던 진덕인 온몸이 희뿌옇게 된 채 쓰러졌고 그리고 응급실로 실려 갔어. 목숨이 위태로울 거 같아. 진덕이 말고는 다른 뒤진 놈들은 죽어도 싸. 다 장태산이 쫄개들인데 뭐. 또 돈으로 처발라 사건은 흐지부지되고 말겠지 뭐.

얻어 드신 분들이 경찰청, 검찰청, 판검사님들, 시의원, 도의원, 국회의원 여기 기관장들 단데 뭐."

"…… 응 알았어. 만일의 사태에 널 살린다는 보장은 못한다. 여차하면 덮치라고 할게."

"부탁해……. 그렇게라도 하믄. 나도 호주머니에 뿌리는 스프레이 호신액, 핸드백에 전기충격기는 가져가니까……."

"……."

노깡 속, 본부에 숨겨둔 대포폰이었다. 은서가 잔뜩 겁에 질린 채 전화를 끊었다.

"야, 이문수."

문수의 동태를 살펴보던 삼촌의 눈빛이 심상치 않았다. 삼촌의 코밑과 턱에 작고 까만 수염들이 송송 나 있었다. 자세히 보니 눈에 눈주름도 보였다. '너 어쩌다 이렇게 된 거니. 여기서 멈추면 안 될까?' 하며 애잔한 눈빛으로 말했다.

"그런데 삼촌. 삼촌은 왜 삼촌이 엄마하고 아빠가 죽었는데도 분노하질 않는 거야?"

문수가 빽 소리쳤다. 문수가 원망하는 눈빛으로 삼촌을 봤다. 두 사람의 눈빛이 마주쳤다. 엄마처럼 문수의 등짝을 손으로 후려쳐주고 싶다는 눈빛이었다. 그러나 혹시라도 문수가 어긋날까봐 잘못될까봐 조심하는 눈치가 역력했다.

"사람이 죽고 사는 건 하늘에 달려 있는 거고. 불안불안해서 그런다. 진정하고 좀 안전하게 살 순 없겠니?"

"삼촌, 내가 이렇게 애쓰는 거. 눈에 안 보여? 나도 불안하다고. 잠에서 깨면 삼촌이 옆에 없을까봐."

"알아, 인마. 그런데 넌 그렇게 파이터처럼 물어뜯기만 할 거냐?"

"뭘?"

찔끔했다. '역시, 다르긴 다르구나' 하고 속으로 말하며 문수는 어금니를 깨물었다. 강부관 할아버지를 돕는 박 선생님이 국토안보국 조사국장이란 말은 아직 할 수 없었다. 목소리를 조금 누그러뜨린 삼촌은 얼굴을 찡그리는 게 고민에 빠진 모습이었다.

"이놈아, 지금 넌 고3이야. 입시를 며칠 안 남겨둔."

삼촌은 심각한 상황이 아니냐는 양 되물었다.

"삼촌, 그니깐 삼촌이 나비처럼 날아 벌처럼 쏴달라고. 수능은 걱정하지 말고. 나, 전교 1등을 놓쳐본 적이 없거든."

삼촌이 멍하니 문수를 바라보았다. 상체를 앞으로 기울여 담배를 뽑아 무는 문수와 눈이 마주친 삼촌이 끙 신음을 삼켰다.

"…… 나도 얼마 전까지만 해도 아침에 좀 늦고 반찬투정하고 학교 가기 싫다고 떼썼어. 우는 아이에게 산타할아버지가 선물 안 준다는 말을 믿은. 그렇게 평범한 학생이었다고."

삼촌은 문수의 말에 할 말을 잃었는지 아무 말도 하지 못했다.

"그렇다고 네 놈이 국가를 상대로 싸워 이길 수 있다는 거냐?"

"난 할 수 있어. 근데 놈들이 왜 국가고 정부야? 삼촌이 착각하고 있는 거라고. 놈들은 나쁜 권력세력, 그저 나쁜 놈들, 악당들일 뿐이라고."

"…… 도대체 네가 뭘 할 수 있는데? 네가 상대해야 하는 놈들이 어떤 놈들인지 알잖아. 도대체 네가 이 세상을 바꿀 수 있다고 여기는 거냐?"

"바위에 계란 던지기라고요?"

"인마 그니까 넌 일단은 대학이나 잘 들어가라고. 세월이 세상을 다 바꾸고 고쳐줄 거니까. 놈들은 보아하니 암살팀까지 조직적으로 운용하는 거 같은데."

"그럼 그런 놈들을 싸그리 다 잡아주면 되잖아?"

"그러니까 네가 나한테 원하는 게 그거였냐? 네 아버지 엄마, 이모를 이렇게 만든 사람들한테 하는 복수……? 에라, 이놈아, 원한은 또 다른 원한을 부른다고. 우리는 모두 불타는 집, 화택이란 세상에 사는 거야."

벌레 씹은 듯한 얼굴을 한 삼촌이 거친 목소리로 말했다.

"삼촌. 지금 난 빡이 차서 돌아버릴 지경이라니깐."

"…… 그러면 이놈아 네 인생은 망가진다고."

삼촌도 지지 않고 소리를 빡 질렀다. 그때, 문수는 휴대폰을 집어들었다. 그리고 문자를 찍기 시작했다.

- 삼촌

- 왜?

삼촌에게 휴대폰을 내밀고 문자로 찍으며 입으로 말하지 말고 문자로 찍고 발송하지 말고 지우라고 했다.

- 내가 지금 밖에 있는 한 사람을 들어오게 할 테니 삼촌이 모니터로 보았던 거, 알았던 거 내색하면 안 돼.

- 누군데?

문수는 삼촌과 나누었던 휴대폰 글씨들을 지우고 통화 버튼을 눌렀다. 이윽고 수화기 저쪽에서 전화를 받았다.

"최 검사님, 오셨다고요? 좀 집으로 들어와보세요. 도어록 비번은 아시죠."

"네."

문수가 싱긋 웃자 삼촌은 '뭐야?' 하며 의아해하는 표정을 지었다. 곧 이어 벽에 달린 인터넷 CCTV 화면 속으로 대문이 열렸고 현관을 걸어서 사십대 중반의 사내가 들어왔다. 문수를 보자 고개를 숙여 정중하게 인사했다. 손에는 검은 가죽 장갑이 쥐어져 있었다. 키는 175센티미터 정도, 몸무게는 육십오륙 킬로그램 정도의 눈빛이 차가운 사내였다.

"삼촌, 인사하세요. 존 최."

"누구……?"

주춤대며 들어선 최 검사가 삼촌 앞에 서서 두 손을 가슴에 모으고 합장 배례했다. 순간, 의혹의 시선을 거두지 않던 삼촌이 미간을 찌푸렸다. 그러나 이내 얼굴 표정을 바꾸고 '너는 뭐든지 네 멋대로냐?'는 눈빛을 보냈다. 삼촌은 심야의 방문객이 악수를 하자고 내미는 손을 마주잡지 않았다. 내미는 최 검사의 손을 거절하는 삼촌의 태도를 보고 왠지 흡족한 미소가 절로 나왔다. 상대의 면면을 살피듯 서로의 눈을 뚫어져라 보는 두 사람의 눈에서 잠시 불꽃이 튀었다.

"네, 앞으로 조카님을 부회장님으로 모시게 됐습니다."

민망함을 감추려는 듯 최 검사가 먼저 입을 열었다.

"…… 부회장이라뇨?"

삼촌이 서늘한 눈으로 말했다. 역시 삼촌이었다. 적어도 문수는 이미 삼촌이 최 검사의 존재를 인지하고 있다는 걸 느낄 수 있는 대목이었다. 그제야 최 검사가 지갑에서 명함을 꺼내 내밀었다. 국토안전부 안전국 대테러실 파견검사부 부장 최일석이라는 명함이었다. 문수도 그 명함을 받은 적이 있었다.

"예, 더 나은 삶, 더 자유로운 세상, 더 새로운 세상을 꿈꾸시는 도련님이 이번에 MR. Robots사의 부회장님이 되셨습니다. 제가 이번 사건을 마지막으로 안전국을 퇴직해서 비서실장 겸 미스터 로봇의 법무팀장으로 일하게 될 겁니다."

"…… 네에?"

멋쩍은 표정을 짓던 삼촌은 자신의 귀를 못 믿겠다는 듯 황당한 표정으로 되물었다. 그리고 삼촌은 최 검사와의 대면이 못마땅하다는 듯 대놓고 불쾌감을 표시했다. 그런 삼촌을 보며 최 검사가 보지 못하도록 어깨를 으쓱하며 우쭐대는 표정을 짓던 문수가 실실 웃었다. 그때 삼촌과 시선이 마주친 문수는 '약 오르지?' 하며 혓바닥을 쏙 내밀었다.

"…… 더 나은 삶, 더 자유로운 세상, 더 새로운 세상? MR. Robots사의 부회장?"

"미국에 계신…… 할아버지와 만든 게임회사야."

삼촌은 문수에게 뒷덜미를 잡힌 것처럼 '도대체 뭐야, 사고뭉치 애한테' 하며 혀를 끌끌 찼다. 어이없고 황당해하던 삼촌의 눈빛이 흔들렸다. 문수는 어깨를 으쓱해보였지만 몸에 열이 오르고 속이 메슥메슥해 토할 것만 같았다.

"예. 프로그래머이신 미국의 제이슨 리 그러니까, 스님의 아버님. 제이슨 회장님께서 설립하신 게임회사로 이번 스턱스넷이란 게임으로 올해 4분기 매출이 사상 최대로 하반기부터 안정화에 들어가면서 MR. Robots사는 지난해 대비 32% 성장한 매출 1,021억 원을 기록했습니다. 도련님의 획기적인 프로젝트로 성과가 더 컸습니다."

"…… 예에?"

삼촌의 눈빛이 예사롭지 않았다.

"그건 그렇고 이건 지금 불법사찰, 정보통신법 위반 아닙니까?"

"…… 네. 국토안전부 안전국 계약직 인턴 사이버 보안요원들입니다. 문수는 군대 면제, 선재라는 아이는 경찰대 합격으로 사이버경찰국 특채 상태고요, 보현이란 아이는 법대에 들어가 검사가 되고 싶다는 특수 인턴 긴급채용요원으로 3급 비밀까지 허용된……."

최 검사가 또박또박 설명했다. 삼촌은 점잖고 세련되게 설명하는 최 검사를 못마땅하다는 듯 쳐다봤다.

"특수 인턴 요원이래도 이렇게 국민들 불법사찰을 해도 되는 겁니까?"

"…… 삼촌."

그때 문수가 끼어들었다.

"왜?"

"어지러운 게 이상해. 몸 상태가."

삼촌이 눈을 째리며 문수를 쏘아봤다.

"어떻게 해……? 은서라는 아이가 위험한 상황인데."

"…… 어떻게 하시겠습니까?"

최 검사가 빰이며 귀가 빨갛게 상기되어 있는 문수를 보며 호랑이 아가리에 은서란 아이를 넣어주는 거 아니냐는 눈빛이었다.

"…… 어떻게 해야 하는 거죠?"

문수가 되물었다. 최 검사가 잠시 뜸을 들이더니 입을 열었다.

"몸이 안 좋으시다니, 긴급 파견된 CERT 전술3팀을 보내겠습니다."

"선재아버지 죽인 놈들은요?"

"그쪽 타격대, 체포조가 벌써 출동했습니다."

흘금흘금 주변을 살피던 최 검사가 낮게 한숨을 쉬며 말했다.

"가족들은 보호해준다고 했잖아요?"

문수가 볼멘소리로 따지듯 물었다. 최 검사는 '무슨 말 하는지 잘 안다. 그러나 안타까운 사태가 벌어졌다'는 눈빛만 할 뿐 꿀먹은 벙어리였다.

"…… 진덕이는요?"

"Y병원에 조치했습니다. 의사의 말로 목숨엔 지장이 없을 거 같다는데……. 한쪽 눈의 시력과 청력, 그리고 두 다리에 화상이 깊어 평생 하반신 불구가 될 거 같습니다."

잠시 숨이 막힐 듯한 침묵이 흘렀다.

"최선을 다 해주시고요. 제가 건네준 동영상은 분석해 보셨어요?"

"네 은서라는 아이가 건넨 USB에 mssecsvc.exe, tasksche.exe 파일이 들어 있었습니다. 예. 분명, 워너 크라이, 우는 천사, 랜섬웨어 웜 파일입니다. 중국을 통해 넘어온 거 같습니다. 이 웜이 Y시의 핵발전소 원자로를 목표로 하는 거라면 문제가 정말 심각합니다."

여전히 삼촌은 느닷없는 최 검사의 등장에 마뜩치 않다는 표정을 짓고 있었다. 문수의 이마에 땀이 송글송글 맺혔다. 머리가 지끈거리더니 이내 핑글핑글 돌았다. 문수가 낮게 으, 하는 신음을 내쉬었다. 의자에 잔뜩 등을 기대고 앉았던 문수는 자신도 모르게 왼손으로는 머리를, 오른손으로 아랫배를 감쌌다. 삼촌에게 약을 가져다 달래려하다 말았다. 통증이 밀려와 숨이 가빴다. 삼촌이 아파하는 문수를 화가 난 얼굴로 내려다보며 존 최를 빨리 내보내라는 눈짓을 주었다.

"존, 진양상가 안가로 은서를 피신시키세요. 분명히 놈들이 은서를 노릴 거예요."

"예 저희도 예측하고 있습니다."

최 검사가 '그럼' 하며 호주머니에서 휴대폰을 꺼냈고 문자를 보냈다. 그러고는 '많이 아파 보이는데 괜찮으세요?' 하며 문수에게 물었다. 두통과 함께 스르르 맥이 빠져나갔다.

"네에. 은서를 잘 보호해주고. 이 항공표 반환 좀 해주세요. 저더러 공항까지 직접 오라네요. 갈 시간이……."

입술을 사려 문 문수는 기어들어가는 목소리로 말했다. 최 검사가 '예' 하며 항공표를 받아 호주머니에 넣고 '그럼 전 이만 가보겠습니다' 하며 방을 나섰다. 삼촌이 현관 앞까지 최 검사를 따라나가 배웅하고 돌아왔다.

"괜찮아? 그런데 너 참 사람 당혹스럽게 만드는데 재주가 있구나."

최 검사를 배웅하고 돌아온 삼촌이 '도어록 비밀번호 바꿔' 하며 대책없다는 듯 눈을 흘겼다. 문수가 '이모 생일로 바꾼다' 했을 때 전화벨이 울렸다. 이모였다. 목소리를 듣는 순간 '이모' 하고 불렀는데 코끝이 찡하고 눈시울이 뜨거워졌다.

"이모, 나 아파."

야근을 하던 이모가 집이 걱정되었는지 전화를 한 것이다. 문수는 왈칵 울음이 쏟아질 것 같아 이를 악물었다.

"많이 아파?"

"자꾸 토할 거 같으네."

"뭘 먹었는데?"

"짜장면하고 탕수육."

"밥하고 된장찌개 해놓았잖아."

수화기 저쪽에서 이모는 문수의 상태를 물었다. 입술은 다 부르트고 목까지 부은 상태였다.

"삼촌이 속을 썩여서 그런지 자꾸 어지럽네."

배만 아픈 게 아니라 꼭 누군가에게 두들겨 맞은 듯 온몸이 욱신거렸다. 옆에 앉았던 삼촌이 이모에게 응석을 부리는 문수를 보고 '너 이놈' 하며 손가락질을 했다.

"…… 열은?"

"엄청."

"집에 체온계가 있지? 몇 도인가 봐, 볼 줄은 알지?"

"…… 응, 입에 물거나 겨드랑이에 넣고 있다, 약간 옆으로 돌리면."

열은 39도였다. 이모는 진통해열제를 반으로 쪼개 먹으라고 했다. 약을 먹고도 계속 아프면 응급실로 달려오라는 거였다. 문수는 연신 구겨진 감탄사를 내뱉으며 한껏 숨을 들이쉬었다. 문수가 통화를 끝내자 삼촌이 희미하게 미소를 지으며 웃었다.

"왜? 왜 웃어?"

"임마, 나한텐 잡아먹을 듯 그렇게 난리법석 길길이 뛰던 놈이…… 어리광은?"

이죽거리는 삼촌의 말에 문수도 따라 웃었다. 삼촌의 태도를 보니 마음이 어느 정도 정리가 된 모양이었다. 낯빛을 잔뜩 찌푸린 문수는 방을 나와 거실을 지났고 안방 문을 열고 들어섰다. 불은 이미 방방마다 다 켜놓았다.

약통 서랍을 열자 엄마가 견출지를 붙여놓은 여러 약통이 보였다. 소화제, 해열제, 지사제, 머큐로크롬, 붕대, 알코올, 귀후비개 등 각종 상비

약에 심지어 체온기까지 가지런히 통 안에 들어 있었다. 알약을 과도로 반으로 쪼개 삼킨 문수는 다시 방으로 돌아왔다.

그때 메인 컴퓨터 화면 속에서 '안녕요' 하는 음성이 들려왔다. '삼촌 일루와 봐요. 잠시 미국에서 할아버지가 보내주신 팀원들 좀 소개할게요. 최 검사도 모르는 저희 팀원들이에요. 이 전화는 도청 감청 불가' 하며 컴퓨터 앞에 앉았다.

"해인 스님이시죠? 부회장님께도 문안 인사드립니다."

"네?! 저희 삼촌이세요. 해인 스님이시라고."

"부회장님의 섀도 팀장 agent 엘리엇 알. 저는 agent 미스터 모, 저는 안젤라 모, 미국 국가안보국(NSA) 소속이었어요, 따거들의 정교한 사이버 공격도 막아낼 수 있는 전 조안나 웰이에요. 스님, 잘 부탁합니다. 저는 맥아피에서 십 년 근무했지요. 빠바방. 전 공격 담당이랍니다. 저는 무차별 쏘아댈 수 있어요. 저의 롤 모델은 천수천안, 약 먹은 똥강아지님이에요. 안녕요, 전 타이렐 웰. 자동차 헬기 비행기 운전 담당이요. 우리끼린 항해사라고 불러요."

"예, 반가워요. 전 늦게 합류해서 이제 혁명을 시작하는 Revolution Lee에요, 잘 부탁합니다."

"yes sir. vice chairman, 그럼 저흰 이번 프로젝트를 성공하기 위해 최선을 다 하겠습니다. Final."

문수는 '쌩유 에브리 바디' 하며 양손을 흔들어주었다. 분명 imfone 컴퓨터 전화를 사용하는 거 같은데 휴대폰을 밴드로 다중통화하고 있었다. 언젠가는 일반인들도 세 명, 네 명이 동시에 통화하는 시대가 오겠구나, 하며 문수는 고개를 끄덕거렸다.

“엘리엇 알. 은서가 돌 사이에 숨겨놓은 USB를 찾아오시고요. 최 검사가 퇴계로 진양상가 위, 안가로 은서와 지영일 임시 대피시킬 거예요. 지영이 누나는 안전국 소속요원들 모르게 다른 장소로 대피시켜 숨겨주고 은서를 주시하세요. 은서의 몸 안에 위치정보 도청칩을 박아넣은 모양이에요. 반드시 놈들이 치러 들어올 거예요. 지난 번 준비했던 엘리엇 프로젝트요. 진덕이도 다른 병원으로.”

“넵, 다른 사항은?”

“최 검사의 일거수일투족을 놓치면 안 돼요.”

“예썰.”

문수가 맨 처음 벌인 사업은 디지털 세탁소였다. 잊힐 권리를 대행하는 해결사를 자처했다. 의외로 그 수입은 짭짤했다. 디지털 장의사라 불렀다. 사이버 상의 각종 기록물을 깨끗하게 삭제해주는 일이었다. 개인정보 삭제, 검색기록 삭제, 계정 삭제, 블로그 삭제, 카페 삭제, 동영상 삭제. 자신이 게시한 게시물에 대하여 자신이 스스로 삭제하는 경우에는 전혀 문제가 되지 않는다. 스스로 삭제하면 되는 거니까. 자신에 대한 사이버 상의 게시물을 스스로 삭제할 수 없는 경우가 문제였다.

이모의 동영상을 처음 발견한 건 보현이었다. 몰카의 온상지 소라넷, 꿀밤, 텀블리, 파일X, 파일박X 같은 p2p 사이트. 자기도 알게 모르게 올라간 성인 사이트, 음란 사이트에 누드 영상들. 뜻밖에도 아버지와 이모의 동영상들이 나돌고 있었다. 충격을 넘어 경악하지 않을 수 없었다. 당국에서 다크웹에 대한 차단조치로 인디케이션을 깔긴 했지만 뛰는 놈들 위에 나는 놈들이 있었다. 인터넷에 돌아다니는 우회하는 파일 하나만 받으면 서버 네임 인디케이션은 무용지물이 되었다.

사이버 상의 게시물로 인해 고통받고 있는 사람들은 의외로 많았다. 그들에게 디지털 세탁소, 디지털 장의사가 있다는 건 어쩌면 행운일 수 있다. 문수가 착안한 게 바로 이것이었다. 문수가 처음이었고 단골들 중에는 국내외 유명 연예인이나 부호들도 꽤 많았다. 잊힐 권리로 삭제되는 게시물은 계정을 잃어버려 스스로 삭제하지 못한 경우에 발생했다. 삭제할 수 있는 게시물은 일정 요건을 갖추어야 한다. 개인정보보호법을 위반했거나, 명예를 훼손하는 내용을 담고 있어야 한다. 그리고 이러한 게시물을 삭제하기를 요청하고자 할 때는 이러한 내용을 각 사이트에 일일이 소명해야 한다.

미국에 있는 할아버지에게 허락을 받고 계정을 만들었고 통장은 돌아가신 할머니의 살아 있는 계좌를 사용했다. 소비자가 여러 홈페이지에 로그인하거나 결제 정보를 입력하는 것이다. 온라인 활동을 하면서 남긴 구매 패턴, 속성, 결제 방법, 구매 이력이나, 소셜 네트워킹 서비스(SNS), 이메일, 홈페이지 등의 방문 기록, 검색어 기록 등 '디지털 발자국(Digital Footprint)'을 좇아가 지워주는 방식이었다. 고아수출 세계 1위인지라 세계 곳곳에 자애원 출신 아이들이 포진하지 않은 곳은 없었다.

"뭘 할라칸다꼬?"

"글로벌 게임, 포털 게임 현질하는 놈들을 위한 아이템 위탁판매 시스템. 다크웹에."

"Dark Web? 와우, 니 돈 엄청 벌겠네. 니 돈 벌어가 뭐할라꼬?"

"자애원을 되찾으려고. 그래서 할배 친구 스님한테 운영을 맡기려고."

"아, 땡통. 그 땡중은 그런 거 줘도 안 할끼다. 돈이나 억수로 갖다주면 모를까, 땡땡이도 보통 땡땡이가 아이다. 네 삼촌 스승이 그 스님이다.

개또라이 왕땡초."

"프흐흐……."

문수는 할아버지와 화상 통화를 하다 배꼽을 잡고 웃었다.

"도와줘잉. 나도 전 세계적인 게임 하나를 출시하고 싶단 말이야."

"…… 그라믄 마 내 시험 문제 하나 내겠다."

"…… 뭔데?"

"백악관을 함 해킹해봐라."

"뭐라꼬? 다음엔 NASA를 해킹하라 할끼나?"

"으찌 그걸 알았노? 내 손자 똑똑하다."

"그라믄 마, 내 소년원 들어가 앉아 있을 테니 할배가 시도 때도 없이 면회 오는 기다."

"프흐흐……."

그러나 정작 문수가 해킹한 건 백악관도 NASA도 아니고 할아버지였다. 문수는 할아버지가 시간을 준 3시간 동안 백악관 대신 할아버지 계정을 속속히 파헤쳤다. 할아버지의 왼팔이 강부관 할아버지라는 걸 알게 된 날이기도 했다.

글로벌 게임, 포털 게임 아이템의 위탁판매 시스템은 대박이었다. 위탁판매 시스템은 포털은 물론 딥 웹, 다크웹에도 만들었다. 공식적으로는 문수가 세계 최초였다.

문수는 선재와 보현에게 디지털 세탁소 사업을 넘겼다. 게임 아이템 장사도 선재와 보현에게 넘겼다. 가상화폐 비트코인 생산기도 만들었다. 지금은 기업형 아이템 판매가 금지되었지만 정보보호법이 개정되기 전까지는 자유로웠다.

리니지 화력 3단 +8 그랑카인 서버의 나이트발드 양손검은 550만 원 선에서 거래되었다. 디아블로 아시아 서버 만티코어 나탈랴의 심사숙고 라쿠니 좀도둑은 680만 원, 리니지 오크서버 이벤트 마법반지 500세트, 체력반지 500세트는 1,080만 원. 마지막 거래는 지난 밤 'R2' 아이템으로 1,900만 원이었다. 게임 아이템으로 번 돈들을 가상화폐에 쏟아부었다.

올스톱. 무슨 일인지 할아버지는 문수에게 거래를 일체 중지시켰다. 문수는 그 이유를 알고 있었다. 문수가 돈에 집착을 보였기 때문만은 아니었다. 비트코인, 이더리움의 가격을 임의로 떨어뜨리거나 올리는 방법으로 가상통화거래소 업비트 기준을 올렸다 내렸다 하는 방법으로 스푸핑, 초단타로 대규모 거래를 주문한 뒤 즉시 취소했다. 비트코인 단가는 올라갔다. 오르면 팔았다 또 가격을 떨어뜨렸다. 그러고는 샀다. 순발력 타이밍 결단력이 필요했다. 또 워시 트레이딩 수법을 썼다. 여러 브로커를 통해 매도 주문과 매수 주문을 연달아 내는 한마디로 시세 조작 수법이었다. 그리고 블랙해커들의 표적이 되기 시작했다. '여기까지다' 결정한 문수는 손을 털었다. 돈은 벌 만큼 벌었다. 가상화폐 비트코인 생산기도 때려치웠다. 할아버지의 경고였다.

그때, 중앙 세컨드 컴퓨터에 붉은 불이 들어왔고 화면은 자애원을 비추고 있었다.

"죄송합니다, 서장님."

장태주는 두 손으로 휴대폰을 감싸고 통화를 한다. '예, 예' 하는데 한껏 과장된 목소리였다. 목소리에는 비굴함이 잔뜩 배어 있었다.

화면을 바라보는 삼촌이 한숨을 크게 내쉬는 소리가 문수에게까지 들려왔다.

"그럼 사건은 방화가 아니라 실화로 처리하겠습니다. 소방서에도 그렇게 협조하기로 했습니다."

"감사합니다. 곧 찾아뵙겠습니다."

마치 상대가 눈앞에 있다는 듯 연신 허리를 굽실거리며 '고맙습니다, 감사합니다'를 연발한다. 통화가 끝나자 곧 전화벨이 울렸다. 옆에 있던 직원이 수화기를 한 손에 들고 또 한 손은 공손하게 꽃을 바치듯 전화기를 내밀었다. 아까 통화한 모습과 다를 바 없다. 지방 도시의 알량한 기관장인 모양이었다.

"네 소방장님. 곧 찾아뵙겠습니다."

"예."

"전기합선으로 발화점은 컴퓨터 연결선으로 조서가 꾸며질 겁니다."

"예, 감사합니다. 백골난망입니다. 직접 찾아뵙겠습니다."

화면 속의 사내는 연신 전화기 앞에서 굽실거리고 있었다. 통화를 끝낸 장태주는 '에이 씨발 이거 원 더러워서 해먹겠나?' 하며 직원에게 전화기를 던졌다. 자애원의 직원 현황을 살펴보니 장태주의 운전수로 자애원 직책상 부원장으로 되어 있는 임태용이었다.

그때였다.

"잠깐만요."

삼촌이 큰소리로 말했다.

"장태주에게 혐의점이 있습니까?"

침묵을 지키던 삼촌이 오른쪽 액정화면에 정지된 화면을 뚫어져라 바라보며 팀장 엘리엇에게 물었다.

"진덕이란 아이의 버닝 사건 상황과 정황을 보아 혐의점을 둘 뿐이지 아직 범인으로 특정할 수 있는 물증은 아무것도 없습니다. 여러 갈래로 수사 방향을 펼쳐보고 있습니다. 지금으로선 결정적 단서, 기소할 건덕지가 없습니다."

삼촌은 눈을 깜박였다. 그 무엇인가를 잡은 것 같았는데 입을 열지는 않았다.

"삼촌 나 좀 누울게."

온몸이 노곤해졌다. 문수는 안쓰럽고 기특하다는 눈빛으로 내려다보는 삼촌의 눈빛을 외면했다. 왜 이리 낯선 것일까. 느닷없는 생각에 문수는 한숨을 낮게 쉬며 돌아누웠다.

- 문수야, 최 검사. 짐승처럼 날뛰는 위험한 놈이다.

삼촌은 잽싸게 휴대폰에 문자를 찍어 문수에게 내밀었다.

"거기 태블릿이나 여기에 좀 끼워줘요."

문수가 다시 돌아누우며 삼촌을 무시하듯 말했다. 삼촌은 군말 없이 침대에 누워서도 화면을 볼 수 있게끔 설치해둔 거치대에 태블릿을 끼워주었다. 화면 속의 장태주가 여기저기 전화해서 사건을 무마하고 뒤처리를 직원에게 처리하도록 지시하고 있었다.

"지은이 혜진이 아이들 몇 준비시키고, 서울서 어르신들 내려오신대. The party is beginnding."

"예썰."

골드문트 골프장 내 의심스런 건물이 몇 개 있었다. 자애원 옆으로 입구에는 군인들이 외곽경계를 섰다. 골프장 지하에 벙커가 있다는 건 이미 문수도 알고 있는 첩보였다. 가끔 ECCM, 방해전파를 방해하는 전파가 뜨기도 했다. 놈들의 파티 장소로 지목된 곳이었다. 국가정보국의 안

가인 줄 알았다. 문수는 자애원과 전략연구소 그리고 Y병원과의 연결고리를 찾았다. 하지만 출입하는 사람들을 캡처해서 안면인식기에 돌려보니. 정치인, 언론사 사장들, 방송사 PD들, 기업 회장 그리고 간부들. 기획사 사장. 법무부 차관, 국토안전부 사람들이 들락거렸다. 쭉쭉빵빵 여배우들, 연극배우들, 모델, 댄서들 한눈에 보아도 '나가요' 누나들도 있었다. 골프장은 넓었다. 골프장 내 또 다른 비밀장소에 골드문트 컨트롤타워 골드인스코비가 있는 것으로 보였다.

차 두 대가 주차장에서 사무실 쪽으로 보였다. 소녀들 셋, 네 명이 두 차에 나누어 탔다. 가만히 보니 은서가 뒷좌석에 탔다. 그때 봉고차 세 대가 도착했다. 내리는 사람들의 복장이 심상치 않다. 모두 다 검은 양복을 입은 높은 양반들이었다.

화면이 선명치 않았다. 안개였다. 문수의 숨소리가 거칠어졌다. 자꾸만 눈이 감겼고 토할 듯 속이 메슥거렸는데 뱃속이 꾸럭꾸럭할 뿐 토하지는 않았다.

두 승용차가 안개 속의 자애원을 벗어나자 화면이 둘로 쪼개졌다. 화면은 어둠 속으로 줄지어 선 가로수들과 산줄기 밑으로 살아 있는 행인들을 스쳐 지나가고 있었다. 문수는 숨을 가다듬었다. '과연 CERT팀의 실력은?' 하고, 궁금해하던 문수는 눈을 씀벅거렸다. 과연 전문가들이라 달랐다. 둘로 나뉜 화면 왼쪽에는 밖에서 찍는 영상이고 오른쪽은 차 안의 영상이었다. 언제 차 안에 블랙박스에 적외선 무선 웹캠 카메라를 심어놓았는지 페이스북 라이브 방송을 통해 중계되고 있었다.

하늘은 까맣고 풍경들은 자꾸 어둑어둑해져만 갔다. 길들이 거꾸로 솟아오르는 것 같았다. 운전석 뒤쪽에 장태주가 앉아 있었고 은서는 그의 오른쪽에 앉아 있었다.

"뭐 저런 것들이 다 있냐?"

삼촌이 턱을 쳐들고 말했다. 카 해킹이다. 어떻게 휴대폰과 차 안에 장착되어 있는 블랙박스 카메라와 연계했을까, 저 차가 인공지능 차량이라면 해커가 만일 나쁜 마음을 먹는다면, 하는 상상력을 펼치는데 삼촌이 툭 말을 던졌다. 시간이 흐를수록 삼촌은 아예 입을 다물어버렸다.

긴장감과 속이 불편함이 겹쳐왔다. 검은 승용차가 자애원을 출발하고 차가 천변을 출발하자마자 장태주가 은서의 뺨을 올려붙였다. 야릇했다. 문수는 침을 꿀꺽 삼켰다. 몸이 살살 떨렸다. 장태주는 화재가 발생하고 수습하기 위해 굽실거렸던 걸 보상이라도 받듯 은서를 손바닥으로 때렸다. 문수는 '더럽고 야비한 놈' 하며 신음을 삼켰다.

문수의 숨소리가 점차 거칠어졌다.

"도대체 어떤 놈들이 서울서 내려온다는 거지?"

문수는 신음을 삼켰다. 열 때문에 찬바람을 좀 쐬면 나을까 하고 창문을 열었다. 그러나 바람이 너무 차가워 '여기다 감기까지 들면 안 되지' 하며 문수는 창문을 다시 닫았다.

"이건 아닌데."

큼 하고 헛기침을 삼킨 문수는 거치대를 옆으로 눕히고 모로 누웠다. 화면 속의 은서는 장태주에게 뺨을 맞고 있었다. 휘청하다 간신히 중심을 잡았지만 다시 턱을 감싸쥐고 웅크린 채 쓰러졌다.

"일어나. 토막 내서 어디다 파묻어버리기 전에."

장태주가 은서의 옷을 벗겨내고 있었다. 은서가 반항하며 장태주의 뺨을 올려붙였다. 장태주는 은서에게 뺨을 맞으며 은서의 옷을 하나하나 벗겨내고 있는 것이었다. 그제야 그게 설정이라는 걸 문수는 눈치챌 수 있었다.

"삼촌?"

"응?"

문수의 얼굴에 핏기가 싹 빠져나갔다. 머릿속이며 뱃속에 수천 개의 벼락이 한꺼번에 치듯 통증이 밀려와 배를 싸잡고 '으으으' 하는 신음을 내뱉었다.

"나 아파, 아무래도 이모한테 가야 할 거 같아."

"왜, 왜이래? 많이 아파?"

삼촌이 씩씩거리는 문수를 돌아보았다. 잘난 척 뻗대던 문수의 얼굴은 백지장처럼 하얗다. 오만하고 배짱을 부리던 문수의 얼굴이 아니었다. 시계를 보니 저녁 아홉 시였다. 저녁이라고 짜장면도 반 그릇밖에 먹지 않고 내놓았고 탕수육도 두세 점만 집어먹었을 뿐이었다. 삼촌은 문수를 달싹 안았다.

"삼촌."

"응, 저 가방,"

삼촌이 문수의 가방을 챙겨 들었다. 중요한 것들은 가방 속에 다 들어 있었다. 삼촌은 깊은 한숨을 삼키며 차 뒷좌석에 문수를 눕히고 액셀러레이터를 밟았다.

병원에 도착하자 이모가 응급실 앞에서 기다리고 있었다. 이모가 일요일이어서 오후 두 시 출근 전 문수를 혼자 두어선 안 된다며 삼촌을 불렀던 것이다. 삼촌이 집에 도착하기 전 약간의 사고가 있었다.

문수가 은서를 만나러 갔던 건 일부러 신분을 노출시키기 위한 작전이었다. 은서를 찾아갔을 때 달라붙던 양아치들의 실력은 별로였다. 분명 그 위에 있는 건달들의 끄나풀이 있을 거라 예견했다.

"누구냐, 이모 영상을 찍은 놈들은?"

"나타나겠지 뭐."

진덕은 자기가 말하지 않아도 놈들이 꼬리를 내밀 거라고 말했다. 골드문트라카 최하부 배달부들이었다. 불법 마약거래를 돕고 성매매 심지어 장기매매, 시체유기 같은 설거지를 하는 놈들일 것이다. 놈들은 도박게임 사이트에 들어가 회원 명단을 해킹해서 명단을 뽑아내고, 새로 만드는 도박 사이트에 그 명단을 팔았다. 운영팀, 홍보팀, 인출책이 조직적으로 운영되고 있었다. 진덕이 중요 용의자들의 아이디와 비번을 주지 않았다면 필터링해낼 수 없었던 사실들이었다.

"너희들이냐?"

놈들이 연립주택 1층까지 쳐들어 왔었다. 순간, 문수는 눈살을 찌푸렸다. 엄마와 아빠와 오붓하게 살던 집, 행복빌라 문수의 집 앞 초인종 벨은 다른 집과 달랐다. 누가 다가오면 자동으로 카메라가 켜지고 스마트폰으로 알람이 울렸다. 자동 접근 감지 및 스마트폰 알림을 원격으로 스마트폰에서 언제든지 문 밖의 상황을 확인할 수 있는 초인종이었다. 그것뿐만이 아니었다. 초인종에 달린 폰으로 방문자와 대화도 가능했고, 일체 전원 연결 없이 태양열 자동충전으로 평생 배터리 교환이 필요 없는 이 세상에 하나밖에 없는 문수가 만들어낸 초인종이었다.

"너 이거 하나만 특허 내도 우리 평생 먹고살겠다."

이모는 감탄하며 말했다.

“이모. 모션센스가 달려 있는 비디오폰하고 스마트폰 연결은 중딩들도 다 해요. 상품으로 나온 것들도 많은데 배터리를 갈게 만들어요. 왜냐, 우리 집처럼 태양열로 하면 장사가 안 되잖아.”

“너 이놈시끼. 이모 목욕탕에도 이딴 거 달아놓은 건 아니지?”

이모는 문수의 머리를 콕 쥐어박으며 물었다. 그러나 이번엔 문수의 얼굴엔 웃음기 대신 ‘그래 너희들이었구나. 이 나쁜 새끼들아’ 하며 눈에 힘을 주었다. 스마트폰 화면 속에 엉망진창이 된 보육원 종철의 얼굴이 나왔다. 그리고 그 뒤에 허리춤을 쥐고 있는 우락부락하게 생긴 사내가 종철이의 머리통을 손바닥으로 탁 내리쳤다. 자애원에 들어가서 ‘문수네 집 아는 놈?’ 하고 닦달을 했을 것이다.

“…… 경찰에 신고할 겁니다.”

“네 놈이 문수란 놈이냐?”

인터폰 화면으로 맵찬 발길질이 종철의 옆구리로 들어가고 있었다. 윗선의 움직임을 전혀 모르는 논두렁 건달들이 그걸 알 리 없었다.

“나와, 새끼야. 안 나오면 이 찌질이 새낀 뒤진다.”

놈들 중 하나가 종철의 목에 칼을 들이밀었다.

“…… 신고하자.”

“이모 112에 신고 좀 해주실래요?”

굳이 경찰에 신고를 하지 않아도 주차장에 대기하고 있는 삼촌과 CERT 팀이 집 전화를 가로채 해결하겠지만 이모를 안심시키기 위해서였다.

“그래……. 스트레스나 좀 확 풀어보자고.”

속으론 잔뜩 쫄았지만 당당한 목소리로 말했다.

“왜 말을 안 들어, 이 호로새끼야.”

놈들 중 하나가 종철의 뺨을 다시 올려붙였고 발로 걷어찼다. 종철이 옆으로 픽 쓰러졌다. 진덕이 그리고 종철이 일을 맡으면 직접 공격을 하기도 하고 분산 공격을 하기도 하던 놈들이었다. 진덕이 음식점 일을 맡으면 놈들은 손님인 척 그 음식점에 전화를 걸어 대량 주문을 했다. 타깃이 된 음식점은 기존 거래처의 전화번호였지만 해킹 당한 전화번호였기에 엄청난 피해를 입었다. 사전공격. 암호화된 패킷 프로토콜 프로그램에 스니퍼를 심어놓고 주문전화를 엉망으로 만들어놓았다. 엉뚱한 배달사고 때문에 결국 영업할 수가 없었다. 음식점만 그런 게 아니었다. 개인병원이나 의류 쇼핑몰, 다이어트업체, 영화배급사, 작은 게임업체 등 진덕과 종철이 맡은 일마다 피해를 보는 사람들이 속출했다. 사이버수사대에 신고해도 소용없었다. 놈들의 뒤에는 골드문트라카가 있었다. 적어도 이 Y시에서는 Y시의 인터넷망을 사용하는 한 놈들의 포트 스캐닝으로 그 손아귀를 벗어날 수 있는 사람들은 몇 되지 않았다.

"이모, 나 좀 나갔다 올게. 절대 겁먹지 말고. 이모는 절대 밖으로 나오면 안 돼요. 알았죠?"

"응, 알았어 조심해."

문수는 책상 옆에 세워둔 목검을 들고 일어섰다. 그리고 대문 밖으로 나섰다.

"아저씨들. 그러지 않아도 나 꿀꿀했거든."

"네 놈이 하룻강아지 범 무서운 줄 모르는구나."

"문수야, 하지 마. 빨리 경찰을 불러."

종철이 소리쳤다.

"걱정하지 마, 형. 이 새끼들 오늘 다 골로 보내줄게."

"가소롭구나."

"길고 짧은 건 대봐야지. 안 그러면 내가 너희들 다 씹어 먹을 거야."

놈들은 진덕의 뒤를 쫓고 있었고 진덕의 뒤에는 종철이 형이 있었고 종철을 위협해 문수의 집까지 쳐들어온 모양이었다.

"오늘부터 너희들은 지옥 같은 삶을 살게 될 거다."

"…… 웃기네."

"내가 너희들을 그렇게 만들 거야."

문수가 놈들과 대치하기 시작했다. 문수는 이를 아드득 물었다. 야차, 지옥에서 온 악마처럼 왼손으로는 혹시 모를 칼을 막을 자세로 하고 목검을 으스러지게 쥐었다. 놈들이 뒷걸음을 쳤다. 문수는 목검을 휘두르며 '너희들은 혼나야 해, 벌 받아야 해' 하고 내뱉었다. 칼을 휘두름에 감정이 배어 있었던 것이다. '그래 너희들 오늘 팔 하나씩 다리 하나씩 부러뜨려주마' 하며 덤비는 놈들을 차례차례로 쓰러뜨렸다.

CERT팀에 잡혀가 조사를 받으면 놈들은 그간의 지은 죄들을 술술 불 수밖에 없을 것이다. 속으로 '이모 보고 있죠? 난 이모를 지켜줄 수 있어요' 하는 듯 놈들에게 목검을 휘둘렀다. 놈들이 비실대며 뒷걸음질치다 꽁무니를 내빼기 시작했다. 이미 골목 이쪽저쪽 입구를 막아선 CERT 전술팀이 놈들의 뒷덜미를 낚아채고 제압한 뒤 수갑을 채우고 있었다.

"옴마나, 세상에 백주 대낮에 이건 지옥이다, 지옥이야."

그렇게 대문 밖으로 나오지 말라고 이모에게 신신당부를 했는데 대문 밖에 서 있던 이모는 차가운 눈으로 문수를 쏘아보며 입을 열었다.

"재는 누구야?"

"응, 보육원 형."

"…… 네가 보육원 앨 어떻게?"

"…… 옛날에 일곱 살 때 납치되었다 버려져 미아보호소에서 살았잖아."

놀란 표정을 감추지 못하는 이모는 문수의 어깨를 탁 치며 '그랬지, 납치됐을 때. 삼촌이 구해줬었지' 하며 고개를 끄덕였다.

"그래도 이문수?"

"예, 이모."

이모가 날카로운 눈으로 문수를 쏘아봤다.

"난 죽는 게 무서운 게 아니라, 이렇게 구질구질 사는 게…… 싫어. 그동안 네 삼촌 때문에 얼마나 심장 떨렸는지 아니? 내가 진즉 죽었어야 하는데 다 나 때문인데, 내가 그냥 콱 죽어버리지 못해서 이꼴저꼴 다 보고 산다. 나 심장 떨려서 이렇게는 못살겠다, 야."

이모가 문수의 눈치를 살피며 또박또박 말했다. 그때, 종철이 등을 대문 앞의 벽에 기대고 앉았다가 옆으로 픽 쓰러졌다.

그때 CERT팀원들이 다가와 종철을 안아 차에 태웠다. 보슬보슬 내리던 비가 갑자기 주룩주룩 쏟아져 내렸다.

"아이고 이놈아. 더도 말고 덜도 말고 우리 딱 남들처럼만 행복해지자고 했잖아."

대문을 닫고 들어선 이모가 거의 우는 얼굴로 말했다.

"아무래도 여길 떠야겠다. 우리 서울 가서 새로 살자."

이모가 결정을 내렸다는 양 문수를 처다보았다. 문수는 아무 말도 하지 못했다.

"그래, 서울 가자. 거 뭐라드라. 신분세탁? Y시만 아니라면 서울 가서 개인병원 차려도 되고 새로 살 수만 있다면 또 의사 때려치우고 식당 아줌마라도 할 수 있을 거 같아."

결의에 찬 이모의 말을 들은 문수는 끙 하고 깊은 한숨을 들이켰다. 삼촌은 나가고 이모 둘이만 국수를 삶아 먹기로 했던 날이었다.

응급실에 누운 문수는 근심스런 표정을 하고선 이모를 불렀다.

"이모…… 내가 지금…… 머리가 엄청 아프다."

"응, 그래. 많이 아파?"

이모가 속이 복잡하다는 듯 눈을 가늘게 뜨고 되물었다. 숨이 차고 가슴이 옥죄어왔다.

"…… 응."

"어느 쪽이?"

"…… 가운데."

"왼쪽이나 오른쪽이 아니고?"

"…… 응."

"무슨 병이든 마음가짐이 중요한 법이야. 삼촌한테도 짜증 엄청 부렸대매?"

"응…… 삼촌만 보면 막 짜증이 나네."

이모는 문수를 침대에 눕게 하고 청진기를 대고 꾹꾹 눌러 보더니 표정이 좀 누그러졌다.

"아무래도 CT부터 좀 찍어봐야겠다."

정신이 아득한 가운데 입안이 바싹 말랐다. 오순도순 알콩달콩 살 수는 없었던가. 보현네 집 할매국밥 머릿고기에서 나온 간처럼 퍽퍽거렸다. 입안에서 쿠린내가 나는 것도 같았다. 천장의 깜박거리는 형광등에서 시선을 떼어낸 문수는 눈을 감았다 다시 가느스름하게 눈을 떴다.

이모가 응급실 책상 앞에 선 채 차트를 보느라 뒷모습을 보여주고 있었다. 지치고 피로한 모습이다. '불쌍한 여자.' 마침 응급실 옆구리를 지나가던 차량의 써치라이트 불빛이 이모의 그림자를 흔들고 지나갔다. 그 바람에 병실에 크레졸 냄새가 훅 달려들었다.

통증이 뱀처럼 고개를 내밀고 혀를 날름거렸다. 문수는 손으로 가슴을 감쌌다. 통증이 머릿속에서 온몸으로 퍼져나갔다. 문수는 끙 소리를 내며 어금니를 깨물었다.

"급체에요. 배에 가스가 찬 거 같아요."

삼촌은 이모의 말을 듣고 고개를 끄덕였다. 이동식 침대로 옮겨진 문수는 가방을 찾았다.

"이모, 가방. 안에 중요한 것들 다 들어 있어."

"그래 알았다. 그나저나 단 하루도 바람 잘 날이 없구나."

"…… 누구 때문에?"

문수의 말에 이모가 가방을 든 채 탄식을 내뿜다 멀대처럼 서 있는 삼촌의 눈을 보았다. 문수는 이모의 가슴에 꽂혀 있는 빨갛고 까만 볼펜들을 보다가 얼굴을 찌푸렸다.

"너 약속 하나 하자. 우리 여길 정말로 뜨자."

"Y시를 뜬다고?"

"그래. 난 Y시가 싫어. 너 CT 찍을 때 강부관 할아버지랑 통화했다. 괜찮지?"

"그럼 혜화동?"

"응."

"거기 지금 CERT팀이 들어 있잖아."

"뭐?"

이모가 무슨 말이냐는 듯 되물었다. 아차, 싶었다. 삼촌이 '뭐야?' 하며 눈을 크게 뜨고 문수를 노려봤다. 문수는 아니라고 잘못 나온 말이라며 얼버무렸다.

눈을 씀벅거리던 문수는 '서울이라' 하며 입술을 깨문 채 침묵하고 있다가 알았다고, 그러자며 고개를 끄덕였다. 링거병에서 수액이 똑똑 떨어져 내리고 있었다. 주차를 하느라 늦게 응급실로 들어온 삼촌은 옆에 선 채 내려다볼 뿐 아무 말도 하지 않았다. 희미하게 웃던 문수는 삼촌의 손에 가방이 들려져 있는 걸 확인하고 '아무 일 없겠지' 하며 스르르 눈을 감았다.

제7장

네트워크, 저기가 바로 내 집인데

수능시험 발표가 있었다. 좋은 점수가 나왔다. 다들 가채점 결과와 실제 수능 성적표가 비슷하게 나왔다는 반응을 보였다. 누구보다 좋아한 건 이모였다.

"의대 갈 거지?"

"나 피 보는 거 정말 싫어."

이모가 눈을 흘겼다. Y시를 떠나왔지만 하루도 마음은 Y시를 떠나본 적이 없었다. 크리스마스 이브, 거리는 사람들로 득실거렸다. 살포시 눈이 내리고 있었다. 대학로, 공원 한쪽에서는 아이들이 카세트를 켜놓고 비보이 춤을 추고 있었고 연인들 혹은 친구들이 삼삼오오 벤치에 앉았거나 담소를 나누며 걷고 있었다.

'난 네가 제멋대로고 잘 정돈이 되지 않는 방탕한 놈인 줄 알았다'며 삼촌이 투정하듯 말했다. 삼촌은 아빠보다 무뚝뚝했고 이모는 엄마보다 말수는 적었지만 사치스러웠다. 그래도 함께 생활하다 보니 매력적인 면이 참 많은 여자가 이모였다.

한파가 밀려오고 있었다. 이모는 수도 계량기가 얼어터지지 않도록 헌 옷가지를 계량기함에 넣어놓기를 잘했다고 말했다. 춥다. 옷을 두껍게 입고 나올 걸. 방송통신대 쪽에 노숙자 하나가 깡통을 앞에 놓고 술에 취해 벤치에 앉아 있었다. 노숙자는 '이봐, 이봐' 하고 문수네 일행을 불렀다. 문득 문수는 피식 웃었다. 받아먹기만 하면서도 늘 툴툴거리는 노스님을 떠올렸다. 느릿느릿 걷던 밝고 환한 얼굴을 한 사람들은 노숙자의 부름에 잠시 멈칫했지만 피해갈 뿐이었다. 노숙자로 인한 고통으로 매시간 중환자실에 누워 진통제를 투여받아야 하는 진덕이 떠올랐다.

"무뇌충(無腦蟲) 같구나."

삼촌이 노숙자와 노숙자를 스쳐지나가는 사람들을 보며 말했다. 문수는 삼촌의 말에 동의했다. 삼촌의 말에 '그냥 넘어가주면 안 돼? 저 인간은 아무리 늙어가도 변하고 개선되는 게 없어. 저 사람은 물론이고 너네 삼촌이란 인간도 저 거지처럼 더 고통을 받아야 정신을 차리게 될 거야' 하고 이모가 삼촌을 보고 톡 쏘았다. 이모의 말에 문수가 싱겁게 웃었다. 엄마는 늘 이모를 차갑게 대했다. 엄마는 어느 정도 거리를 두어야 했지만 이모는 정이 많은 사람이었다. 엄마는 하기 싫은 일은 죽어도 하지 않았다. 이모와 내용도 없고 재미도 없는 얘기들을 알콩달콩 나누는 이모와 삼촌 사이에 끼어들지 않았다. 가끔 이모가 애살을 떠는 모습이 오글거렸지만 모처럼의 평화를 깨고 싶지 않았다.

"복수는 포기한 거지?"

이모랑 같이 걷다 잠깐 거리가 떨어지자 삼촌이 물었다.

"아니. 내가 받은 건 되돌려줘야지, 그래야 셈법이 맞는 거 아냐?"

문수의 말에 삼촌이 눈을 하얗게 뜨고 노려봤다.

"이놈아, 용서가 가장 큰 복수야. 네가 나쁜 놈들한테 당하지나 말고. 놈들보다 더 잘 사는 거. 그거보다 큰 복수는 없어."

삼촌이 이맛살을 찌푸리며 말했다. 광장 한가운데 분수대에는 뿜어져 나오는 물대신 하얀 눈이 쌓여갔고 그 주위 비둘기 떼들이 구구거렸다. 사람들이 던져주는 과자부스러기 앞으로 서로 한 조각이라도 더 먹으려 날갯짓하며 종종거리다 흩어져갔다. 그걸 보던 문수의 머릿속에 복잡한 생각들이 스쳐지나갔다.

"이모, 나 배 아파."

문수가 움찔거리며 말했다. 이모는 '그것 봐, 너무 많이 먹더라' 하며 새침한 눈빛으로 문수를 쏘아봤다. 길 쪽 반원형의 무대 쪽에서는 무명 가수들의 공연이 있는지 사람들이 모여 있었고 크리스마스 캐럴이 흘러나왔다.

"몇 년 만에 보는 화이트 크리스마스냐?"

"그러게요."

이모가 환하게 웃으며 삼촌의 말에 동의했다. 삼촌은 멈춰선 채 걱정스러운 눈빛으로 문수를 바라보았다. 비둘기들은 사람들을 무서워하지 않았다. 그때 야외무대 쪽에서 와아, 하는 함성이 들려왔다. '우리도 가 보자' 하고 이모가 먼저 말했다. 가수들의 공연을 보러 무대 쪽으로 향하던 세 사람은 비둘기들을 헤치며 가다 '이모, 나 많이 아파' 하는 말에 차가 주차된 식당 쪽으로 다시 발길을 돌렸다.

서울로 이사 온 곳은 대학로가 있는 혜화동이었다. 어릴 적 할머니와 살던 고향 같은 집이었다. 성균관대를 지나 성북동으로 넘어가는 길 오른쪽. 전통 한옥으로 지하실도 있고 마당이 제법 넓어 텃밭에 채소도 기를 수 있었다. 무엇보다 마당에 할아버지가 심었다는 왕 대추나무 한 그루가 있었는데 그 대추 맛은 정말 일품이었다. 그러나 이모는 아직 지하실에 대한 비밀을 몰랐다. 지하실에는 피신한 엄마와 아빠, 그리고 선재 아버지가 CERT 분석팀과 보현과 선재를 지원해주고 있었다. 일기예보에는 대설주의보와 함께 한파주의보가 동시에 발효된다고 했다.

"빨리 집에 가서 소화제 먹자."

말하는 이모의 시선이 곱지 않았다. 이모는 서울로 이사하고 표정이 밝아졌다. 행인들이 지나가며 힐끔힐끔 이모의 얼굴을 훔쳐보았다.

"그렇게 입고 안 춥냐?"

목덜미로 소름이 돋았다. 삼촌은 못마땅하다는 듯 문수에게 말하고 나무라듯 이모를 보았다. 이모는 삼촌의 시선을 피해 딴청을 부리며 걸었다. Y시에서 노스님도 모시고 올라왔다. 따라오지 않겠다는 걸 반강제로 모셨다. 혜화동 할아버지가 물려준 집은 남향으로 ㄱ 자로 안쪽 큰 방에는 이모, 그리고 마루를 건너 작은방에는 문수가, 별채 쪽으로 두 개의 방은 노스님과 삼촌이 따로 썼다.

"우리 집 남자들한테 제가 다 져요. 한번도 이겨본 적이 없어요."

"……그래도 입힐 건 입혀야지."

삼촌이 이모를 나무랐다.

"잘났어 정말. 우리 집 남자 새끼들."

'거봐' 하며 삼촌이 문수의 어깨를 툭 치자 이모가 히죽 웃었다. 문수는 어깨를 한번 으쓱해 보이고는 쫄랑쫄랑 걸었다. '들어올 때 막걸리나사 온나' 하며 '괴기 몇 점 먹겠다꼬 중놈이 승복 입고 레스토랑에 가서 무슨 칼질이냐? 아무리 약으로 먹는다지만?' 하며 노스님이 외식을 거부한 것이다. 노스님은 혼자 계셔도 밥 차려 먹고 설거지하는 건 문수보다 더 잘했다. 대개는 삼촌 차지였다.

앙상한 은행나무 가지 위로 눈들이 소복소복 쌓였다. 문수는 '젠장, 너무 많이 먹었나?' 하며 구겨진 신음을 뱉었다. 살살 배가 아파왔다. 문수가 맛있게 먹자 삼촌이 두 점, 이모가 세 점 주어 배가 빵빵해졌다. 삼촌은 레어로 이모는 베리 웰던, 문수는 미디엄으로 구운 고기였다. 이모는 '맛있다'며 채소 샐러드를 듬뿍듬뿍 세 접시나 먹었다.

"그나저나, 문수야."

"예?"

"블록체인가 뭔가, 그게 강력한 보안체계라며?"

"예."

"그런데 어떻게 570억이나 되는 어마어마한 돈을 슈킹당했다는 거냐?"

삼촌이 놀라서 물었다. 이사하기 전 삼촌이 문수를 대신해 진덕이를 만나고 온 것이다.

"아무리 안전을 보장해도 안전함을 보장할 수 없는 게 인터넷 뱅킹이에요. 난공불락의 성은 없어요. 먹자는 놈, 하자는 놈은 못 당한다구요."

순간 문수는 숨을 몰아쉬고 주먹을 불끈 쥐었다. 진덕이를 떠올렸다. 그렇게 화상을 입지 않았더라면 진덕인 분명 '혹시' 하고 서울역 광장을 배회하고 있었을 것이다.

이모를 가운데 두고 왼쪽에 문수가 이모의 오른쪽에 삼촌이 걸었다.

문수는 끙 신음을 삼켰다. 진덕이 대단한 놈은 대단한 놈이었다. '어떻게 최 검사에게서 570억을 빼돌렸을까?' 감탄사가 절로 나왔다. 사람들과 어깨 부딪혀가며 대학로 예술극장을 지나 주차장 쪽으로 발걸음을 옮겼다. 차는 극장에서 조금 더 가서 식당 앞에 세워두었다.

천천히 고개를 돌려 삼촌을 애틋하게 바라보는 이모에게서 토마토 잎 냄새가 났다. Y시를 떠나며 이모는 병원에 나가지 않았다.

검정색 양복에 무릎까지 내려오는 밤색 코트. 널찍한 이마며 웃으면 눈가에 지는 주름까지. 짙은 눈썹, 경상도 사나이답게 무뚝뚝한 삼촌의 왼손을 이모가 오른손을 내밀어 잡는 게 보였다. 그랬다. 차가운 엄마와 달리 이모의 손은 따스했다. 서울로 이사한 일, 무엇보다 문수의 수능 점수가 높은 걸 축하하기 위한 크리스마스 이브의 외출이었다.

삼촌이 계산대로 먼저 가서 계산하고 있었다. 문수와 이모는 일어나 삼촌 곁에 가 섰다. 음식값은 그리 비싸지 않았다. 막 계산을 치르고 주차장이 있는 복도로 들어섰을 때, 화장실이 보였다.

"이모, 잠깐만."

문수는 화장실로 들어갔다. 막 변기에 앉는데 대포폰에 진동이 울렸다.

"문수냐?"

"예, 박 선생님."

변기의 차가움이 엉덩이 살갗에 닿아 찌르르 했다.

"느낌이 이상하다. 그런데 아직 상황이 파악되지 않고 있다."

"…… 어떻게 해요, 박 선생님?"

"너 지금. 어디야."

"예. 저녁 먹으려고 나온 식당 화장실요."

"집에 가다, 네 번째 골목에 연립 하나 있지. 그 연립을 통하면 다음 골목에 똑같은 차를 세워둘게. 외제 화장품회사 5층 건물 알지. 거기 1층에 화장실 있어. 그 화장실을 한번만 더 사용해라."

"…… 예."

외식을 할 땐 얼쑹얼쑹 좋았는데 머리가 지끈거리고 속이 답답했다.

"네가 그 화장실을 쓰고 반대편 쪽 골목으로 나가. 이모 삼촌이랑 연립 쪽으로 갈 거야, 출입구 쪽에 차를 세워두면 우리 요원이 차를 집 앞까지 옮겨놓도록 조치할 것이다."

"삼촌도 알아요?"

"통화 끝내고 바로 전화할게. 최 검사 놈이 네가 증거, 단서를 잡았다는 걸 파악한 모습이다. 상황이 급박해지면 제2 접선 장소로 삼선시장 B동 7열 남자 화장실 두 번째 칸으로 피신하고. 세 번째 여의치 않으면 Y시 행복빌라 네가 살던 집으로 내려가."

"…… 예."

"다시 한번 확인 들어간다. 어디?"

"삼선시장 b동 7열 남자 화장실, 아님 옛날 살던 집."

"Y시의 불법 도박장, 마약, 프로포폴 판매책 놈들, 불법장기 이식 알선책들이 서울 광수대에서 파견된 형사들에게 잡혀 긴급 구속되자 골드문트 측들이 꼬리 자르기에 다급해진 모양이야."

"예."

막상 엉덩이를 까고 변기에 앉았지만 배만 살살 아팠지 변은 나오지 않았다. 머릿속이 복잡해졌다. 신경이 곤두서고 가슴이 뛰기 시작했다. 이모랑 삼촌이랑 기다리고 있을 생각에 문수는 심장이 조여들어 급히 화장실을 나왔다.

"출발합니다."

"…… 네."

화장실을 나오자 기다리던 삼촌은 '알았지?' 하며 눈을 떼지 않고 말했는데 목을 움츠린 문수는 고개를 끄덕거려주었다. 기어를 P에서 D로 변속하며 액셀러레이터를 밟고 있었다. 슬몃슬몃 차가 지하 주차장을 빠져 나가고 있었다. 삼촌이 'B동 7열의 남자' 하며 혹시라도 문수가 잊을까 보아 혼자 중얼대며 되새겨주었다. 죄를 저질러 쫓기는 처지도 아닌데 몸이 떨렸다. 모양 빠진 얼굴을 하고 있던 문수는 낮게 신음을 삼키며 암구호를 외우듯 '삼선시장 화장실' 하고 뇌까렸다.

"젠장, 삼촌과의 사이가 모처럼 좋아졌는데."

"…… 왜?"

조수석에 앉은 이모가 찜찜한 느낌이 들었던지 무슨 일이냐며 고개를 돌아보았다.

"아냐."

"많이 아프면 누워. 그런데 밥 잘 먹고 사람이 왜 그래요?"

이모가 갑자기 얼음장이 된 삼촌을 똑바로 쳐다보며 '뭐야?' 하며 눈썹을 꿈틀 올리며 따지듯 물었다. 문수 표정이야 배가 아파서 그렇다지만 룸미러를 통해 본 삼촌도 긴장한 표정을 감추지 못했다. 삼촌은 아무 대답도 하지 않았다. 삼촌은 이모가 사준 옷들을 입느니 안 입느니 '나 스님이야, 속복은 좀 그래?' 하자 '우리를 위해 좀 입어주세요, 제발요, 이 땍땍스님아' 하고 외식하러 나갈 때 이모랑 티격태격한 것에 마음이 쓰였던 모양이었다.

문수는 누웠다. 조금 속이 편해졌다. 차에 탄 문수는 마른침을 꿀꺽 삼켰다. 차가 대학로를 빠져나와 혜화동 로터리를 돌았다.

"오늘 나 좋았어요. 우리 함께 외출요."

"응…… 나도 오늘 좋았어."

여전히 눈발이 흩날리고 있었다. 로터리 쪽에서 차가 많이 밀리는 눈치다. 앞좌석의 이모와 삼촌이 꽁냥대고 있었다. 뒷좌석에 누운 채 앙상한 플라타너스 가지들 사이로 보이는 건물들만 보아도 문수는 위치를 알 수 있었다. 어릴 적 할머니랑 살았던 동네였다. 엄마는 툭하면 문수를 혜화동 집에 맡기고 Y시로 내려가버리곤 했다.

파출소를 지나 혜화여고 쪽으로 향할 때가 되어서야 차들이 잘 빠져나갔다. 혜화여고 정문을 막 지나 집으로 향하는 왼쪽 골목 세 번째로 들어섰을 때, 곤혹스런 표정을 지으며 문수가 소리쳤다.

"삼촌 차 좀 세워줘요."

"그래, 뒷골목으로 빠져나와. 우리도 그리로 갈게."

삼촌이 급작스레 차를 급정거시켰다.

"알았어. 진짜로 나 쌀 거 같아. 이 건물에 화장실 있어. 일 보고 나갈게."

순간, 삼촌도 눈을 맞추며 고개를 끄덕거렸다.

"경화야 내리자. 빨리."

삼촌이 건물 입구 빈터에 차를 주차시켜놓고 빠르게 말했다.

"왜? 문수가 어린애도 아닌데,"

"내리라니깐."

난감한 표정을 짓던 삼촌이 지나는 차들의 통행에 방해가 되지 않도록 주차시켜놓고 차에서 내렸다.

"…… 오빤, 왜 화딱지를 내고 그래?"

또 둘이 티격태격이다. 문수는 가방을 든 채 차에서 급하게 내리고 화장실로 내리뛰었다. 사내 하나가 건물 앞에 서성이고 서 있는 모습이 보였다. 꼴을 보니 삼촌이 먼저 차에서 내리고 마뜩잖다는 듯 뻗대는 이모를 반강제적으로 끌어내리고 있었다. 빼쩡걸음을 한 채 가슴을 쥐어뜯던 문수는 금세 화장실을 찾았고 문을 열고 앉자마자 괴로운 숨을 토해내며 쏟아냈다.

"…… 휴, 다행이다."

그때, 유리창이 흔들리는 굉장한 폭발음이 들렸다. '뭐야, 뭐지?' 아주 가까운 곳에서 나는 소리였다. 혹시, 하는 불안과 함께 나쁜 생각들이 밀려왔다.

"…… 표정을 감추지 못하면 살아남질 못해."

사건의 전모를 파악한 삼촌은 상기된 얼굴로 허둥대는 문수에게 '조심해야 한다' 하며 두 번 세 번, 눈을 번뜩였다.

'무슨 일이야?' 뒤처리를 하고 나와 보니 어리둥절해하던 이모와 삼촌이 탔던 차가 폭발해 불타고 있었다. 갑자기 현기증이 일었다. 검붉은 불기둥이 매캐한 연기가 하늘로 높게 솟구쳐 올랐다.

"삼촌……, 이모……."

문수는 넋이 나간 얼굴로 벽을 짚었다. 몸이 흔들렸다. 무언가 부서지는 소리를 들은 것도 같은데 온몸에 스르르 힘이 풀렸다. '어, 내가 왜 이래?' 삼촌과 이모의 살점과 핏물을 세례받듯 몸이 움직여지지 않았다. 문수는 입에서 낮게 탄식이 튀어나왔다.

"도망쳐."

불 속에서 불붙은 삼촌이 손을 내저으며 그렇게 말하는 거 같았다. 분명 삼촌이 차에서 내린 걸 보았는데 착각이었나. 순간 온몸으로 소름이 쫙 퍼져나갔다. 그리고 가슴이 찌릿찌릿해왔다. 너무 찰나여서 문수는 꿈속에 빠진 것만 같았다. 문수는 다시 퍽 하는 파열음 소리를 들었다. 계단으로 문수는 풀썩 쓰러졌다. 머리통이 흔들리고 눈앞이 깜깜했다. 또다시 씨융, 하는 소리와 퍽 하는 소리와 함께 무엇인가가 건물 입구 현관 벽을 때리는 소리가 들렸다. 문수는 외마디 비명을 지르며 본능적으로 몸을 웅크렸다. 가슴이 새가슴처럼 팔락거렸다. 그때까지 골목으로 들어오려는 차량은 없었다. 살갗을 찢는 바람이 불어왔다. 귀가 먹먹하고 갑자기 아득해지면서 균형감각이 사라졌다. 그제야 문수는 사태를 가늠할 수 있었다. 총격인가, 했는데 백치처럼 넋 나간 얼굴을 한 문수는 갈피를 잡을 수 없었다.

겨우 파르르 떨던 몸을 일으켜 세웠다. 달아나야 하는데 발걸음이 떼어지지 않았다. 운전석에서 불붙은 이가 그 와중에서도 불붙은 손을 내저으며 '달아나, 어서' 하고 비명과 함께 소리 질렀다. '운전석에 앉은 이는 누구지? 삼촌인가?' 하반신이 다 날아간 것 같았다. 어쩔 줄 몰라 하며 얼마나 멍하니 서 있었을까. 어리바리한 얼굴로 섰던 문수가 어금니를 깨물고 등을 돌렸다. 가방이 벗겨져 있었다. 가방을 추슬러 멘 문수는 골목으로 몸을 돌렸다.

검붉은 불꽃과 연기들이 바람에 춤을 추었다. 문수는 여기서 벗어나는 것이 최선이라는 것처럼 달렸다. 그러나 달리는 것도 마음대로 되지 않았다. 순간 '이렇게 무턱대고 도망가야 하는 거야?' 하며 얼마나 뛰었을까. 마음속에서 죄책감이 밀려왔다. 머리가 출렁거렸다. 숨이 턱에 차올라 더 이상 뛸 수 없었다. 허리를 구부린 채 헐떡거리며 섰던 문수는 '아, 씨바' 하며 숨을 크게 들이켰다. 심장이 터질 것만 같았다.

"어, 이게 뭐야?"

문수가 나직이 중얼거렸다. 피였다. 붉은 피였다. 문수는 왼쪽 귀 윗부분을 손으로 싸잡았다. 피가 손에 흥건히 묻었다. 추위와 함께 쭈뼛거리던 문수는 어떻게 해야 할지 몰랐다. '스테이크 때문인가. 스님인 삼촌한테 고기를 먹자 해서 이런 사태가 벌어진 건가? 벌 받은 건가? 스테이크를 먹으며 불에 타 새까맣게 그을린 진덕이를 떠올렸고 슬픔을 구웠네, 하는 생각을 했는데' 하며 눈을 깜작였다. 온몸으로 전기를 먹은 듯 찌릿찌릿한 통증이 번져나갔다.

죽는 것이 두렵다는 생각을 해본 적은 없었다. 그렇다고 진덕이처럼 죽어버리고 싶다는 생각을 해본 적도 없었다.

"진덕이가 대비하라고 했는데."

놈들이 먼저 치고 들어온 것이다. 삼촌은 '그래도 용서하라' 했지만 이젠 용서할 수가 없었다. 놈들은 그런 문수의 마음을 알고 있었다는 듯 선제공격을 해온 것이다. 문득 문수는 살고 싶어졌다. 그러나 정신이 흐릿해지고 몽롱해졌다. '왜 이러지, 어, 내가 왜 이래?' 문수는 혼잣말로 주절거렸다.

날은 점점 어둑어둑해져갔다. 내리던 눈은 갑자기 함박눈이 되어 쏟아졌다. 일기예보에는 폭설이 온다고 했다. '어떻게 해야 하나?' 아무 생각도 나지 않았다.

"어, 내가 미쳤나, 왜 아무 생각도 나지 않는 거지?"

점점 더 머릿속은 하얘져만 갔다. 아, 이모 말대로 옷이라도 든든히 입을 걸. 후회가 밀려왔다.

문수는 떨어지는 눈송이들을 올려다보았다. 소담스레 내리던 눈이 발에 뽀득뽀득 밟혔다. '졸라, 완전 재수네' 하던 문수는 숨을 크게 들이켜고 걸음을 멈춰 섰다. 피가 이슥해져가는 골목 바닥으로 쌓인 눈에 떨어져 폭폭 패이며 하얀 눈 사이로 빨갛게 스며들었다.

"아닌데, 이건 아닌데. 서둘러야 해."

자꾸만 머리통이 무거워지고 고개가 처졌다. 문수는 조심조심 발걸음을 되돌렸다. 겨우 현장에 도착하니 차에 붙었던 불을 꺼졌고, 연기만 넘실거리며 피어오르고 있었다. 새까맣게 탄 차, 새까매진 삼촌. 멀찌감치에서 봐도 조수석에 이모는 보이지 않았다. 이미 사람들에게 빙 둘러싸여 있었다. 마침, 화장품회사 건물 옆에 사층 빌라가 눈에 들어왔다. 문수는 사람들을 피해 계단을 올라갔다. 이층, 삼층. 삼층에 오르자 사고 현장이 다 내려다보였다.

차안에 온통 새까맣게 탄 진덕의 얼굴과 삼촌의 얼굴이 겹쳤다. 문수는 오른손으로 호주머니에서 휴대폰을 꺼냈다. 그리고 동영상으로 현장을 찍기 시작했다. 문수가 입을 헤 벌렸다. 입안을 다쳤는지 피가 배어 있었다. 입안에 피를 뱉어내고 싶었지만 참았다.

"어떻게 된 거지?"

사람들이 모여서서 차 안을 들여다보고 있었다. 이윽고 신고가 들어갔는지 경찰 둘이 다가오는 게 보였다. 뒤이어 사이렌 소리를 울리며 경찰차가 다가왔다. 골목 밖에서 차에서 내린 경찰이 경찰봉을 들고 사람들을 차에서 떨어지게 했다. 순간 문수는 경찰차 번호가 보이도록 영상을 찍었다. 그리고 속으로 다시 돌아오길 참 잘했다는 생각을 했다.

피가 건물 바닥으로 뚝뚝 떨어졌다. 숨이 가빠왔지만 문수는 고개를 갸웃하며 침착하려고 애썼다. 사람들은 점점 더 몰려들었다. 다행히 건물 안으로 사람들이 올라오거나 건물 안에서 밖으로 나오지 않았다. 그때 문수는 문고리에 걸려 있는 면으로 된 우유주머니 세 개를 빼고 반으로 접어 상처 부위에 대고 눌렀다.

경찰들이 와서 사진을 찍었고 이윽고 기다렸다는 듯 패트롤 차량과 견인차가 왔으며 견인차가 삼촌이 운전하던 엄마의 차를 끌고 사라져갔다. 문수는 동영상을 촬영하며 '45너2680' 견인차 번호를 불러보았다. 아무 일 없었다는 듯 사람들은 흩어져서 갔고 차들은 양방향으로 잘들 지나갔다. 순간 문수는 와르르 몸이 무너져 내리는 것 같아 신음을 삼켰다.

"…… 아. 아파."

문수가 방정맞게 찡그렸지만 견뎌야 했다. 숨쉬기가 거북해 입안에 고인 침과 피를 뱉었다. 계단 바닥에 떨어진 피를 내려다보던 문수는 '닦아줘야 하는데, 미안해요' 하며 한 계단 한 계단 내려서기 시작했다. 빨리 여기서 벗어나야 한다는 생각이 들었다. 등에 멘 가방이 자꾸 거치적거렸다. 여전히 한 손은 왼쪽 귀 윗부분을 감싼 채였다.

온몸이 쑤셔왔다. 비릿한 피 냄새가 코를 찔렀다. 흙빛 얼굴을 한 문수는 입을 헤 벌리고 심호흡을 했다. 어둡다. 어느새 밤이 되었다. 그제야 사람들은 아무렇지 않게 크리스마스 이브를 맞이하고 있겠지. 거리의 불빛들이 휘황찬란했다. 상처로부터 비어져나온 피가 목으로 목에서 어깨로 옆구리로 흘러내렸다.

점점 더 심각해져옴에 눈을 씀벅거렸다. 입안은 바짝 말랐다. 좁은 골목에서 대로로 접어들던 문수는 이대로 있다간 쓰러져 얼어죽을 것 같다는 생각에 걸음을 빨리 놀렸다. 여전히 눈발은 쏟아져 내렸고 바람은 거칠고 매서웠다.

몸이 오그라들고 뒤틀렸다. '병원으로 가야 하나', 하다 '아니야, 이건 아닌데' 하고 정신을 차렸다. '맞아. 전화.' 가방에서 휴대폰 하나를 꺼내 눌러봤지만 배터리가 방전되어 통화가 되지 않았다. '젠장 왜 이래?' 도대체 공중전화는 어디 있는 거야. 갑자기 딸꾹질이 나왔다. 딸꾹질을 할 때마다 머리가 흔들렸고 통증이 엄습해왔다. 그 와중에도 문수는 안 돼, 정신을 잃으면 안 돼, 했고 쓰러지지 않으려고 고통을 깨문 채 중심을 잡으려고 애썼다. 지나가는 이를 붙잡고 '도와주세요, 살려 주세요' 하고 외치고 싶었다. 문수는 한동안 플라타너스 가로수에 등을 기대고 숨을 고르며 택시가 빨리 오기를 기다렸다. 사건 현장과는 150여 m 떨어져 있었다. 눈보라, 바람과 눈이 자꾸 거리에 쌓였다.

그때 크리스마스 캐럴이 들려왔다. 피를 흘리는 문수의 몸 상태와 상관없다는 듯 혜화동 로터리 한쪽에서는 산타클로스 복장을 한 이들이 구세군 자선냄비 앞에서 종을 울리고 있었다. 또 다른 한쪽에서는 '아이 워너 위슈어 메리크리스마스' 하는 캐럴을 틀어놓고 '회개하라, 천국이 가까웠느니라' 하며 외쳐대고 있었다.

이게 죽는 건가. 문수는 마침 지나가는 택시를 보고 손을 들었다. 택시는 문수를 무시하고 그냥 쌩하니 지나갔다. 등을 가로등에 기댄 채 건널목 앞에서 택시를 기다리던 문수는 그 무엇인가가 머릿속을 갉아대는 듯해 어지럽고 속이 메슥거려 금세라도 토할 것만 같았다.

문수는 낮게 한숨을 내쉬었다. 네온사인의 불빛 속에 선 신호등의 기둥 끝 하늘 쪽에는 봉긋하게 봉분처럼 눈이 쌓이고 있었다. 시선을 돌아보니 교차로 회전하는 곳 네 곳, 그리고 건널목 신호등이 있는 곳마다 CCTV가 눈에 들어왔다. 목이 말라, 물이 먹고 싶었다. 피는 멈추지 않았다. 누군가 날카로운 것으로 찌르는 것 같았다. 감당해낼 수 없는 통증이 밀려왔고 그 통증이 가시면 몽롱해져 몸이 기우뚱거렸다. '엄마.' 문수는 나직이 엄마를 불러보았다. '어찌 되었든 여기서 빠져 나가야 한다'는 생각에 이를 앙다물었다. 그제야 겨우 삼선시장, B동 7열. 남자 화장실을 떠올릴 수 있었다.

문수는 간신히 흔들리는 중심을 잡고 로터리에 섰다. 일반 택시들은 문수를 쳐다보지도 않았다. 택시 한 대가 손을 흔들고 서 있는 문수 앞에 멈췄다. 문수는 눈을 털어내고 차 안으로 들어갔다. 모범택시였다. 호랑이한테 물려가도 정신만 차리면 살 수 있다는 말을 떠올리며 겨우 입을 열었다.

"아저씨, 로터리 돌아서 삼선교요."

혀가 꼬부라진 말투로 문수가 겨우 말했다.

"보문동 가는 길 쪽요. 근데, 아저씨, 걸레나 수건 같은 거 없어요?"

"…… 왜?"

그제야 택시기사가 문수를 돌아보았다. 택시기사는 조수석 사물함 칸에서 하늘색 수건 하나를 내밀었다. 룸미러를 들여다보니 입술이며 입가에 피가 묻어 있었다.

"이 수건 돌려주지 못할 거 같아요."

"그래라."

문수가 가방의 휴대폰을 꺼내 한 손으로 영상이 저장된 칩을 분리해냈다. 놈들은 이미 동선을 파악하고 있을 것이다. 위치추적 SW는 휴대폰 칩을 분리하면 무용지물이 되었다.

택시가 멈추었다. 수건 값이라며 2만 원을 내밀었다. 택시에서 내려, 잠시 망설이다 CCTV가 없는 곳을 찾아 걷던 문수는 나직이 한숨을 삼켰다. 도시 곳곳에 CCTV 없는 곳이 없었다. 찌푸린 얼굴로 걷던 문수는 통증이 몸을 꼭 안고 조여 더 이상 걸을 수 없다는 판단에 CCTV를 피해 돌아가려 했던 계획을 바꿨다. 대담하게 삼선시장 안쪽으로 들어섰다. 출입구 쪽의 번호를 눈여겨보았다. 입구 쪽에 빨간 공중전화기가 보였다. B동 7. 문수는 휴대폰을 꺼냈다. 대한민국 공중전화 부스에는 거의 CCTV가 장착되어 있었다. 문수는 공중전화를 하려던 계획을 접었다. 노스님과 통화를 하기 위해 샀던 대포폰이 들어 있었다. 화장실 위치를 파악한 문수는 비틀거리며 화장실로 들어서며 통화 버튼을 눌렀다.

"여보세요?"

다행이다. 문수는 힘주어 노스님에게 말했다.

"스님 저 문수요."

"…… 응. 똥강아지."

"삼…… 삼촌한테 전화왔다고 연락 좀 해주세요."

"거기가 어딘데?"

"전화하면 알 거예요."

노스님은 더 이야기하고 싶은 모양인가 본데 문수는 더 이상 말을 이을 수 없었다. 변기에 걸터앉은 채 비스듬히 몸을 벽에 기댔다. 어지러웠다. 사물들이 흐려보였다. 도무지 균형감각을 잡을 수 없었다. 이대로 죽는 건 아닌가, 하는 불길한 생각이 들었다. 저절로 '엄마' 하는 소리가 입에서 흘러나왔다. 거친 숨소리가 아무도 없는 화장실에 크게 울렸다. '왜 이리 기운이 없는 거지. 왜 이러지.' 아득해졌는데 천길 벼랑으로 떨어져 내려가듯 점점 몽롱해졌다. 숨이 점점 거칠어지고 화장실 사방의 벽들이 서서히 다가왔다 허물어져 내리는 것 같았다. 지나가는 차 소리들, 바로 옆의 시장골목에서 나는 두런거리는 소리들이 차츰차츰 희미해져갔다.

노스님의 휴대폰 1번을 누르면 삼촌의 선불폰으로 통화가 가능할 것이다. '삼촌이 빨리 와줘야 할 텐데. 보현은 날 찾고는 있을까? 경호하던 사람들은 다 어디 간 거야. 삼촌은 뭐야, 인간병기라더니. 빨리 와서 구해주지 않고.' 변기 위에 걸터앉은 채 손으로 머릴 감싸고 게슴츠레한 눈을 가늘게 뜬 채 숨을 할딱거렸다. 차가움이 시원함으로 변해갔다. 귀를 지나 목으로, 목에서 옆구리를 흠씬 적신 검붉은 액체들이 끈적거렸다. 간헐적으로 기침이 나와 문수는 몸을 울컥울컥하다 속엣 것들을 토해내기 시작했다. 혼란스런 와중에도 '이게 꿈인가?' 했지만 꿈이 아니었다. 다행히 사람들은 화장실로 들어오지 않았다. 이대로 정신을 놓아서는 안 된다고 마음을 다잡아보지만. 차츰차츰 감각이 없어지고 의식이 가물가물해져갔다.

"노스님, 할머닌 왜 그렇게 내 기도를 해달라고 그랬던 거야?"

"응, 뭐 용하다는 점쟁이스님이 네가 남의 귀신을 뒤집어쓰고 울 팔자라나? 니 엄마가 죽지 않으면 너하고 니 애비를 잡아먹을 팔자라나? 좌우간 저승길 닦는 천도재 여러 번 할 팔자라더라."

"그딴 걸 할매는 믿었어?"

"다 개똥이라 내가 캤지……. 그런데…… 그 말도 틀리진 않았네 뭐. 니놈이 잘 되면 다 내 기도 덕인줄 알아."

문수는 노스님과의 대화를 떠올리며 희미하게 웃었다. '삼촌과 이모는 죽은 건가. 아닌데, 이건 아닌데. 삼촌과 이모의 사십구재까지?' 문수는 '그런데 도대체 이게 어떻게 된 거야.' 문수는 정신이 오락가락하고 있다는 걸 느낄 수 있었다. 와중에서도 가방을 잃어버리면 안 되는데, 하는 생각을 했다.

깨어보니 실내였다. 정신이 몽롱한데 눈이 떠지지 않았다. 누군가 침대 옆에 있는 것 같았다. 두런거리는 목소리도 들렸다. 남자다. 또 누군가 서 있다. 여자다. 눈을 떴다. 그러나 눈이 떠지지 않았다. 도대체 어떻게 된 거야. 몸에 감각이 없다. 샛눈으로 보니 여자는 하얀 유니폼, 하얀 굽 낮은 샌들을 신고 있다. 병원이었다.

"내…… 일부턴 진짜 추울 거래. 세상 다 얼어붙겠지?"

"……."

"이참에 당신도 환속하시지."

"꿈 깨세요. 아줌마……."

귓가에 중년 여자와 남자의 목소리가 아련히 들렸다. 적어도 땅속에 묻혀 있지 않은 건 분명했다. 목이 답답했다. 또다시 악몽 속으로 들어온 건가, 몸이 움직여지지 않았다. 입안에 흙이 가득 들어 있는 거 같다.

흙속에 몸이 던져진 것 같았다. 손이며 발, 온몸이 떨렸다. 좀비들이 달려들어 온몸을 뜯어먹는 거 같았다. '내가 귀신이 되었나? 여기는 어디지?' 바싹 마른입을 벌려보지만 입이 벌려지지 않았다. 뜨거웠다. '내가 불속에 던져졌나?' 얼마나 그렇게 환각 환청에 시달리다 겨우 정신을 차리자 누군가가 내려다보고 있다는 걸 느낄 수 있었다. 엄만가, 엄마는 아닐 것이다. '이모인가, 이모다.' 문수는 온 신경을 끌어모아 소곤거리는 대화를 들어보려고 애썼다.

위독하다 했다. 앞니가 세 개 부러졌다는 걸 알았다. 총 맞은 상처가 아물려면 많은 시간이 필요하다고도 했다. 머리와 좌측 옆구리에 총알이 스쳐지나갔다고 했다. 신경과 근육은 다치지 않았다고 했다. 그러나 곪으면 상황이 복잡해진다고 했다.

"왜? 어떤 새끼들이……. 이 어린애한테까지 총질을 해대는 거야?"

이모의 목소리였다. 가슴이 뛰기 시작했다.

"삼촌."

삼촌은 대답하지 않았다.

"…… 오빠, 오빠 삶도 참 드라마틱하다. 내 주위의 사람들은 모두들 거짓말만 한다."

"성공한 거짓말들은 뭔데?"

"세상이 다 그렇지 뭐, 그저 플랫폼일 뿐이야."

"내 삶의 진정한 주인공으로 거듭나고 싶어."

어떤 말이 이모 말이고 어떤 말이 삼촌이 한 말인지 구분이 되지 않았다. 다만 귀를 쫑긋거릴 뿐이었다.

"오빤 참 나쁜 새끼야."

"애 듣겠다."

삼촌을 힐난하는 목소리다. 여기가 어디쯤일까. 창문이 많다. 하나 둘. 셋 넷. 마치 최면에서 깨어난 사람처럼 밤바다에 둥둥 떠 있는 거 같다. 어둠 속 어디선가 고양이 울음소리인지 개 울음소리인지 기이한 소리가 들려왔다. 차츰차츰 기억들이 서로를 구속하고 휘감으며 되살아나기 시작했다.

“우리 문수 불쌍해서 어떻게 해?”

“…… 뭘 어떻게 해?”

“…… 어떻게 열여덟 살 아이 머리통에 총을 쏠 수 있냐고?”

“밥 먹어.”

눈가의 눈물을 훔치던 이모가 삼촌에게 말했다.

“문수는 사흘간 아무것도 못 먹었어.”

“멘탈이 아직 안 돌아와서……. 걘 배고픈 줄 모를 거야. 당신만 극락에서 살았지 우린 매일매일 이렇게 지옥에서 살았다고. 젠장, 벌은 죄지은 사람들이 받는 거잖아. 근데 문수가 도대체 무슨 잘못을 했다고. 그렇게 가슴 아프면 총 맞기 전에, 언니하고 형부도 좀 지켜줄 일이지. 이제 와서 지랄하고 염병, 극성을 떠는 이유 뭐야?”

“상황이 이렇게까지 심각한 줄은 몰랐지.”

살짝 눈을 치켜뜨고 보니 삼촌이 외식하러 갔던 옷을 그대로 입은 채 억울하다는 표정으로 느릿느릿 말했다. 모자를 벗어놓았는지 밤송이 같은 머리 위로 형광등 불빛이 반사되고 있다.

“…… 다린 괜찮아?”

“왼쪽 발목 인대가 조금 늘어났어. 한동안 나 다릴 절게 될 거 같아.”

“문수…… 무조건 살려야 한다.”

“살…… 리면?”

이모가 물었다.

"…… 네가 원하는 대로 해줄게."

"같이 살자, 그럼 어쩔 건데?"

"절에 들어와서 공양주 할 수 있어. 의사 때려치우고?"

이모도 많이 다친 모양이었다.

"그나저나 오빠네 패밀리들은 왜 이 모양이냐? 얘 할아버님도 총 맞고 실려오고 당신도 툭하면 총 맞고 달려오더니 이젠 조카 문수까지."

"……. 뭐라더라, 어머님이 그랬는데 살생, 재앙, 이별이라는 백호살이 들어서 그렇다더라."

문수는 요즘 와서 가끔 빈혈처럼 얼굴이 하얬다. 얼굴 안면은 창백했다. 엄마는 그게 다 컴퓨터 게임 때문이라고 했다. 열이 나고, 식욕부진과 함께 체중이 감소했다. 잇몸도 자주 부었다.

"…… 살 수 있겠어?"

"인명은 재천이지……. 괜찮아져야지. 머리에 종양이 있는데. 내가 혈액암, 뇌종양엔 박사가 다 되었다니까……. 문수는 아무래도 빨리 수술해야 할 거 같아, 이게 다 부처님 공덕인 거 같아."

"…… 살릴 수 있음 꼭 살려줘. 이거저거 다 떠나서……."

"곧 코피가 쏟아져 나올 거야. 머릿속의 종양을 제거해줘야 해."

"…… 살려줘."

"잘났어, 정말. 오빠 팔뚝 굵어. 그러니 오빠가 나하고 문수한테 싸가지 없게 굴면 언니도 형부도 저승도 못 가고 이승도 못 와……."

두 사람이 티격태격했다. 옥신각신 아웅다웅 삼촌을 겁박하는 수준이 확실히 문수보다 한 수 위였다. 목이 메어온다. 문수는 발끝을 살살 움직여 보았다. 움직여지지 않았다. 이번엔 손끝을 움직여보았다. 역시 움직여지지 않았다. 죽지는 않은 거 같은데, '일어나라' 어디서 엄마가 '나 늦는다' 하는데 몸이 말을 듣지 않는 것처럼.

"사랑한다는 거, 그거 참 비굴하고 치사해지더라."

"……."

"시끄럽고. 슬픔에 울기만 하는, 사는 게 뭐라고 이렇게 징징대야 하는 이 삶 싫거든."

"야, 인마. 난 너 땜에 산에서 내려온 게 아니고, 이 어린 핏덩이 땜에 산에서 내려온 거라고."

"됐다 그래. 문수만 중생이냐? 나도 중생이라고."

이모의 말에 삼촌이 깊은 한숨을 내쉬었다.

"나, 문수한테 감명받은 적 있어."

"얘한테?"

"…… 네트워킹이란 이미 혼자서도 잘하는, 독립적이고 탁월한 사람들이 만나 시너지 효과를 만들어내기 위한 게 아니라는 거야, 혼자서는 도저히 안 될 것 같은 인간들이 모여 서로의 결핍을 보완해주기 위해 모이는 거래. 독립과 자립, 콘텐츠 확보를 위해. 네트워킹은 사랑을 기본 바탕으로 했을 때 엄청난 힘, 시너지가 발휘된다는 거야. 네트워킹이 품앗이가 아니란 말을 들었을 때 내가 이놈한테 홀딱 빠져들더라고."

"……."

"얘 엄마 아빠가 죽었을 때……. 내 인생도 다시 리셋하고 싶었거든. 오죽했음 나도 따라가버릴까 하고."

삼촌은 교태가 녹아 있는 이모의 말에 고개를 끄덕거렸다. 어디선가 개 한 마리가 목청을 다해 짖어대고 있었다. 맞다. 다리 난간에 목 매달린 개가 저승차사를 만나자 몸을 발발 떨어대며 울어대는 그 처절한 울부짖음이었다.

문수는 끙 신음을 삼켰다. 차츰 감각이 돌아오고 있음을 알 수 있었다. 촉각이 돌아오자 살아 있는 거 같았다. 발가락을 살살 움직여보았다. 움직여졌다. 지금 내가 꿈을 꾸고 있는 건가. '어쩌다 내가 이렇게 됐지?' 하며 한숨을 내뱉었다.

어디선가 개와 고양이들이 신경질적으로 울어댔다. 몽롱한 가운데 문수는 침을 꼴깍 삼켰다. 그러나 침이 삼켜지지 않았다. 목이 뻐근했다. 플라스틱으로 된 목보호대가 부착되어 있었다. 입에 무언가가 물려 있는 거 같다. 산소호흡기였다. 또 무언가 입에 씌워 있는 것도 같다. 호흡이 막히지 않게 입안의 침이며 토사물들을 자동으로 썩션(suction)하는 호스인 모양이다. 온몸에 달라붙어 있는 케이블들이 벽면에 부착되어 있는 기기들과 연결되어 있었다. 가슴이 벌렁거렸다. 왜일까. 갑자기 엄마와 보현이 보고 싶었다.

"오……빠, 좀."

"아무거나 입고 있으면 어떠냐?"

"말 좀 들어라…… 일부러 나가서 사온 거란 말이야."

"…… 내 참. 널 만나면 왜 이리 내가 아슬아슬해지는 거냐?"

삼촌이 이모의 성화에 옷을 갈아입는 모양이었다. 문수는 멀뚱멀뚱 천장만 올려다보았다.

"경화야……. 이리 와봐. 문수 깨어난 거 같은데."

삼촌이 대견스럽다는 듯 다가와 크게 소리쳤다. 코끝하고 눈께가 시큰해졌다. 덩기덩기 춤이라도 출 기색이다. 그간 보지 못하던 삼촌의 격

앙된 모습이었다. 문수는 초췌한 얼굴의 삼촌을 빤히 올려보았다. 오른쪽 귀밑에 점 하나가 보였다. 선천성 모반이다. 깨알보다는 크고 콩알보다는 작은 점 하나. 아버지에게는 점이 목에 있었고 문수에게는 어깨에 있었다. 이모가 다가와 문수의 손을 잡았다. '괜찮아. 다만 운이 나빴을 뿐이야. 내 말 들리면 손가락을 움직여봐' 하더니 손가락을 움직이자 이모가 가슴에 얼굴을 비벼대며 울기 시작했다. 이모가 고개를 들고 손을 잡아주었다. 바르르 떠는 이모의 손이 문수의 손으로 전해져왔다. 문수는 물끄러미 그렇게 울고 있는 이모를 올려다보았다. 이모는 울면서 문수의 손을 연신 쓰다듬었다.

고3으로 올라가며 늘 피곤하기만 했다. 면역력이 떨어졌다. 그런데 겨드랑이에 가끔 멍울이 생겼다. 삼촌과 이모의 말을 정리해보면 림프종. 말초혈액의 적혈구, 백혈구 수, 바이러스에 감염되어 혈액, 머리에 종양이 발생된 거라고 했다. 두개골을 절개해 수술해야 할지도 모른다고 했다.

"강부관님 전화 연결 좀 해주세요."

몸이 저릿저릿하도록 경련이 왔다. 문수가 더듬는 소리로 어렵게 말했다.

"그래……. 작은 할아버지 강부관님이 박 선생님을 보내줬어, 그래서 너, 나, 경화, 우릴 다 살려줬다."

삼촌이 말했다. 내려다보는 삼촌의 눈빛이 애틋했다. 순간 삼촌에게서 그 알 수 없는 야릇함을 읽어낼 수 있었다. 보통사람들의 눈빛과는 달랐다. 삼촌의 손바닥은 온통 굳은살이었다.

"내, 내가 얼마나 여기 누워 있었어?"

"닷새."

문수는 힘없이 삼촌을 올려다보았다. 간절한 눈빛이었다. 그때 하얀 유니폼을 입은 이모가 문수의 침대 맡으로 다가왔다. 이모의 손에는 혈압기와 주사약 통이 들려 있었다.

"…… 이모, 여기 태블릿PC 있어?"

눈에 그렁그렁 눈물이 가득한 문수가 가느다란 소리로 물었다.

"네 가방에 하나 있던데."

퀭하니 꺼진 눈으로 바라보던 이모가 입안에 호스를 빼주었다. 입술에 감각이 없다. 하지만 입을 덮고 있는 산소호흡기는 벗겨주지 않았다. 문수는 속에서 신음이 올라오려 했다. 그러나 입을 꾹 다물었다. 문수가 웅웅거리자 그제야 이모가 입에 덮여있던 산소호흡기를 빼주었다.

"태…… 태블릿 좀 가져다줘. 거기 보면 휴대폰 몇 개 있을 거야. 하얀 거."

문수는 한동안 숨쉬기가 거북해 헉헉거리다 겨우 말더듬이 진덕이처럼 말했다.

"혈압은 정상……. 주사부터 먼저 맞고. 한동안은 엄청난 통증들이 널 괴롭힐 거야."

이모가 흥분한 목소리로 말했다. 눈께가 시큰해졌다. '아파도 됐다. 살아났으니까' 하며 이모는 눈물까지 찔끔거렸다. 삼촌은 아무 말도 하지 않았다. 삼촌이 휴대폰을 켰고 화상폰으로 어딘가에 전화를 했다.

"문수야."

"……."

"그렇지, 아무렴 나보다 먼저 가는 법은 없지."

저음의 굵은 베이스, 강부관 할아버지였다. 할아버지의 음성은 언제

들어도 착 가라앉은 굵은 베이스로 멋졌다.

"살았으면 마 됐다. 관세음보살."

"……."

"…… 자아, 치료에 방해됩니다. 절로 가세요."

이모가 뾰짝거리며 강부관 할아버지와의 영상통화를 위해 휴대폰을 들이대는 삼촌을 밀어냈다.

"…… 절로 가라고? 어느 절로 갈까?"

삼촌의 말에 이모가 하얗게 웃었다. 이모가 상처난 부위를 드레싱한 후, 멸균 거즈를 붙이고 압박붕대로 머리를 감쌀 때 삼촌은 뒤로 한걸음 물러서서 농담을 던졌다.

"그래, 문수야. 새해 복 많이 받아라. 해피 뉴 이어. 날이 밝으면 설날이구나. 스님도 새해 복 많이 받아라."

강부관 할아버지와 화상통화를 끝냈다.

"…… 응 이모 가방은?"

문수는 무엇보다 먼저 가방을 찾았다.

"응, 내가 잘 뒀어. 그걸 쥐고 놓지 않더라고."

이모가 환하게 웃어주었다. 발목에 파편으로 상처를 입어 깁스를 해 다리를 절게 되었다고 했다. 짐짓 담담한 표정을 지으려 했지만 그게 마음대로 되지 않았다. 처치를 끝낸 이모는 장하다는 듯 축축한 손으로 문수의 손을 잡아주었고 다른 손으로는 머리카락을 쓸어주었다.

그때 삼촌이 다가와 가방을 이모에게 내밀었다. 삼촌은 '깨어나자마자 컴이냐' 하며 한마디 했다. 이모가 태블릿을 꺼내 온 스위치를 눌렀으며 태블릿을 들어 문수에게 화면을 보여주었다.

"비밀번호, 영어 소문자로 놓고. 통장비밀 번호도 경화이모1."

"…… 옴마야, 내가 패스워드고 예금통장 비밀번호야?"

이모가 웃으며 비밀번호를 입력해주었다. '태블릿을 삼촌 주세요' 하고 말했다. 아빠의 수술실에 설치해놓았던 웹캠에서 발췌한 화면들이었다.

"삼계가 다 꿈인데."

삼촌은 탄식 같은 말을 하며 이모가 내미는 태블릿을 받아들었다.

"동영상이 있을 거예요."

"그건 어떻게 구했어?"

이모가 따지듯 물었다.

"CERT 요원들이 구한 모양이야. 사건 현장의 맞은편 건물 감시 카메라에서."

삼촌이 이모에게 말했다.

"저거, 저거 동영상 하나 틀어봐요."

이모가 테블릿을 손가락으로 가리키며 말했다.

동영상 속에서 아버지가 모욕을 당하고 있었다. 아버지였다. 상대방은 장태주였다.

"이번에 Y대 박영우 교수가 Y대 병원 이사장 되는 거 알지? 딱 몇 번만 수술해주면 아무 일 없을 거라고."

화면 속의 사내가 휴대폰으로 전화를 걸어 바꿔주는 거 같았다.

"불법인 줄 알지만 수고해주시게."

"…… 네, 교수님. …… 적출은 죽어도 못하겠고요, 이식은……. 대신 이번이 마지막입니다."

아버지가 금세 울 것 같은 목소리로 말했다.

화면을 보던 이모가 탄식을 내질렀다. 통증이 온몸을 옥죄어왔다. 보현이 보낸 다음 동영상 파일 속의 엄마는 수술복을 입고 있었다. '하나 두울, 열까지 세어보세요, 마취 들어갑니다' 했고 눈이 충혈된 아버지가 아이스박스 속에 들어 있는 장기를 얼굴을 가린 환자에게 이식하는 수술 장면이었다. 아버지에게 메스를 건네는 엄마의 손이 바들바들 떨리고 있었다. 아빠의 병원에서 불법 장기이식 수술을 하는 장면들이었다.

이모가 싸늘해진 얼굴로 신음을 토해내며 부르르 떨었다. 문수는 빨리 손으로 태블릿을 치우라고 손짓했다. 전기에 감전된 듯 이모가 얼마나 몸서리를 쳤을까, 이모는 의자에 털썩 주저앉았다.

낯설었다. 눈꺼풀이 점점 무거워지고 피로와 함께 졸음이 밀려왔다. 문수는 질끈 눈을 감았다. 그때 CERT팀 엘리엇 팀장에게 전화가 왔다. 현실이 비현실적으로 느껴졌다.

"최 검사 달아났다는데?"

통화를 끝낸 삼촌이 무미건조하게 말했다.

"Y시의 경찰서장과 정보과장, 자애원 이사장 장태주를 불법 장기이식 알선 및 문서위조, Y병원 이사 한 명은 조선족 3인에게 선재아버지를 살해 지시한 혐의로 긴급 체포, 구속되었답니다. 살해 지시를 받은 두 놈은 체포되었고 한 놈은 도망쳤는데 추적 중이랍니다."

"…… 예."

문수는 가느다랗게 한숨을 내쉬었다. 바깥세상의 소식을 들은 문수는 명치께가 아릿아릿해져 왔다. 이모가 다가와 어깨를 안았다. 이모의 입

김이 귓가에 뜨겁게 닿았다. 숨을 쉬었다 들이켰다 할 뿐 꼼짝도 하지 않았다. 삼촌은 어디서 구했는지 침대맡 병실 바닥에 요가 매트를 깔고 자리를 잡은 채 반가부좌를 틀고 앉아 있었다. 등창이 걸릴까봐 문수를 이쪽으로 누이고 저쪽으로 누이고 등과 몸을 닦아준다거나, 운동을 시킨다거나 똥을 싸 기저귀를 갈아주는 일 외에는 꼼짝도 하지 않았다. 벽에 기댄 채 참선하는 건지 잠을 자고 있는지는 알 수 없었다. 한번 앉으면 꼼짝도 하지 않았다. 잘 때도 그렇게 잤다. 문수는 '아, 저게 장좌불와'라는 거였지, 하며 눈을 끔적거렸다.

"관세음보살."

삼촌은 툭하면 관세음보살을 찾았다. 데면데면하던 옛날 눈빛이 아니었다. 문수를 빤히 내려다보며 기색을 살폈다.

"삼촌이 이모를 받아주시면……. 저도 좋을 거 같아요."

더듬거리며 문수가 말했다.

"뭐 인마? 경화는 경화. 내 인생은 내 인생이다……. 네 놈 삶도 네 놈 삶일 뿐이야."

삼촌은 택도 없다는 듯 과민하게 반응했다.

"그래야 나도 놀러갈 데가 생기잖아."

문수는 한걸음 더 나갔다. 문수의 목소리는 착 가라앉아 있었다.

"삼촌…… 내가 다시 일어나면 나도 삼촌 따라 산으로 들어갈까?"

이모는 멀거니 서서 습관처럼 입술 거스레기를 뜯어냈다. 긴장하거나 화가 나면 하는 행동이었다. 한숨을 내쉬던 이모가 혓바닥으로 입술에 침을 묻히고는 윗입술과 아랫입술을 오므려 안쪽으로 끌어당기고 부볐다. 문수의 말을 들은 삼촌이 픽 웃는 거 같았다. 왠지 밀물과 썰물이 드나들 듯 밀려오는 통증 가운데도 문수는 기분이 좋았다. 링거병에서 링거액이 똑똑 떨어져 내리고 있었다. 띠띠 하는 기계음 소리도 반복적으로 들렸다. 간혹 어디선가 동물들 신음소리도 들려왔다. 가물거리는 형광등 불빛 아래 윙윙하고 냉장고 돌아가는 소리, 가끔 바람에 창문 흔들리는 소리, 비가 오는지 창밖에 빗방울이 떨어지는 소리도 들려왔다.

꿈꾸듯 아련한 눈빛을 하던 문수는 옆으로 돌아누우려 해도 돌아누울 수 없었다. 플라스틱 목보호대가 여간 거추장스러운 게 아니었다. 소변이야, 호스에 줄을 달아 빼낸다지만 곤혹스러운 일은 대변 보는 일이었다. 기저귀에 똥을 싼다는 거, 참 곤혹스런 일이었다. 더구나 삼촌이나, 이모가 똥을 닦아주고 기저귀를 갈아줄 때 느끼는 감정은 더했다.

"여기가 어디예요?"

문수가 따지듯 물었다.

"퇴계로에 있는 동물병원이란다."

"…… 동물병원?"

문수가 울음 섞인 말로 되물었다. '응, 네 외할아버지가 운영하던 병원이야. 이 건물, 이 병원 얼마 전에 너의 큰 외삼촌이 운영하셨는데 돌아가셨어. 너도 본 적 있을 거야. 외숙모 하얀 백발머리. 그나저나 너 때문에 내가 애먹어야 할 거 같아' 물어보지도 않았는데도 이모는 좋알거렸다.

곰팡이처럼 우울이 스멀스멀 피어올랐다. 가습기 때문에 뿌옇게 서린 김들이 창문들을 하얗게 덮었다. 왜 이리 속이 허한 것인지. 병상에 누운 문수는 쉴 새 없이 쉬익 쉭 내뱉는 가습기 김 때문에 뿌얘진 유리창들을 하염없이 바라보았다. 왠지 메슥메슥한 게 속이 불편해왔다. 문수의 눈가로 뜨거운 눈물이 조용히 흘러내렸다.

"…… 내가 얼마나 더 치료를 받아야 해?"

어디선가 발정난 고양이 소리가 들리는 것도 같았다. 여전히 숨쉬기가 거북했고 몸은 들떠올랐다.

"음, 수술하고 한 세 달은 집중치료. 수술 의사를 찾고 있어. 머리에 종양 제거수술을 받아야 해."

"이모."

"응?"

호흡이 거칠어지고 가래가 끓었다. 한쪽 팔에는 링거 바늘이 찔려 있었다.

"태블릿PC 자판 좀 쳐줘."

비밀 채팅사이트 앱을 가르쳐주며 쳐달라고 했다.

"비번은 경화1이라고 했지."

이모가 눈을 깜빡이며 문수를 보았다. 입안에 침이 맴도는데 삼킬 수 없었다. 쿨룩쿨룩 기침하는데 머리가 흔들렸다. 이모가 석션기를 대어 입안에 고인 타액들을 제거해주었다.

"누군데?"

"이모의 예비 며느리."

이모가 포근한 눈길을 주더니 삼촌과 마주보고 미소 지었다.

- 살았어.

- 안 죽은 줄 알았어.

- 어떻게?

- 시체가 안 나왔어, 노스님과 통화했던 대포폰 위치추적을 해보니 동물병원 안에 있더라고. 밖은 보고 있는데 안에는 CCTV가 없어. 지금 음성으로만 상황을 체킹하고 있었어. 네 이모가 너한테 잘하네.

- ㅋㅋ

타자를 쳐주던 이모의 얼굴에 피식, 하는 웃음기가 돌았다.

- 최 검사랑 박 교수 튀었다며?

- 응. 밀항조직들의 움직임을 파악하고 있어.

- 왜?

- 진덕이가 그 몸을 가지고 사람들을 움직이는 모양이야.

- 지영이 누난?

- 강 할아버지가 최 검사 몰래 안가로 피신시켰고 박 선생님이 은서를 마킹하고 있어, 반드시 은서를 치러 골드문트라카 놈들이 등장할 거라는 예상으로. 강부관 할아버지 대단하시더라고. 킹이야, 킹 완전.

문수는 보현의 문자에 희미하게 웃었다. 문수가 보현이에게 보낼 문자를 입으로 말하면 이모가 타이핑했고, 문자가 오면 이모가 그걸 소리 내어 읽어주었다.

- 왜?

- 이번에 세계 특허 내는 거 약간 미비했거든. 싹 해결해주셨어. 나도 이젠 돈방석에 앉았다고.

- 뭔데?

- 국비, 국가비밀. 2차 작업은 국가미래전략청이랑 제휴할 거 같아. 이모빌 보안시스템에서 눈빛 훔치기 못하게 하는 신호정보에서 주변의 전자 기장파(EMF waves), 즉 자류(磁流)를 자체 방출하는 고성능 인공

지능 차량 도난 방지, 인공지능 해킹 방지시스템으로 뉴 이모빌라이져 프로그램. 독일의 B사하고 계약이 성사될 거 같아. 앞으로 반자동운전 시스템으로 들어가는 4차산업의 핵이야. 전자전, 전자감시(electronic surveillance)에서 자유로울 수 있는 non - kinetic, 비동적 기술로 획기적으로 될 거야.

- 잘됐네. 엄마 아빠 국밥집 장사 하느라 힘들어하셨는데.

- 내꺼. 빨리 나으삼. 허니가 콜 하면 우리 할매국밥 펴가지고 올라갈게.

- 응. 끊어.

그랬다. 서울로 이사 오기 전날이었다.

문수는 송별회 하자며 보현을 불렀고 보현이 다가오자 덥썩 안았다. 그리고 볼에 뽀뽀를 해댔다.

"수, 숨 막혀. 놓아, 안 놔?"

"보현아, 너랑 자고 싶다……. 하고 싶어."

"꿈 깨, 이 동물아."

"히이……. 그래도 히쭈구리한 것보다는 낫잖아. 어흥, 호랑이다. 언젠가 널 잡아먹고 말 테다."

"잡아먹어? 웃기지 마. 잡아먹어도 내가 널 잡아먹는다면 모를까."

"아이고 무서버라."

문수가 엄살을 떨었다. 보현이 문수를 쏘아보며 눈을 흘겼다.

"2월 말쯤에 나도 서울 올라갈게. 학교 다니려면 방도 얻어야 하고."

"아예, 우리 합치자."

"너 죽을래?"

보현이 방긋 짧게 한번 웃었다. 미소가 싱그러웠다. 그때였다. 갑자기 보현이 문수의 손을 잡아끌었다. 보현과의 끊임없는 부딪힘, 투닥거림은 문수의 도전적인 삶 그 자체가 되곤 했다. 엄마처럼 만만하고 쉬운 보현이 아니었다. 그날은 십 미터 앞도 보이지 않던 밤안개가 자욱한 날이었다

"야, 이문수."

"왜?"

"와봐."

집으로 올라가는 놀이터 뒤쪽 개나리숲 안쪽으로 문수를 끌어들였다. 사방은 안개로 한 치 앞도 내다보이지 않았다. 평소 보여주던 보현의 행동이 아니었다.

"담뱃불 꺼."

"왜?"

"꺼."

쏘아보는 보현의 눈빛에 문수는 '알았어. 담배 끊을 거라고. 벌써부터 잔소리냐?' 하며 땅바닥에 꽁초를 내려놓고 바로 비벼 껐다.

"이리 와."

"왜 이래?"

문수가 움찔했다. 개나리숲 안쪽으로 들어간 보현이 평평한 바위 끝에 걸터앉았다. 그리고 느닷없이 문수를 덥석 안았다. 따스하고 몽실한 보현의 가슴을 느낄 수 있었다.

"눈 감아."

"하, 그거 참……?"

설레던 가슴이 쿵쾅거렸다. 보현이 문수의 입술을 훅 덮쳤다. '어, 너' 했지만 순간 보현이 문수를 꼭 끌어안았다. 보현의 머리카락 때문에 고개를 살짝 뒤로 젖힌 문수는 눈을 감았다. 문수의 몸이 활처럼 휘었다. 보현의 쌔근거리는 숨소리를 들었다. 안개가 꿈틀거렸다. 보현에게서 향긋한 냄새가 났다. 마음이 헝클어졌다. 얼마나 상상하고 바랐던 보현과의 첫 키스였던가. 얼마나 지났을까, 문수는 끙 앓는 소리를 냈다. 보현이 문수의 두 손을 자기 가슴 위에 놓았다. 비록 옷 위로 만졌지만 느낌이 좋았다. 문수가 '훅 들어왔다간 죽을 거 각오하라드니……' 하며 보현의 치마 쪽으로 문수가 슬쩍 손을 뻗었다. 그러나 입술을 떼어낸 보현이 문수의 손을 타악 내려쳤다. 그리고 빨딱 일어서서 다시 한번 손바닥으로 문수의 머리를 살짝 치고는 쑥스러운 듯 문수에게서 달아났다.

갑자기 문수는 멍해졌다. 한 치 앞도 내다보이지 않는 안개였다. 문수가 얼마나 안개 속에 멍하니 앉아 있었을까. 쿵쾅거리는 심장에 문수는 느릿느릿 호주머니에서 담배를 찾아 꺼내 물었다. 불을 붙이고는 보현의 입술을 더듬듯 담배연기를 뱃속 깊숙이 빨아들였다. 보현에게는 담배를 끊겠다고 했지만 앞으로 영원히 담배를 끊지 못할 것 같다는 생각을 하며 문수는 혼자 쿡 웃었다.

이모가 눈을 마주치더니 입을 삐죽 내밀며 '니들 벌써? 허니?' 하며 놀렸다. 세상이 흐릿해졌다.

"자아, 이제 쉬어."

이모가 태블릿을 삼촌에게 넘기고 안정을 취해야 한다고 말했다. 삼촌이 한 손으로 태블릿을 들고 있었다. 이모가 밖으로 나가더니 치과에서 사용하는 거치대를 들고 들어왔다.

"그걸 침대에 설치하면 되겠네."

삼촌이 드릴로 침대 모서리에 구멍을 내고 나사를 조여 거치대를 부착시켰다. 태블릿을 눕혀 볼 수 있고 돌려서 볼 수도 있게 되었다.

태블릿 화면 속에는 불면의 밤 사이로 눈이 내리고 있었다. 살랑살랑 내리던 눈은 어느새 그 슬픔을 덮듯 함박눈이 되어 내리고 있었다. 혼곤한 표정을 짓던 문수는 순간 날카로운 시선을 태블릿 액정화면에 꽂았다. 소복이 내리는 거리의 눈 사이로 CERT 엘리엇 알이 먹을 걸 샀는지 검은 봉지를 든 채 경계를 하듯 주위를 둘러보다 주차된 검은 특수차량으로 들어가고 있었다.

제8장

데드앤드, 오늘은 죽기 딱 좋은 날이다

문수는 '나의 선택이 옳았을까, 내가 놓친 건 뭐지?' 하고 고통으로 짓이겨진 신음을 삼키며 보현이 보내준 사건 현장 파일 하나하나 열어 확인하기 시작했다.

크리스마스 이브. 눈이 내리는데 캐럴이 흐르는 대학로. 집에서 나오는 문수, 삼촌 그리고 이모. 길거리 양방향. 지나는 차량들. 걷고 있는 모습. 식당에서 스테이크를 먹는 모습. 주차장을 빠져나오는 모습. 차량을 쫓는 차량들. 사건 현장의 모습들을 보여주던 태블릿 화면은 저격총을 든 중년사내의 얼굴을 클로즈업시켜놓은 채 정지되었다. 밤거리의 네온사인 불빛들이 휘황찬란했다. 눈이 내리는 대학로 거리는 영화의 한 장면 같았다. 거리의 행인들은 행복해 보였다. 상점들은 대낮인데도 불을 밝히고 있었다. 어떤 곳은 가게 앞의 가로수에 크리스마스 트리, 알전구들을 달아놓아 일제히 불을 켰다 껐다 하는 불꽃나무로 만들어놓은 곳도 있었다.

문수는 급하게 PC를 조작했다. 현장을 지휘하는 사내의 얼굴을 크게 클로즈업시켰다. 엄청 큰 폭발이었다. 근처 건물의 유리창이 깨지는. 삼촌과 이모가 탔던 검은 에쿠스 차량은 포탄을 맞은 듯 검붉은 연기를 하늘로 피워올렸다. 막 건물 현관을 나서던 문수가 계단에서 발을 헛디뎌 넘어졌다. 만일 그때 넘어지지 않았더라면 지금 살아 있지 못했을 거라 했다. 검게 그을려 형체만 남아 불에 타던 CERT팀에서 보낸 요원, 그리고 산산조각이 난 차, 불에 탄 요원의 끔찍한 모습에 문수는 고개를 내저었다.

놈들이 망원 조준경으로 내다보며 문수를 저격하는 장면들이 고스란히 들어 있었다. 문수가 탄 차량을 뒤쫓던 우리 CERT팀에서 저격수 쪽으로 대응 사격을 하지 않았다면 문수는 이승 사람이 아니었다는 걸 확인할 수 있었다.

"이모! 저 놈 어디서 본 거 같은데. 어디서 봤더라."

문수는 머리를 싸잡았다. 귀에서 소리들이 쏴아쏴아 파도처럼 멀어졌다 통증으로 다가왔다. 순간 싸늘한 소름이 문수의 온몸으로 퍼져나갔다. 목에 칼자국이 빗금으로 난 사내가 보였다.

"…… 이모. 데드앤드 부활을 준비해야겠는데."

"데드앤드?!"

멀거니 이모를 올려다보던 문수는 신음을 삼켰다. 속이 메슥거렸다. 칼날에라도 베인 듯, 뜨거운 물에 덴 듯한 고통이 밀려왔다. 거기다 속까지 느글거려 헛구역질이 나왔다. 그러나 웩 웩. 트림과 함께 토악질만 나올 뿐 토하지는 않았다.

"자꾸 구역질이 나와. 토할 거 같고……."

"네 머릿속의 나쁜 놈들 때문이야."

"무서워…… 이모."

"오늘 밤 큰 병원으로 옮겨 종양 제거수술을 할 거다. dead end와 dead and revive는 달라. 우리는 종말. end, 끝이 아니라 revive니까 걱정하지 말고."

창밖에 바라보이는 건 어둠뿐이었다. 몽유병 환자처럼 몽롱해졌다. 솟구치던 맥박과 가슴을 치던 심장소리, 쇠꼬챙이로 찌르는 듯하던 머리, 귀의 고통은 조금 나아졌다. 솟구치듯 몸이 허공으로 떠오르는 것 같기도 하고 끝도 없이 자꾸만 무너져 내려만 갔다.

진덕과 뚝방길을 걸어 하교하던 그날이었다.

문수는 누군가가 쫓아오고 있다는 걸 진작부터 감지하고 있었다. 여차하면 뛸 태세였다. 다섯 넷 셋. 아니나 다를까 신경에 거슬리던 사내가 문수의 곁으로 불쑥 다가왔다. 문수는 마른침을 삼켰다.

Y시 골프장, 골드문트 몇 명 사내들이 한 건물로 들어가는 인물들을 캡처해놓았었는데 그 중에 없던 인물이었다. 그런데 어디선가 본 듯한 기시감에 문수는 고개를 갸웃했다. '아, 최 검사' 표정관리가 서툰 문수는 '적이다' 하며 침을 삼켰다. 으스스 몸까지 떨려왔다.

"네가 이문수로구나."

쇳소리가 나는 음성이었다. 40대 중반 검은 양복에 넥타이를 맨 레이밴 선글라스를 낀 사내가 다가서며 입을 열었다. 가슴이 뛰었다. 잘못하면 잡혀가 생매장을 당할 수도 있다는 진덕의 말을 떠올렸던 까닭만은 아니었다. 아빠에게 뺨을 올려붙이던 놈이다. 이모부를 죽음으로 몰아넣고 엄마 아빠를 죽음까지 몰고 간 놈. 뒤에서 좇아오는 사람들과 앞에서 스치듯 지나가는 사람들로 보아 교차미행이라는 걸 확신할 수 있었다. 뒤쪽에 따라오는 사내의 가방에 눈을 꽂았다. 문수는 휴대폰을 꺼내 들었다. 네 시 이십오 분이었다. '어? 뭐야? 전파차단기?' 문수는 숨을 크게 들이켰다.

문수는 고개를 돌려 하북천 위의 흰뺨검둥오리 한 가족을 보았다. 바짝 긴장한 문수와 달리 오리 가족들은 평화로워 보였다. 어미의 몸은 60cm 정도, 몸 전체가 어두운 갈색을 띠지만, 뺨과 목, 날개 끝부분은 흰색이었다. 어미를 따라 일곱 마리 새끼오리들이 쫄레쫄레 천을 건너가고 있었다.

"이문수 잠깐만."

"누구?"

경계심을 풀지 않은 문수가 멈춰섰다.

"여기 내 명함이다."

검은 레이밴 선글라스를 벗어 손에 든 중절모 사내가 낮고 짙은 목소리로 명함을 내밀었다. 문수의 걸음에 보폭을 맞추며 다짜고짜 따라오는 중년의 눈을 힐끔 쏘아보았다. 눈빛이 예사롭지 않았다. 국토안전부 안전국 제2부 법무부 파견 부장검사 최일석. 명함을 받아든 문수는 '그래서요?' 하며 지지 않으려고 사내를 째려보았다. 언제부터였는지 문수의 뒤로 따르는 사내들이 늘어났다. '호랑이를 잡으려면 호랑이굴 속으로 들어가야 한다는 말과 호랑이에게 물려가도 정신만 똑바로 차리면 살 수 있다'고 속으로 다짐했다.

"…… 그런데요?"

등하교길 미행이 시작된 건 벌써 오래 전이다. 긴장의 끈을 풀지 않았다. 차가운 인상이었다. 문수는 빈정거리는 투로 사내의 눈을 똑바로 보며 되물었다. '작전이 시작되면 너에게 접근하는 놈이 분명 있을끼다. 요리 함 잘해봐라. 네 인생 일대의 싸움이 될끼다.' 할아버지의 모습이 눈에 어른거렸다. 한눈에 봐도 우직하고 융통성 없게 생겼다. 순간, 양복을 입은 사내가 나란히 걷다 가방을 든 사내에게 눈짓을 했다. 가방을 든 사내가 가방 손잡이에 달린 버튼을 눌렀다. 호주머니에서 휴대폰을 꺼내더니 통화 버튼을 눌렀다. 전파교란기를 끄는 모양이었다.

청둥오리들이 떼를 지어 일제히 천변 풀숲에서 하늘로 날아올랐다. 175㎝ 정도의 아버지보다 키가 작았다. 눈을 마주하면 그 인상에 소름이 쫙 돋았다. 아버지와 고교동창이라고 들었다. 서늘함이랄까 집요함과 대담함 비범함을 느낄 수 있었다. 보통 어른들에게서 보는 눈은 아니다.

"예, 회장님. 지금 문수를 만나고 있습니다."

오리 가족은 아직도 물 가운데밖에 가지를 못했다.

"전화 받아볼래? 너의 할아버지 제이슨 회장님이시다."

미국에 있는 할아버지였다. 아버지가 술에 취하면 할아버지 목소리와 똑같다고 했다. 심지어 당신과 함께 살았던 할머니까지 속아 넘어갈 정도였다.

날카로운 눈빛을 한 사내가 불쑥 휴대폰을 내밀었다. 순간 최 검사를 경호하는 사내 중 뱁새 눈 같은 이의 오른쪽 목에 빗금으로 칼자국이 나 있었다. 눈을 껌벅거리던 문수는 왠지 가슴이 싸했다. 평상시 마주쳤다면 피해갔을 타입이었다.

"웬일?"

"최 검사는 국토안전부 안전국 파견검사다. 최 검사에게 내가 소송을 하나 맡길 거라고 내 얘기 안 했나. 은퇴하면 스카우트할 요량으로."

"헐……. 국토안전부에서 왜 날? 알았어요. 집에 들어가서 다시 전화할게요."

할아버지와의 통화로 굳었던 문수의 얼굴이 풀렸다. '적과의 동침?' 그러나 왜인지 가슴이 막막해졌다. 주위를 돌아보니 목격자도 없고 CCTV도 보이지 않았다. 그러나 문수는 주눅들지 않았다. 양복의 중절모 사내는 만족한 듯 걸음을 멈춰 서서 문수의 눈을 봤다. 가방을 든 사내가 6~7m 떨어져 문수와 최 검사의 대화 내용을 감청하지 못하게 다시 전파를 교란하는 모습이 보였다.

"너 꼴통이고 멘사 천재고 고집불통에다 무대뽀라며?"

최 검사가 점잖은 목소리로 말했다.

"대테러국에서 나한테……. 쪽팔리지 않으세요? 모양도 빠지고."

문수는 눈썹을 치켜떴다. 얼굴에 와닿는 바람이 제법 쌀쌀했다.

"…… 그래, 나도 내가 불쌍하고 짠하다. 그런데 나라를 구하는 데 남녀노소, 대소장단이 무슨 상관이냐? 사건 개요는 간단하다. 외로운 늑대들에게 570억의 돈을 하이재킹 당했다. 그리고 대규모 랜섬웨어로 오히려 협박당하고 있어."

최 검사는 잠시 뜸을 들이더니 입을 열었다. 예감하고는 있었지만 막상 예감이 현실로 닥치자 신음 같은 한숨이 새어나왔다.

"…… 도대체 이게 무슨 개수작들이래요?"

"스턱스넷. 로드런너(Roadrunner) 검색엔진 있지? 너희들이 만든 감시제어 데이터 수집 시스템(Supervisory Control And Data

Acquisition). 감시제어뿐만 아니라 위치 추적 소프트웨어."

"왜 놈들이 돈을 더 달래요?"

"오백억을, 놈들이 오백억을 더 요구하고 있다?"

"그럼 나한테는 얼마를 주실 건데요?"

최 검사가 '뭐야?' 하며 문수의 눈을 말똥말똥 바라보았다. 쉽게 꼬리 잡힐 놈들이 아닐 것이다. 놈들은 시스템을 잠그거나 데이터를 암호화해 데이터를 사용할 수 없도록 했을 것이다. 놈들이 데이터를 인질로 금전을 요구한다면 그간의 사례로 보아 돈을 내준다 해도 파일이 복구된다는 보장은 없다. 결국엔 포맷을 선택할 수밖에 없을 것이다.

"이건 국가가 하는 일이야."

"아저씬 국가가 아니잖아요……. 세상에 공짜가 어딨어요?"

"십 프로 오십억.

최 검사가 문수를 쏘아봤다.

"크으. 오십억을 준대도 힘들어요. 그 돈 못 찾아요. 그냥 절 정보보호법 위반으로 잡아넣으세요. 나중에 뒤통수치지 마시고. 경찰이든 검찰이든 검사님 전화 한 통이면 없는 죄도 다 뒤집어씌울 수 있잖아요."

나불거리던 문수는 최 검사의 낯짝을 뚫어져라 보았다. 마주하면 마주할수록 왠지 마음이 끌리지 않는 스타일이었다.

"…… 문제는 놈들이 국가안전망, 기반시설, 특히 Y시의 원전을 폭파하겠다는구나."

"그 돈 무기거래대금이었죠? 꼼수를 써서 빼돌린."

"……."

눈에 썼던 선글라스를 벗어 까딱거리던 최 검사가 문수의 말에 망연

자실 멈춰 섰다. 동공이 흔들리는 최 검사의 태도를 보며 문수는 알 수 없는 쾌감을 느꼈다.

IS, 외로운 늑대들. 이슬람 수니파 극단주의 무장단체로 위장했는데 아직 확인된 바는 없지만 빗썸 해킹이라며 골드문트 측에서 자작극을 벌이고 있다는 걸 빤히 알고 있었다.

최 검사의 표정이 심각했다.

"그러니까, 사나포선(私拿捕船, Privateer)을 구축하자는 거잖아요?"

"그렇지. 놈들을 막아야 해. 초비상이 걸렸어. 어떻게 하든 국가비상사태는 막아야 하지 않겠냐."

"국토안전부에서 하세요. 돈 좋아하고 여자에 환장한 어르신들 잠자리 가능한 여자애들 가능한 사이트는 얼마든지 소개해 드릴 순 있어요."

"…… 다 알고 왔다. 너희들. 누리캅스. 너희들의 로우터스 플랫폼. Y고인 너를 주축으로 너와 Y경찰서 정보과장 강경식 경감의 아들 강선재와 대대로 할머니국밥집을 경영하는 박종식의 딸 Y여고 박보현을 주축으로. 보육원 출신 아이들로 세계 각국으로 해외 입양된 아이들. 너희들 다 김 계장의 제자들이잖아. 너희들이 나서지 않으면 너희들은 평생 빵에서 썩게 될 거야."

"아, 그래요. 김 선생님, 검사님들 쪽 짓이죠?"

"난 그저 일개 파견검사일 뿐이지만. 그렇게 생쥐처럼 요리저리 날뛰면 안 되는 거잖아. 너희도 알아야 한다. 배를 갈아 탈 때는 물때를 보고 움직이는 거야."

"반드시 후회할 날이 올 거에요."

"후회는 힘없는 놈들이나 하는 거지."

그 돈이 얼마나 중요한지 알 수 있었다. 그러니 놈들을 흔들려고 진덕이 그런 범행을 저질렀을 것이다. 최 검사가 겁나지? 하는 눈으로 문수를 건너봤다. 최 검사가 문수를 몰아세웠다. 문수는 코웃음쳤다. 하지만 눈을 크게 뜨고 흠칫 몸을 떨며 무서운 척했다.

"우와, 오줌지리겠네요……. 그러니까 저한테 충성하란 말씀이죠? 히이. 아마 이제까지 아저씨가 본 애들과 전 다를 걸요."

"너 같은 핏덩이 하나…… 치우려고 이렇게 내가 직접 찾아왔겠니? 위에서 시키니까 온 거지. 말 안 들으면 네가 가지고 있는 돈은 다 뺏을 거고, 너의 엄마, 아버지, 선재란 아이, 그 아이 아버지, 강경식 경감의 목숨이 풍전등화일 텐데."

"흐흐, 이제야 본색을 드러내시는군요."

문수는 하마터면 '개새끼' 하고 욕을 내뱉을 뻔했다. 숨통을 끊어놓고 싶었다. 이글이글 타는 눈으로 최 검사가 눈을 쏘아봤다. 문수는 최 검사의 시선을 피해 고개를 돌려 물을 건너가는 오리 가족들에게 눈길을 주었다. 긴장하고 있었지만 절대 남을 믿지 않는다는 최 검사를 만나보니 별로였다. 가슴이 뛰거나 흥분될 줄 알았던 문수는 음, 하고 마른기침을 삼켰다.

"제발, 불의의 어둠을 거둬내주시고 국민을 좀 섬기고 제발 국가에 봉사를 하셔야죠?"

문수의 말에 '너 따위가, 발칙한 놈' 하는 눈빛이 역력했다.

"제가요, 의심이 많아 아저씨는 못 믿고요. 더 윗사람, 장관님이나 대통령님 정도가 부탁해오면."

"…… 그래 알았다. 그리 만만치 않을 거라고 예상했었다. 그나저나 나도 이 사건을 끝내면 은퇴하고 너희 할아버지 회사, 더 로봇의 소송을 하나 맡게 될 거야. 너의 할아버님으로부터 고문변호사로 제의를 받았지, 그때는. 아마, 너를 윗사람으로 모시게 될 거야. 그때는 그때겠지만."

몸집이 단단해 보이는 최 검사가 목소리를 낮추고 말했다.

"아, 그러세요?! 잘 됐네요. 그땐 그때고 저도 지금은 똥이 마려워 집에 빨리 들어가야 하거든요."

문수는 혼잣말로 '누군가의 불행을 밟고 누리는 행복이 행복한가요? 아저씨도 저 같은 아들이 있을 거잖아요?' 하며 침을 꼴깍 삼켰다. 처음엔 길 위쪽과 아래쪽 사방을 두리번거렸다. 여차하면 튀려는 심사였다. 그러나 뚝방길에는 멀리 뒤쪽에 귀가하는 아이들 말고는 지나가는 행인도 눈에 띄지 않았다. 하지만 믿는 구석이 있었다.

"협박하는 게 이제 보니 검사님도 뒷골목 양아치 깡패들 수준이시네요."

"…… 그건 아니지. 협조를 구하는 거지."

그렇게 돌직구를 날리긴 했지만 꺼림칙한 기분을 지울 수 없었다. 흐물흐물 웃던 문수는 이빨 사이로 침을 찍 내뱉고는 코를 벌름거렸다. 문수는 호주머니에서 담배와 라이터를 꺼냈다. 그리고 걸음을 멈춰 당당히 담배를 입에 물고 연기를 푸 날렸다. 순간, 어리벙벙해하던 최 검사가 걸음을 멈추고 '어, 이놈 봐라' 하는 눈빛으로 문수를 쏘아봤다. 잠시 두 사람 사이에 대화가 끊어졌다.

"일단은 여기까지. 결정권한이 나한테 없어. 국토안전부 계약직 인턴 요원에 대한 제의다. 사흘 안으로 답변을 주도록. 다만 너희들에게 한정적으로 기밀에 대한 접근이 허용된다. 보안등급은 3급까지다. 선재란 아이는 경찰대 붙었더구나."

그 말은 너 그렇게 심술궂게 나오면 선재도 불합격시킬 수 있다는 뉘앙스였다.

"…… 별로 내키지 않는데요."

문수가 담배연기를 푸 뿜으며 말했다. 최 검사가 '넌 도대체 뭐냐?' 하는 눈으로 문수를 쏘아봤다. 문수가 앞장서 걸었고 최 검사가 그 조금 뒤를 따라 걸어오며 불편한 감정을 드러냈다.

"그런데 아저씨, 아저씨는 아무튼 재수 졸라 없네요."

문수가 대놓고 최 검사 쪽으로 담배연기를 푹 내뿜으며 말했다. 최 검사는 그 어떤 대답도 하지 않았다. 문수의 계획된 행동이었다.

문수는 걸음을 멈췄다. 최 검사가 '고딩다운 말투로구나. 나는 서로 윈윈하는 방법을 모색해보자는 건데' 하며 문수의 눈을 보았다. 골드문트에 줄 대고 서지 않으면 어찌 될지 뻔하지 않느냐는 말투다. 문수는 어금니를 한번 깨물고 담뱃불을 손가락으로 쳐서 끄고 병풍처럼 뒤따라 걷는 검은 양복의 요원 중 한 사람을 손으로 불렀다.

"아저씨, 이거."

뒤를 따르던 요원이 '뭐야?' 하는 눈으로 멈춰 서서 문수를 쏘아보았다. 문수는 다시 한번 요원의 목에 난 흉터를 보며 미간을 찌푸렸다. 저 정도로 깊이 칼을 맞고 살아났다면 거의 기적이었을 거라는 생각에서였다.

"담배 피우는 건 죄가 안 되지만 꽁초 함부로 버리면 벌금 물잖아요."

문수가 '잡아 가두려면 가두고, 죽이려면 죽여보세요' 하고 야리꼬리한 눈으로 말했다. 다가온 경호요원은 황당하다는 듯 문수를 신기해하며 보다가 '너 이놈' 하며 키들거리고 웃었다. 그러나 이내 '너 뒷감당을 어떻게 하려고?' 하는 눈빛이었다. '너 참 당찬 아이로구나' 하며 문수가 내미는 꽁초를 받아 자신의 호주머니에 넣었다. 투명한 오후 초겨울 햇살이 최 검사의 어깨로 부서져 내리고 있었다.

"수사 계획은요?"

"응. 놈들이 실체를 드러내게 해야지."

문수는 께름칙했지만 할아버지의 결정이라 대안이 없다는 생각에 고개를 내저었다. 비공개 수사로 진행될 예정이라고 했다. 집권세력과 정권이 아예 바뀌지 않는 한 사건은 온갖 술수에 파묻히거나 또 다시 조작될 것이다.

"…… 그럼 돈은 쪼끔 더 뽑아 먹어도 되죠? 이 건에 대해 다른 골드문트 브레인들은 얼마나 알고 있나요?"

"크으……. 넌 미스터 로봇의 지분을 다 물려받을 엄청난 부자잖아?"

최 검사는 전도창창한 인생을 책임져주고 50억 외에 보상을 두둑하게 준다는 회유에 슬쩍 대답을 피해갔다.

스턱스넷, 문수가 개발한 랜섬웨어는 상대가 죽은 도시(The Dead City)로 만들고자 하면 오히려 침투해 들어가 자폭 프로그램이 작동되는 게임 속 작전 중의 하나였다.

"대통령님과 장관님과의 면담은 힘들고 국가안보 인프라보호 안전국장 아니면 국가안보실장님과 상의해 미팅 날짜를 잡자."

마침내 오리 가족들은 무사히 물을 건너 풀숲으로 사라졌다. 매뉴얼과 법의 테두리 안에서 결코 놈들을 잡을 수 없다던 진흙탕 개싸움이 될 거라던 진덕의 말을 떠올리며 속에서 그 무엇인가 치밀어오르는 걸 간신히 참아낼 수 있었다.

"…… 그런데 너 말하는 태도가 상당히 불량스럽구나. 감히 나한테."

"크으, 아저씨, 저 순진하지 않아요. 제가 아저씨한테 욕 한마디 해도 되요?"

"뭐? 하지 마."

"하고 싶은데요."

"…… 뭐라고?"

"아저씨 조까, 시라고."

"뭐 인마? 푸하하하."

두 사람은 걷던 걸음을 멈추고 둘이서 마주보며 낄낄대고 웃었다. 약자에겐 강하지만 강자에겐 무한히 약한 최 검사가 못마땅하다는 듯 문수는 최 검사를 째려보았다. 문수는 어깨의 힘을 빼고 멍하니 구름 한 점 없이 푸르기만 한 하늘을 바라보았다. 그때 뒤따르던 에이전트들이 문수의 말에 키들거리며 따라 웃었다.

"너희 엄마 아버지가 지금 살아 있는 거로 아는 모양이지?"

최 검사는 비위가 상했는지 문수의 어깨를 탁 치고 돌아서며 협박하는 걸 잊지 않았다. 피가 나도록 입술을 깨물었던 문수는 '당신 정말 조심해야 될 거야'라고 속으로 말했더니 온몸에 기운이 싹 다 빠져나가 다리가 후들거렸다. 어느새 최 검사와 문수의 뒤에는 최 검사 사람들과 CERT 엘리엇 알 쪽 사람들, 현장대응팀들이 MP7 기관총을 든 채 뒤를 쫓아오고 있었다.

개가 짖었다. 고양이 우는 소리도 들렸다. 섬뜩한 뇌록의 불빛들이 살

갖을 찢는 밤이었다. 천둥, 번개도 쳤다. 입원한 개와 고양이들이 더 요란을 떨었다. 창문 부딪는 소리, 번쩍이는 불빛들, '죄 지은 놈들 다 벼락맞아 죽어라.' 문수의 원한에 찬 목소리로 천둥소리도 물결쳤다. 덜컹거리며 지나가는 차들의 경적소리 바람소리가 머릿속으로 파고들었다. '그냥 죽었으면 어땠을까 죽어버렸으면…….' 문수는 나지막이 웅얼거렸다. 병원 밖에서 차들이 지나갈 때마다 불빛들이 어룽거리는 실내를 훑고 지나갔다.

"지나간 일들은 다 꿈이다."

'꿈일까, 산다는 게 과연 한바탕 꿈일까, 일장춘몽?' 노스님의 말처럼 문수는 숨을 크게 들이켰다. 그러나 '무섭다, 두렵다, 아프다. 나쁜 새끼들 그렇게 안심을 시켜놓고 뒤통수를 치다니.' 문수는 끙 신음을 삼켰다. '가만 두지 않을 거야' 했지만 갈피를 잡지 못했다. 피라니아라는 식인물고기들이 머릿속에서 여기저기 뜯어 먹으며 마구 헤엄쳐 다니는 거 같았다.

겨울비인데 제법 처량하게 쏟아져 내렸다. '집에 가고 싶어. 엄마.' 문수는 나직이 엄마를 불러보았다. 아빠랑 함께했던 Y시의 행복빌라. 옛날 그 집 언덕배기 길모퉁이로도 비는 내리겠지. 바람소리 빗소리가 문수의 귀를 때렸다. 히터 돌아가는 소리, 지나가는 차 소리, 바람소리 빗소리가 총소리 자동차 폭발음소리로 환청처럼 들려와 문수는 설레설레 고개를 내저었다. 그때 비에 젖은 삼촌이 병실로 들어오고 있었다.

"밖의 상황은 어때?"

이모가 삼촌에게 물었다.

"문수를 깨워야 하는데."

삼촌의 말에 '왜요? 진통제, 수면제 놓아 겨우 눈 감겨놓았는데' 하며 이모가 말렸다. 문수는 자는 척 눈을 감은 채 숨을 고르며 대화를 엿들었다.

"문수가 알고 있는 놈이 장태주란 놈이 아냐."

"자애원 이사장?"

"응. 그놈은 장태경이라고 전직 대통령 장태산의 사촌 막내동생이야."

문수는 가슴 한쪽이 푹 꺼져 들어가는 듯했다. 병원 입구와 건너편 쪽을 비추는 모니터 속의 밤길은 비에 젖어 어디론가 흘러가고 있었다.

시계는 새벽 두 시 이십이 분을 가리키고 있었다. 비가 내리는 밤의 도시 속으로 비 맞은 개새끼 한 마리가 셔터 문이 굳게 드리워진 밤의 가운데로 비실대며 돌아다녔다. 역시 집 나온 고양이 한 마리도 청소차들이 오기도 전에 허기진 배를 채우려 쓰레기봉투를 찢고 있었다.

오래된 건물이라 그런지 병실 유리창 안으로 빗물이 스며들어 흘러내렸다. 주룩주룩 내리는 겨울비와 새어드는 빗물과 이모가 휴대폰으로 틀어놓은 남성 듀엣 해바라기의 〈행복을 주는 사람〉이란 노래가 나지막이 형광등 불빛과 함께 뿌연 성에가 달라붙은 병실 실내에 넘실거렸다.

"춥겠다. 옷부터 갈아입고."

그때 딸그락거리던 이모가 삼촌의 팔을 끌어당겼다. 이모가 삼촌의 옷을 들고 서 있었다. 옷을 갈아입는 삼촌을 이모가 덥석 안았다. 황급히 삼촌이 이모의 몸을 떼어냈다.

"왜, 왜 이래, 애 앞에서."

"…… 그렇게 내가 싫어?"

두 사람 간의 대화가 끊겼다. 창문을 두드리는 빗소리가 더욱 커졌다.

몸이 나아질 기미는 전혀 보이지 않았다. 문수는 눈을 끔적끔적할 뿐 미동도 하지 않았다.

"문수는?"

삼촌이 물었다.

"많이 아플 거야. 아주 많이. 두개골을 열어 종양을 제거하면 통증은 사라지겠지만. 이미 종양이 귀의 신경을 자극해 조직이 상했어. 군의관들이 수고해주기로 했어. 지켜주지 못한 미안함에 국토안전부의 배려라네. 두개골을 톱으로 쓱싹쓱싹 썰어서 여는 거야. 세상소리 안 들리면 편하지 뭐."

"…… 귀머거리?"

이모가 그렇다고 고개를 끄덕끄덕했다.

"애 좀 편하게 자게, 저 방으로 건너가자. 컵라면 끓여줘?"

"소리를 못 듣게 된다고……. 그거 참. 혹시 여기 소주 있냐?"

삼촌은 담요 끝을 당겨 목까지 덮어주더니 침대 맡에서 일어났다. 두 사람이 방을 건너갔다. 문이 열려 있어 두 사람의 움직임이 눈에 들어왔다. 이모가 냉장고에서 소주병을 꺼냈다. 보통 때의 차분하고 신중하던 삼촌은 어디 가고 안주도 없이 종이컵에 소주를 따르더니 벌컥벌컥 단숨에 들이켰다. 그때 갑자기 의자에 앉아 있는 삼촌의 몸 위로 이모가 올라타고 앉았다.

"왜 이래?"

"문수는 수면 주사했다니까."

마주앉은 이모가 삼촌에게 매달렸고 삼촌은 이모를 반짝 들어 내려놓았다. 공연히 문수의 얼굴이 뜨끈해졌다. 가슴을 내밀며 '눈감아' 하던 보현이다. 삼촌이 고개를 도리도리하며 이모를 피하고 있었다. 그게 오히려 이모를 자극했는지 휘청했던 이모가 삼촌의 목을 뒤에서 끌어안았다. 문수는 소리 나지 않게 큰숨을 몰아쉬었다. 창밖의 차들도 방해하려 하지 않는 듯 조심스레 달렸다. 간혹 지나가는 차들의 서치라이트 불빛으로 이모가 웃옷의 단추를 풀고 가슴을 여는 게 보였다. 불빛들은 가끔가끔 부챗살처럼 퍼져나갔다. 삼촌은 '제발 이러지 마' 하는 표정을 지었다.

"야야, 놔라, 너는 도대체 나이를 어디로 먹었냐? 커피포트 물 끓는다."

"끓으라고 해요, 그동안 사는 게 사는 게 아니었어."

이모가 지난 세월을 비웃듯 삼촌의 얼굴을 보며 또박또박 말했다. 윙하고 머릿속이 멍해졌다. 커피포트 물 끓는 소리가 요란해지더니 탁 하고 불똥 튀듯 스위치 떨어지는 소리가 귀를 울렸다. 그 소리를 기준해서 이모는 삼촌에게 더 매달렸다.

"왜 이래, 당신은 내 인생에 있어 첫사랑이라고. 탄트라 불교에선 사랑이 번뇌, 업보를 닦는 거라며?"

"욕망이 아니라…… 자비가."

격한 삼촌의 뿌리침에 이모가 어린아이처럼 운다. 우는 이모의 대사들이 유치하다. 삼촌에게 '이 나쁜 새끼야' 하는 퇴폐적이고 불량한 말투가 '이 좋은 놈아'로 들렸다. 곤혹스러워하던 삼촌은 저항하지 못했다. 삼촌을 죽도록 사랑했다는 이모. 그러나 이루어질 수 없었던 그 사랑. 삼촌이 부서져라 으스러지게 안는 이모의 행동이 격했다.

이모의 핸드폰에서 〈What a wonderful world〉란 곡이 낮게 흘러나왔다. 이 노래는 루이 암스트롱이 불렀는데 그 전에 토니 베넷이란 가수에게 작곡가가 주었는데 토니 베넷이 거절해서 루이 암스트롱이 부르게 되었다고 이모가 말해주었다. 이 노래가 끝나면 토니 베넷과 다이아나 크롤이란 가수가 듀엣으로 부른 〈Love is here stay〉란 노래가 흘러나올 것이다. 이모가 힘들 때면 들었던 노래들이라고 했다.

혹시 어쩌면 이모가 은서와 같이 음탕한 여자는 아닐까, 하는 생각도 들었다. 하지만 다시 삼촌에게 매달린 이모가 삼촌을 만지고 부비고 입맞추며 물결처럼 출렁대도 이모가 더럽다는 생각은 들지 않았다.

"이렇게, 이렇게 해서 내 큰 번뇌, 업을…… 죄를 녹여낼 수만 있다면……."

"…… 문수랑 당신이라면 어디서 죽어도 좋다. 그간 사는 게 죄 같고 벌 같았어. 문수도 입산하고 싶다, 하더라."

"저 새끼 말은 믿지 마. 대체 속을 알 수 없는 놈이야."

삼촌이 이모에게 안긴 채 말했다. 꽁냥대는 두 사람의 대화에 희미하게 웃던 문수는 침을 꿀꺽 삼켰다. 열이 올랐다. 온몸이 식은땀으로 흥건히 젖어 있었다.

"울음을 삼켜도 겨울비가 너무 많이 와. 그래서 몸둘 바를 모르겠어."

이모가 말했다. 이모의 달아오른 신음 위로 길고 긴 겨울밤이 스쳐지나가고 있었다. 그때였다. 병원 밖 도로에서 차가 급정거하며 쿵, 하고 어둠을 뒤흔드는 충돌음이 들려왔다. 개와 고양이들이 일제히 귀를 찢는 비명을 내질렀다. 문수도 파르르 몸을 떨었다.

"문수야 일어났니?"

지난 밤 아무 일도 없었다는 듯 삼촌이 요가 매트에서 일어나며 물었다. 어느새 사위는 훤해 있었다. 숨 쉴 때마다 입에서 코에서 하얀 입김이 배어나왔다. '밖이 꽤 추운 모양이군.' 혓바닥에는 하얀 소태가 잔뜩 끼어 있었다. 명치께가 답답해왔다. 여전히 바윗덩어리가 짓누르는 듯했고 찌뿌듯한 게 몸 곳곳이 편한 곳이 없었다.

"좀 어때?"

가습기는 여전히 가래 끓는 소리를 내며 하얀 수증기들을 뿜어내고 있었다. 초췌한 얼굴의 삼촌이 침대 곁으로 다가와 의자에 앉으며 손을 잡아주었다. 삼촌이 손을 잡아주는 건 처음이었다. 낯설다. 문수는 슬그머니 손을 뺐다. 창밖은 유리창에 낀 성에로 보이지 않았다. 숨을 들이킬 때마다 싸한 칼바람이 목구멍 속으로 들어와 속을 헤집어놓았다.

여전히 문밖의 퇴계로에는 차들이 스쳐지나갔다. 남대문 쪽으로 가는 차인지, 시구문 쪽으로 가는 차인지. 장충동 쪽으로 돌아들어가는 건지. 문수는 슬쩍 힘을 주어 몸을 비틀어 보았다. 몸이 움직여졌다. 그러나 여전히 손목에는 링거줄이 매달려 있었고 목보호대, 산소호흡기, 심박기, 소변줄이 달려 있었다.

삼촌이 문수 눈으로 흐르는 눈물을 닦아주었다. 퇴계로, 새벽 빗소리를 가르며 질주해가는 차량들이 내는 소음들도 낯설었다. 가뭇가뭇 개 짖는 소리, 고양이 우는 소리가 희미하게 들려왔다.

"몸을 좀 왼쪽으로 돌려봐."

삼촌이 어깨를 툭 치며 '으그, 냄새' 하며 웃음을 흘렸다. 삼촌은 문수의 환자복 바지를 벗겼고 두 다리를 들어 물티슈로 엉덩이에 묻은 걸 닦아주었다. 기저귀를 빼내고 몸을 옆으로 돌려 눕혔다. 넓은 패드 반쪽을 폈고, 반대편 쪽으로 몸을 굴려 옆으로 눕게 하고는 나머지 패드를 쭉 펴고는 똑바로 눕혀 기저귀를 채워주었다. 기저귀를 갈아주는 삼촌의 손길이 점점 익숙해졌다. 새벽 빛들이 병실을 은박지 색으로 바꿔주고 있었다. 문수가 '향기롭지, 삼촌?' 하고 말했을 때 태블릿 하나에서 비밀 채팅 페이스 타임 알람음이 병실의 고요를 깼다.

"삼촌?"

"…… 뭐 인마?!"

삼촌이 태블릿 다섯 대, 거치대 다섯 개를 구입해와 끼우게 했다. 태블릿을 연결하면 모니터를 대신해 다중 채널로 활용할 수 있었다.

"삼촌. 장착 다 끝났으면 온라인 연결 스위치들 눌러주고, 나 침대 좀 세워줘봐. 선재에게 긴급 문자가 오는 거 같아."

삼촌이 버튼을 눌러 문수가 앉을 수 있게 해주었다. 문수는 옆에 부착된 테이블을 펴고 그 위에 태블릿을 놓은 다음 화상통화를 위해 페이스타임을 연결했다.

- 선재야.

- 응 괜찮아?

- 내가 전생에 나라를 팔아먹었나봐.

- 넋 나간 소리하지 마.

- 너도 불쌍하고 나도 불쌍하다. 진덕이도. 종철이 형도.

- 다 팔자지 뭐. 너희 아버진 잘 계셔?

- 응, 강부관 할아버지 도움으로 너희 서울집 지하에 숨어 있다가 엄마랑 미국으로 잘 건너가셨어. 고마워. 근데, 지영이 누나가 위험해.

- 진덕이 누나?

- 엄마 두통약 때문에 나왔어. 빨리 보현이 쪽으로 연결해봐.

- 알았어. 너 경찰대 최종 합격한 거 축하해.

- 근데, 넌 어떻게 하냐? 정시 못 봐서?

- 괜찮아. 수술 마치고 나면 치료도 받아야 하고 일 년 재수한다 치면 되지 뭐.

- 고마워. 몸조리 잘해.

문자를 끝낸 문수가 삼촌을 불렀다.

"삼촌 이거 좀 봐줘봐. 이놈이 장태주가 아니라고?"

"응, 이놈은 장태주가 아냐. 내가 조사한 바로는 장태주의 사촌동생, 장태경이야."

"그럼 장태주는 누군데?"

문수는 뭔가 놓치고 있다는 걸 확인할 수 있었다. 그간 장태주란 인물로 알고 있었던 사람이 장태주가 아니라는 거였다.

그때 또 다른 태블릿으로 페이스 타임에 불이 들어왔다. 보현이었다.

- 괜찮아?

- 응, 이제 조금 몸을 움직일 수 있어.

- 어떻게 된 거야?

- 졸라 구린 화면. 여기를 보삼. 이 검은 봉고차. 타격대 즉결팀 같음. 골드문트라카 용병들 출몰.

- CC 좀 열어줘. 여기선 암호를 풀 수 없어. 파일을 볼 수 없쓰. 그쪽에서 풀어서 전송. 영상지원.

- 오키. 근데, 졸라 구림.

문수는 급하게 보현의 계정에 들어갔고 화면을 뚫어져라 노려보았다. 그때 전화벨이 울렸다.

"뭐가 이렇게 시끄러워."

그때 이모가 옆 병실 침대에서 자다가 눈을 비비며 병실로 들어왔다. 삼촌이 검지손가락을 입술에 가져다댔다. 문수는 고개를 갸웃했다.

- 재네들 타격대, 즉결팀 같은 데. 어디로 가는 거 같아?

- 아무래도 지영이 언니?

- 지영이 누나!

- 응, 우리 쪽에서 보호하고 있거든.

- 은서는?

- 국토안전부 안전국 쪽에서. 국토안전부 대테러 최 검사 쪽의 정보국과 안전국 국가안보실장 쪽하고 서로 붙은 거 같아. 계엄령을 선포하느니 마느니.

- 다급한테 이럴 때 삼촌한테 좀 부탁하면 안 될까?

문수가 옆에 선 삼촌을 올려다보았다. 문수와 삼촌이 아무도 모르게 눈빛을 교환했다. 페이크, 작전이 드디어 시작되고 있었다.

- 지금 삼촌 옆에 계시죠?

- 응. 네가 보현이란 아이냐?

삼촌이 억지로 웃으며 옆에 있다 끼어들었다. 문수의 속도 여간 심란한 게 아니었다.

- 네, 좀 도와주실 수 있으세요.

- 뭘?

삼촌이 화면 속의 보현을 보며 양손을 벌리고 눈을 크게 떴다.

- 지영이랑 은서라는 아이 얼굴 아시는지?

- 몰라.

- 우리가 보호해야 할 인물은 작은 지영이란 이 아이에요. 진덕이란 아이의 친누나죠. 은서라는 아인 위장인물이에요. 도와주실 수 있겠어요?

- 뭘?

- 요인보호, 거기서 가깝습니다. 영상지원 해드릴게요.

먼저 태블릿PC에 포토샵 CC 32비트를 설치했다. NAS를 활용하여 영상보기를 택했다. 보현과 선재의 화면을 받으려면 클라이언트 사이드를 통해 인덱스 홈페이지로 이동해야 했다. 여러 개의 페이지를 연결 사용하기 위해서는 무엇보다 next/link를 사용해야 했다. 곧 화면이 떴다. 그런데 소리가 들리지 않았다. 태블릿 화면이 다 들어오자, 보현의 얼굴이 보였다. 보현이 컴퓨터에 앉아 V를 그리기도 하고 손가락을 까딱거리며 흔들어 보였다. 그런데 문제가 생겼다. '분명 음성지원이 되는데' 하며 문수는 '혹시' 하며 화면 하단에 있는 스피커 모양의 버튼을 누르게 했다. 음소거로 되어 있었다.

"안녕하세요? 정식으로 인사 올리겠습니다. 저는 발끈공주라고 합니다."

화면 속의 보현이 꾸벅 고개를 숙여 인사를 올렸다.

"안뇽하세요? 지는유. 민중의 캅 왕두꺼비래요."

어느새 선재도 집으로 돌아왔는지 화면 속에 합류해 있었다. 보현과 선재가 컴퓨터 앞 의자에 기대고 앉았다. 웹캠 attraction을 연행(performatine)시킨 거였다. 로우터스 세 사람이 다시 합치기 한 건 문수가 서울로 이사 오고 처음이었다.

"안녕, 난 …… 이모."

"안뇽요. 저의 다른 닉네임은 죽일 년이에요. 우리 엄마가 맨날 날 발칙한 년, 못된 년, 죽일 년이래여. 엄마는 '널 내 속에 넣어 다시 태어나게 할 수만 있다면, 다시 집어넣고 고분고분하게 태어나게 하고 싶대요. 더불어 우리 집은 할매국밥 해요. 언제 맛있는 국밥 대접해 올릴게요."

"반갑다…… 난, 해인 스님."

"삼촌. 장례식 때 뵈었죠. 전 사명감 넘치는 장래 캅, 왕두꺼비 안뇽……."

의외로 소심하기만 하던 선재의 표정이 밝았다. 이모도 오랜만에 친구들의 재롱으로 입가에 웃음을 띤 채 흐뭇하게 화면을 바라보았다. 다들 결의에 찬 표정들이었다.

IP를 추적당할 염려는 없다. 문밖에 CERT팀의 이동식 서버 차량이 떡 버티고 있었다. 직전이 끝나면 정부에 차량을 기부체납하기로 했다고 들었다. 이번 사건을 위해 강부관 할아버지가 미국에서 미군 수송부를 통해 들여온 특수차량이었다. 아직 국내 수사기관에도 몇 없는 서버 차량은 이동통신사의 아이디를 착신전환해서 외부기기 장치와 내부기기 장치를 분리할 수 있었다. 외부기기 장치는 표시창과 스피커와 마이크와 키패드와 안테나와 전원부와 결합 콘넥터부와 차량 시동신호 감지부와 착신 전환 해제로 구성한다고 했다. 차량과 외부기기 장치가 결합 및 분리되어 내외부에서 서버를 사용, 통화나 무선 인터넷을 사용할 수 있다. 이동식 서버뿐만이 아니라 10㎞ 반경에 있는 음파 감식은 물론 반경 내 전자파 차단까지 가능하다고 들었다.

삼촌이 손을 들어보였다. 삼촌이 어금니를 깨문 채 문수를 노려보는 장면을 보현이 클로즈업시켰다. 삼촌이 무전으로 통화 수신할 수 있는 스마트폰을 가슴조끼 앞쪽과 뒤쪽에 차고 리시버를 귀에 꽂았다. 얼룩덜룩한 방탄 플레이트 캐리어 조끼를 입고 있었다. 칼은 물론 총알도 들어가지 않을 것이다. 그 위에 검정 점퍼를 착용했으며 가슴에 뛰어도 떨어지지 않도록 웹캠 카메라를 점퍼의 고리에 끼우고 찍찍이로 부착했다. 그리고 검은 가죽장갑을 끼고 박수를 한번 치자 출정 준비는 끝이었다.

그때 또 다른 태블릿 화면에는 차량번호 39노7985. 은색 소나타 차량 한 대가 병원 앞으로 막 들어서고 있었다. 차량이 멈춰지자 삼촌은 합장을 해보이며 돌아섰다. 얼핏 비치는 화면 속에서 강부관 할아버지가 전화기와 무전기를 들고 앉아 있는 모습이 보였다.

"조심해."

이모가 삼촌의 뒤통수에 소리를 쳤고 삼촌은 오른손 엄지를 척 들어 보이고는 급하게 병실을 빠져나갔다.

"삼촌."

"응?"

"어젯밤에 나 못 봤다."

"…… 잘했다. 하나도 본 거 없는 거지?"

"응…… 조금밖에."

스피커폰을 통해 나오는 삼촌의 말에 옆에 섰던 이모의 얼굴이 홍당무가 되었다.

"이모."

"응. 왜?"

"…… 나 집에 가고 싶어."

"…… 자아, 그럼, 약 먹자."

목이 따끔거리고 가끔가끔 신물이 올라왔다. 이스트를 넣은 빵처럼 부어오른 문수의 손등을 내려다보는 이모의 왼손에는 물, 오른손에는 빨갛고 노랗고 하얀 알약들이 들려 있었다.

"수행이 다른 게 아니다. 이 세상을 사는 게 수행이야……."

이모의 말이 찌르르 가슴을 찌르고 지나갔다. 까막거리던 눈으로 이모의 옆얼굴을 힐끔 보았다. 신경을 곤두세운 이모는 문수의 멍청한 두 눈을 피하지 않았다. 금세라도 이모의 눈에서 왈칵 눈물이 쏟아져내릴 것 같았다. 순간 이모의 색 바랜 미색 가디건 스웨터가 이모에게 잘 어울린다는 생각이 들었다.

"진양상가 2동 509호요. 충무로역 9번 출구. 11시 방향. 5층요."

그때 급박하게 상황을 파악한 보현이 총알을 난사하듯 스피커를 통해 소프라노 음성을 쏟아냈다. 용접불꽃이 튄 것처럼 이모가 눈을 크게 떴다. 문수는 모니터 화면에 시선을 집중했다.

"진양상가 2동 509호요. 충무로 9번 출구. 11시 방향. 5층. …… 알파."

삼촌은 알았다는 듯 큰소리로 화답해 수신을 확인해주었다.

문수가 약을 받지 않자 이모는 아직도 멍하니 화면을 보고 서 있었다.

"약 먹자. 몰골이 말이 아니구나."

이모의 눈도 붉게 충혈되어 있었다. 문수는 이모가 내미는 물을 받았고 하얗고 노랗고 빨간 알약들을 목구멍에 털어넣었다. 심장이 터질 듯 뛰었다. 몸은 아팠지만 눈은 빠르게 화면을 훑고 있었다. 화면 속의 보현이 옆자리 사람들과 인사를 나누다 컨트롤타워에서 마이크가 있는 자리에 앉고 있었다.

"일어나."

이모는 곁눈질을 하며 문수의 침대를 올려주었다. 어깨를 흠칫 굳히던 문수는 아, 하고 입을 벌렸다.

"보현아, 퇴계로 교통상황 화면에 올려줘."

"오키."

곧이어 보현이 경찰청 교통통제 시스템을 통해 진양상가 CCTV 회로를 연결해서 퇴계로 진양상가 쪽으로 연결했다. 시계를 보니 새벽 두 시였다. 약 기운 때문인지 몸이 축 늘어졌다.

새벽 퇴계로, 도시 밤거리는 쥐 죽은 듯 조용하기만 했다. 삼촌을 태운 승용차가 진양상가 주차장 도로로 막 진입해서 차가 멈추고 문이 열릴 때쯤이다. 그때 어둠 속 평화로운 주차장에 좁은 길로 미친 듯이 질주해 오는 검은 봉고가 보였다. '어, 어어…….' 검은 봉고차량의 앞을 가로막고 선 사내가 있었다. 화면을 보는 보현이도 선재도 기겁을 했다. 화면을 보는 사람들이 공포에 질려 움찔하고 있을 때 곧 치어죽을 거 같던 삼촌이 종횡무진 멧돼지처럼 달려오던 차의 운전석 쪽으로 몸을 날려 두 발을 뻗었다.

질주해오던 차는 옆으로 미끄러졌고 기둥을 들이박았다. 앞 유리창은 삼촌의 워커발에 박살났고 운전석 사내는 그 발을 맞고 뻗었으며 몸을 일으킨 삼촌이 조수석 사내를 순식간에 제압했다. 삼촌이 조수석에 앉은 이를 순식간에 제압하고 차에서 내렸고 뒷좌석에서 내린 세 명과 마주섰다.

사내들 세 명이 삼촌을 에워쌌다. 놈들은 숫자가 많아서 그런지 만만해하는 눈치였다. 놈들이 칼을 빼들고 위협했다. 한 놈이 칼을 쥔 채 삼촌에게로 달려들었다. 순간 삼촌은 돌려차기로 한 사내를 쓰러뜨렸고 다른 칼을 든 사내의 손목을 내려쳤다. 그 사이 삼촌이 발로 사내의 목을 걷어차자 쭉 뻗었다. 삼촌의 동작이 마치 춤을 추는 거 같았다. 몸을 활처럼 휘었다가 그 탄력으로 상대를 가격했다. 어찌 보면 주짓수, 레슬링, 유도, 복싱, 무에타이 같았는데 경찰이나 특수부대원들의 특공무술과는 전혀 달랐다. 불필요한 동작을 최소화한 무술 같았다. '경솔하고 가볍게 행동해선 안 돼. 은밀하고 신중하게' 하던 삼촌의 말을 떠올렸다. 눈 코 턱 사타구니 급소 위주의 타격이었다. 살상 위주의 몸놀림이란 걸 한눈에 알아차릴 수 있었다.

"아싸."

옆에 있던 이모가 아싸,라고 말했다. 창백한 얼굴, 조마조마해하던 이모였다. 그때 칼을 든 나머지 한 놈이 기마자세로 칼을 휘둘렀다. 순간 삼촌은 몸을 옆으로 비트는 듯했는데 어느새 칼을 잡은 손을 안쪽에서 잡아 바깥쪽으로 당겼다. 상대가 쓰러졌고 어깻죽지를 눌러 칼을 떨어뜨리게 한 후 동시에 다른 팔 하나를 우지끈 비틀어버렸다. 가공할 파괴력이었다.

"tango 5 down(다섯 명 제압) 알파. 알파."

삼촌의 거친 무전 목소리를 들었을 때 새벽 3시에 접어들고 있었다. 문수의 손을 잡은 이모의 손에서 긴장감과 가느다란 떨림이 전해졌다.

"여긴 브라보, 브라보. Roger That."

보현의 날카로운 목소리가 들렸다.

"알파. Roger That 알파."

삼촌이 수신 확인을 해줬다. 문수는 교신 내용을 들으며 눈만 씀벅거릴 뿐이었다.

“여긴 bravo bravo. freez(잠깐). freez. 뒷좌석의 은서를 구하세요. bravo.”

“Copy That 알파.”

“은서는 어때요?”

순간, 문수는 아차, 했다. 놈들은 은서를 진덕이 누나 지영이로 알고 있을 터였다.

“응, 많이 맞았나봐. 피떡. 심장 맥박은 이상 없음. 알파.”

삼촌이 쓰러진 은서를 업고 뛰자 소나타 차량의 뒷문이 열렸다. 삼촌이 은서를 차 안에 던지듯 넣고 문을 닫자 차는 급출발을 했다. 삼촌은 다시 뛰기 시작했다.

“삼촌, 목적지 변경, 세운상가 508호. 도어 비밀번호 0508.”

화면은 같은 건물 2동 609호를 비췄다. 609호의 화면을 응시하던 보현이 다시 속사포처럼 말했다. 609호 실내는 깨지고 부서지고 엉망진창이었다.

“이모, 똥…… 변기.”

문수가 다급하게 말했다. 화면 속의 삼촌은 ‘알파’ 하며 계속 뛰고 있었다. 삼촌이 뛰자 화면이 출렁거렸다. 지영이 낌새를 알아채고 이미 피신한 것이다.

문수가 음성만 남기고 병실 내의 CCTV를 다 껐다. 문수는 삼촌의 등짝에도 웹캠 카메라를 달았던 것이다. 그러나 문수는 이미 알고 있었다. 지영이 누나는 진양상가에 있는 게 아니고 혜화동, 문수, 자신의 집 지하에 피신해 있다는 걸.

"여기는 bravo bravo. 뒤따르는 Enemy Spotted(적 발견)."

"Roger That 알파."

삼촌 등 뒤를 따르는 그림자들이 화면에 보였다.

이모가 침대 밑에 준비해두었던 플라스틱 변기를 꺼냈다. 태블릿 거치대의 화면들을 밀쳐내고 받침대를 높여주던 이모가 '짚고 버텨봐' 하고 말했다. 문수가 용을 쓰며 엉덩이를 들었다. 이모가 변기를 엉덩이 밑으로 밀어넣었다. 문수가 털썩 변기 위에 주저앉았다. 쉭쉭거리는 문수의 가쁜 숨소리가 화면 속에서 나와 실내를 채웠다.

"알파 알파. 지게아버지기러기 지게아버지나폴리 잉어오징어아버지 나폴리 로마요지경. operations completion(작전 완료) 교신 끝. 알파."

페이크, 위장작전은 끝났다.

"그래 고생했어. 여기까지. 너무 늦었다. 네 시 반이 되어가네. 나머진 CERT팀이 바통 터치 할 거야. 우리 오랜만에 합치기해서 좋았다."

"그래……. 대장, 우리는 여기서 아웃."

선재가 말했다. 선재가 로그아웃 한 걸 확인한 보현이 말했다.

"빡친다."

"왜?"

"허니, 내 꺼가 아파서."

"시끄럽다, 화면 꺼라."

"…… 알았쓰, 정시 원서 접수 못했지?"

"수술 끝나면 집중 치료해야 한데. 그리고 미국에 잠시 들어갔다 나와야 해. 할아버지가 돌아가셨어. 근데 장례도 못 치르고 이러고 있네. 다음 작전은 알지?"

"그래, 알아. 괜찮아. 괜찮을 거야, 다 잘될 거야."

보현과의 교신을 끝낸 이모의 움직임이 빨라졌다. 빗소리와 어둠, 고요와 적막 속에 띠띠, 하는 기계음 소리, 가끔 지나가는 차 소리, 개 짖는 소리, 고양이 우는 소리, 침대 밑의 간이침대에 앉은 이모의 숨소리가 병실을 가득 채웠다.

문수가 얼굴을 찌푸리자 이모는 먼저 체온을 쟀고 혈압을 쟀으며 링거를 바꿔 달아주었다. 똑 또옥. 링거 수액이 문수의 몸속으로 떨어져 들어가고 가습기에서 쉬익 쉭 하고 따스한 공기가 실내로 퍼져 돌아가는 소리가 들려왔다.

"이모."

"응?"

"밖의 날씨는 어때?"

이모가 하얗게 웃다 목을 비틀며 '오늘 죽기 딱 좋은 날이다. 그만큼 인생 리셋하기도 딱 좋은 날이야. 일단 데드 앤드 리바이브를 잘 준비해 보자고' 하며 베드를 이동할 수 있도록 문수의 베드 밑에 있는 고정핀을 풀었다. 자꾸만 작아져가던 문수는 두 주먹을 불끈 쥐었다. 이모가 출렁이듯 문수의 가방과 태블릿들을 챙길 때 어둔 새벽이 파도치듯 은회색으로 그 몸을 뒤채고 있었다.

제9장

제로 데이, 그러나 어쨌든 집으로 돌아간다

이윽고 박 선생님에게서 작전명령이 떨어졌다. 눈을 찌푸리던 문수는 벌떡 몸을 일으켰다. 순간 보현이 전국의 누리캅스에게 긴급상황을 공지하고 작전에 대한 협조를 요청했다.

코리아디스크 인터넷서비스는 지난 2003년 10월 설립된 디지털콘텐츠 중개업, 통신판매, 부가통신사업, 부동산임대업 등을 중개하는 직원 수 총 7만 명이 넘었다. 그 협력업체로 위장한 골드 인스코비는 인터넷은행을 추진하며 별도의 IT 전략사무소 56명의 작은 위장회사를 두었다. 투자 금융지주들을 보호한다는 명목 아래 주가 조작은 물론 여론 조작, 가짜 뉴스를 퍼트리는 온갖 범죄의 소굴이었다.

화면 속 클로즈업되어 있는 인물은 장태경이 아니라 장태주였다. 레이밴 선글라스를 낀 채 골프채를 들고 있었다. 이 정권 아래 하늘을 나는 새도 떨어뜨리고 세상을 쥐락펴락한다는. 전직 대통령 장태산의 아들 '저 놈은 코리아디스크 대주주 장태주가 아냐'라고 말한 건 삼촌 이전의 진덕이었다. 진덕이 꼬리를 흔들며 문수를 뜬금없이 두 번 세 번 찾은 건 삼촌을 만나게 해달라는 거였다.

"이, 이 써, 썩은 세상을 이, 이대로 놓아두어선 아, 안 돼."

"새꺄, 넌 왜 항상 끝장을 보려고 하냐? 그러다 너 소리 소문 없이 뒤져. 제발 여기서 멈춰."

문수가 걱정된다는 듯 말했다.

"알아, 새꺄. 지금 나만 죽냐? 로우터스 너희들도 다 타깃이 되어 있을걸."

"……."

"죽는 게 겁났으면 시작도 하지 않았다, 뭐. 우, 우리 엄마를 죽게 만든 놈들이야. 내가 지옥에 가서라도 놈들을 가만히 두지 않을 거야."

"왜 이래, 새꺄. 우리나란 법치국가라고. 악법도 법이란 말야. 나쁜 놈들이라고 다 죽이면 네가 나쁜 놈들이랑 뭐가 다르냐? 그런데 인마 우리 삼촌은 왜?"

"왜 이래? 새꺄. 너보다 급수는 낮지만 나도 해커 잡는 해커야."

삐딱하게 선 채 어둡고 절망적인 분위기를 풍기며 입술을 달싹이던 진덕이 씩 웃으며 말을 이었다. 문수는 연민의 눈으로 바라보던 진덕에게서 시선을 거두고 끙 신음을 삼켰다.

"화, 화무십일홍(花無十日紅), 여, 열흘 붉은 꽃은 없어. 때는 때대로 가고 물은 물대로 흐른다는 걸 일깨워줘야지."

"이 멍청한 새꺄. 세상을 왜 한 입에 다 삼키려 드냐? 네 놈이 세상을 갈아엎겠다고? 소득 3만 달러 시대에 세상이 그렇게 쉽게 뒤집어지냐?

꼬투리잡고 늘어지는 이들 목 비틀리고 한 방에 훅 가는 것 수도 없이 봤잖아. 도대체 니가 뭘 할 수 있는데?"

그때 진덕은 용기와 지혜가 필요하다며 문수를 오욕과 원한에 찬 눈으로 보았다.

국내 이동통신업체 중 하나인 코리아디스크와 골프장 골드문트를 운영하고 있는 장태주 이사장은 사촌동생 장태경을 전면에 내세우고 그림자처럼 일체 모습을 드러내지 않았다. 장태주는 전직 대통령 장태산의 하나뿐인 아들이었다. 장태경은 장태주의 사촌동생으로 바지사장일 뿐이었다. 실제로 명함에는 장태주란 이름을 박아가지고 다녔다. 정권 뒤편에 숨은 채 군산복합체의 실세 중에서도 실세로 군림했다. 무기거래를 통한 수익금을 자산으로 엄청난 수익률을 올리고 있었다. 장태주의 수조 원대 개인 자산도 상당 부분 이동통신사업으로 기인한 것이었다. 지상파는 물론 케이블 티비 광고판매대행, 전자상거래를 장악해 부를 축적했다는 것이 이 바닥의 정설이었다.

"과연 이동통신사가 위성 주파수와 암호코드를 알아내어 국가기간산업의 결정을 마음대로 해킹하고 컨트롤 할 수 있을까?"

"이건 AR도 VR도 아닌 헬조선 대한민국, 짜고치는 고스톱. 현실이라니까. 그것도 아주 오래된 미래."

"……."

진덕의 말에 한동안 문수는 말을 잇지 못했다. 위성이 해킹된다는 주장은 오래 전부터 제기되어 왔다. 정권과 연관된 해킹그룹이 사실상 역추적이 불가능할 정도로 정교한 공격채널 터미널을 운용하고 있다는 말이 돌았다.

"놈들이 세상을 좌지우지할 수 있다는 거……. 그거 다 개소리지?"

문수가 몸을 빙그르 돌리며 물었다.

"놈들이 망하면 대한민국도 망한다, 이거야. 넌 내 말을 왜 안 믿냐?"

문수가 진덕을 보는 눈은 언제나 조롱과 경멸, 혐오의 눈이었다. 불쌍한 얼굴을 한 진덕이 '야, 인마. 난 네가 꿈도 꾸지 못할 더러운 세상에서 살았다'고 하며 억울하다는 듯 문수에게 대들었다.

"알아, 아는데 새끼야……. 그런데 세상이 그렇게 녹녹지만은 않잖아."

"…… 위성에서 지상으로 송신하는 암호화된 통신을 가로채거나 해킹의 일종인 스푸핑 방식을 사용하고 있어. 지휘통제 서버의 물리적 위치를 파악하는 게 사실상 우리로서는 불가능해. 독사, 투를라(루마니아어로 교회탑 멀웨어)를 쓰는 거 같아. 완전 익명의 종결자들이야."

진덕이 '나는 이렇게 되었어도 나 같은 불행한 사람이 또 생겨나지 않았음 해……' 하며 강변할 때 차마 더 이상 뭐라 말할 수 없었다.

"…… 그놈의 복수는."

머리가 지끈거렸다. '진덕이, 너, 너란 새낀 사람 환장하게 하는 데 도가 튼 놈이라니까' 하며 문수는 이미 진덕의 작전계획에 동조하고 있다.

국토안보부 정보국에서 온힘을 들여 찾는 곳이 바로 위성해킹의 송수신 지점이었다. 위성의 송출을 수신하는 것은 큰돈이 들지 않지만, 수신 지점을 찾는 데는 만만치 않다고 했다. 그만큼 범위가 넓고 추적에 고난도 기술이 필요했다.

"스마트폰 해킹, 실시간 위치 추적 가능."

다크웹에 보면 흥신소 같은 곳에서 광고까지 뜨곤 했다. 다크웹을 통해 무기는 물론 마약, 청부살인 대행 같은 위험한 광고가 버젓이 올라왔다.

"놈들이 다 보고 있었던 거야. 천 개의 눈, 천 개의 손이라더니?"

삼촌의 모습이 영상에 뜨는 장면을 보고 이모는 '어머나, 세상에나 무섭다 무서워. 기가 막히고 코가 막히네' 하며 부산을 떨었다.

"어머나, 저건. 아까 그 화면 속에서 화려하게 싸우던 사람이 오빠 아니었어? 그럼 너의 삼촌은 도대체 어디 간 거야?"

이모가 감탄사를 연발할 때 그 시각 삼촌은 다른 액정화면 속에서 Y시 자애원을 향하고 있었다. 호들갑을 떨던 이모는 태블릿 화면에 눈을 고정한 채 문수의 옆에 서서 움직일 줄 몰랐다. 말하는 표정과 몸짓이 엄마의 동생 아니랄까봐 입꼬리를 비틀며 호들갑을 떠는 게 엄마랑 닮아도 너무 닮았다. 이모가 옆에 있어 고맙고 든든했지만 그래도 엄마가 보고 싶었다.

놈들은 골프장에 태양열판을 위장해 교묘하게 위성수신 시스템 및 소프트웨어를 설치해놓았다. 위성에 불법침입하는 데 그치지 않고 보존되었던 데이터 조작까지 서슴지 않았다. 더욱 문제가 된 건 무선 주파수를 고출력으로 설정하면 고강도 무선 주파수(HIRF) 공격도 가능하다는 것이다. 위성통신 무선 주파수 디바이스는 전자레인지와 같은 원리로 공격 무기로도 사용할 수도 있었다.

놈들이 그다지 세련되지 않은 방법으로 몇몇 기업에 멀웨어를 심어놓고 돈을 주지 않는다면 데이터를 복구할 수 없게 하겠다고 협박하고 있는 건 페이크였다. 신호를 방해해서 자신의 신호를 발신하는 방법은 인공위성의 통신 시스템에 대혼란을 일으키려는 작전이었다. 앞에서는 무차별 바이러스공격을 퍼붓지만 뒤에서는 위성 신호 및 시스템 모듈 프로그램을 장악하고 있었다.

"문수야, 너 그 많은 돈을 어떻게 번 거냐?"

"응. 딱히 돈 들어가는 게 없었어. 노숙자 아저씨들한테 통장과 도장 빌린 거 외에는, 그래도 난 그 아저씨들에게 매달 얼마씩 보내드렸어. 게임 아이템도 팔았지만 주가 조작하는 팀들을 들여다보다 놈들과 같이 치고 빠지기도 했고 그러다 게임산업에 뛰어든 거야."

"이그, 나쁜 놈."

이모가 고개를 위로 꼬고 섰다가 문수의 어깨를 타악 쳤다. 얼굴에 냉소를 머금은 이모는 그렇게 언제나 유혹적이면서도 위협적이었다.

문수도 처음엔 진덕이와 다를 바 없었다. 공개 게시판 형태로 파일을 쭉 올리고 회원들을 모았다. 영화, 드라마, 음악, 게임. 파일을 쭉 올리고 그 중에 마음에 드는 걸 다른 회원들이 다운받고 또 올리고. 개인들끼리 그렇게 하는 그런 게시판을 만들어놓으면 100원, 200원에 사람들이 내려받았다. 100원, 200원이 모이면 제법 큰돈이 되었다.

그때, 'CCTV 잡아', '빨리 커넥팅 완료' '위성 연결' 하는 보현의 찢어지는 목소리가 다급하게 들렸다. 문수 보현 선재, 일제히 전원 버튼을 껐다가 잽싸게 컴퓨터 몸체의 온(0n) 버튼을 눌렀다.

창밖 하늘은 뿌옇다. 껐다 켠 태블릿을 보니 미세먼지가 나쁨의 수준을 보여줬다. 퇴계로는 황사와 함께 지나가는 차량들이 매연과 함께 경적 소음 같은 것들을 풀어놓고 지나갔다. 화면은 새로운 라인으로 연결된 Y시의 흐린 모습이 나타났다. Duck And Cover, 웅크리고 가리기는 끝났다. 서울에서 지영의 구출작전은 삼촌이 Y시로 내려가는 동안의 시간을 벌기 위한 위장작전이었다. 놈들에게 혼란을 일으키게 하려는. 놈들의 움직임도 다급해졌다.

"오케이, 놈들의 팔다리, 조직. 내장까지 다 훑어내겠쓰. 오케이."

놈들은 보이지 않았다. 좀비가 된 컴퓨터들이 공격 루트를 찾아헤맬 것이다. 대응팀 쪽에서는 실제 원전의 라인을 숨기고 가상의 Y시 원전 모듈 플랫폼을 만들어 랜섬웨어들을 유인할 계획이었다.

겨울인데도 미세먼지는 동물병원 실내까지 들어와 점령군처럼 주둔해 있었다. 황토색 흙비가 내리는 걸 상상하던 문수는 '싫어' 하며 쿵당쿵당 뛰는 가슴을 달랬다.

- 놈들의 공격이 시작되었어. 위성통신 연결.

- 얼마나 되는 거 같아?

- 일본 비트코인거래소에서 6,000억 해킹. 일본 완전 멘붕. 랜섬웨어우는 천사들을 동원한 외로운 늑대들의 무차별공격. 우린…… 아직…….

- 가상화폐 대장격인 비트코인이 한때 연저점을 경신하며 하락세를 보이고 있음.

순발력하면 보현과 선재였다. 손에 쥔 마우스를 딸깍딸깍 눌러 실시간 필터링으로 능숙하고 깔끔하게 공격해오는 웜들을 제거할 것이다. 그때 문수는 '머릿속에 뉴트리아 쥐새끼들이 사는 것 같아. 왜 자꾸 내 머리를 갉아먹는 거지?' 하며 담배 한 대 태웠으면 하는 생각을 했다.

6일 가상화폐거래소 빗썸에 따르면 비트코인은 이날 오전 8시 30분께 코인 당 763만5천 원까지 내려 이른바 '검은 금요일'이었던 지난 2일에 기록했던 연저점인 768만6천 원을 경신하고 있었다. 오전 9시 50분 현재 비트코인은 770만 원 내외에서 거래되고 있었다.

비트코인은 2일 폭락한 이후 한때 1천만 원을 회복했으나 재차 하락세를 보이며 700만 원대로 또 주저앉았다. 비트코인의 약세는 최근 가상화폐를 둘러싼 악재가 연이어 쏟아진 탓이라 했다.

한국과 미국 등 주요 국가에서 가상화폐 규제의 고삐를 조이고 있고 일본의 가상화폐거래소 코인체크의 해킹으로 5,700억 원대 가상화폐가 도난당해 투자자들의 불안감이 커졌다. 여기에 미국의 테더코인을 둘러싼 가격조작 의혹으로 가상화폐의 신뢰도는 떨어지고 최근 미국과 영국의 은행들이 신용카드로 가상화폐를 사는 것을 금지해 가상화폐 거래에 부정적인 영향을 주고 있었다.

아나운서는 호들갑을 넘어 안달을 떠는 목소리로 연신 실시간으로 가상화폐 파동을 중계하고 있었다. 문수는 '으' 하며 '이제 가상화폐는 다 끝났군' 하고 한숨을 삼켰다.

문수는 갑자기 등줄기를 싸하게 쓸고 지나가는 이상한 기운에 정신이 번쩍 들었다. 작전 개시 전 이미 곤충과 같은 AI 인공지능 드론들이 먼저 지하 벙커에 잠입해 섹터를 규정하고 있다는 보고가 들어왔다. 문수는 침대 시트를 손에 쥔 채 호흡을 가다듬으며 화면을 노려봤다. 만일 정보의 실책이라면 대재앙이 야기될 것이다. 숨을 길게 쉰 문수는 핫라인으로 개설된 박 선생님으로부터 작전 개시 명령을 받았다.

- 상황은?

- 일본은 외로운 늑대들의 무차별 공격이 시작되고 있어. 현재 Coin check에서 출금 일시정지 상태, NEM 관제소 자금관리 매매능력 일시정지 상태.

- 우리는?

- 지금 놈들의 공격이 시작되고 있쓰.

그때 또 다른 화면 속에서 헬리콥터 네 대가 날아가고 있는 모습에 이어 삼촌과 안전국의 대테러 진압 TF팀의 움직임이 감지되었다. 자애원 왼쪽, 골프장 쪽으로 열 대가 넘는 검은 봉고차들이 집결하는 게 보였다.

이모가 꿀꺽 침 삼키는 소리를 냈다. 눈을 부릅뜨고 화면을 쏘아보는 이모를 보는데 '로우터스 코드 블루 긴급상황, 전원 상황대기'라는 보현의 목소리가 갑자기 날카로워졌다.

우려했던 상황이었다. 언젠가는 일어날, 일어나서는 안 될 혼란이 발생한 것이다. 일부 은행들의 업무가 일시 마비되었다. 하지만 정부의 공식 입장은 '놈들과 협상은 없다'였다. 테러범들의 요구를 들어줄 수 없다는 것이다. 하지만 기업들은 달랐다. 기업들은 완전히 패닉 상태였다.

현재 동시다발적으로 30여 기업에서 해커들에게 협박을 받고 있는 것으로 알려졌다. 랜섬웨어로 충분히 이런 국가비상사태를 예견하고 있었는데도 우왕좌왕 갈피를 못 잡고 있는 현실에 피해 기업들의 질타가 쏟아졌다.

놈들이 요구조건에 불응하면 Y시의 원전을 폭파하겠다고 위협하는 것이다. 전국의 원전에 비상경계령이 떨어졌다. 놈들이 지목한 Y시만을 방어할 수는 없었다. 국민의 건강과 생명 및 재산 또는 환경에 위험해

심각수준으로 언론에 발표되지는 않았지만 국가비상사태에 준하는 상황으로 예의주시하고 있었다.

- 문수야. 뉴스 틀어봐.

문수가 켠 TV 화면 속에는 긴급 뉴스가 방송되고 있었다.

"천억 원대 비자금 조성 혐의로 공개수배 중이던 골드문트시티 시행사의 장태경 회장이 서울 한 호텔 앞에서 경찰에 체포되어 현재 Y시 지검으로 압송 중입니다. 장 회장은 10일 변호사를 통해 Y지검 동부지청에 자수 의사를 전달한 것으로 알려졌고 장 회장과 같이 있던 가족들은 경찰에 신변보호를 요청한 것으로 알려져 있습니다. 한편 검찰에서는 가족과 지인의 설득으로 자수하러 Y시로 오다 마음을 바꿔 다시 서울로 가서 은신 밀출국하려 했으나 가족들의 신고로 경찰에 붙잡혔기 때문에 자수로 인정하기 어렵다고 입장을 밝히고 있습니다."

"보현?"
"오케이!"
머뭇거리던 보현의 목소리가 긴장해서인지 후두암 환자처럼 울먹울먹했다.
"선재?"
"오케이!"
화면 속에서 서로 눈을 맞추며 말했다. 팔을 휘둘러 이제 놈들에게 주먹을 날릴 차례였다.

"놈들의 움직임을 잘 파악해줘. Dead end를 넘어 Dead and revive를 위하여. 자아, 스턱스넷 준비."

보현이 로우터스 전체에 비밀지령을 내렸다.

AMCW. 쓰리 투 원 제로 엔터.

스턱스넷. 쓰리 투 원 제로 엔터.

문수는 마침내 움푹 팬 눈을 껌벅이며 엔터를 쳤다. 국토안전부 국가안보회의 결정으로 시작된 작전이었다. 킥스, 국가안전망의 회선을 비상회선으로 바꿔버린 것이다. 업그레이드된 비상 뉴 킥스라인이 발동되고 동시에 감시제어 데이터 수집 시스템(SCADA)이 작동되었다.

이미 가상화폐거래소 빗썸 해킹은 끝나 있었다. 입출금 서비스 제공이 중단되었다. 방어를 해보기도 전이었다. 문수는 보현이 보내주는 빗썸 측의 공지사항을 보며 입을 다셨다. 놈들에게 순순히 돈을 주고 데이터를 복구한 기업들이 생겨났다. 이미 예견된 2차 공격을 예측하고 있다는 듯 발 빠른 대응이었다.

보현과 작전에 참여하는 문제로 선재는 엄마, 보현은 엄마 아빠의 허락을 받았다. 그동안 작전이 수능 입시 기간과 겹쳐 초주검이 되어 있었다. 선재는 경찰대에 합격했고 보현도 법대에 합격한 통지서를 사진 찍어 내밀었다. 이미 정규 수업일수를 마치고 기말고사까지 치렀지만 졸업을 앞둔 학생 신분인지라 교육부에서 파견된 보안에 관련된 장학사

선생님과 안전국에서 파견된 TF팀과 안전국의 컨트롤타워로 이동해 작전을 개시 중이었다.

문수와 엘리엇 알은 삼촌에게 먼저 SSD 드라이브를 연결하고 비식별코드에 선제조처할 수 있는 타이탄 포인트(Titan point)라는 프로그램을 깔아 상대의 공격을 무력화하는 실습을 시켰다. 지하 10m 벙커. 침입 10분 안에 일명 코끼리우리 안의 모든 작전을 끝내야 한다. 10분이 지나면 자동탐지 시스템으로 자동 폭파가 될 것이다. 폭파가 되기 전 각종 컴퓨터 서버에 침입하는 법, 각종 송수신 케이블 구분법. 삼촌은 놈들의 안전 컨트롤타워를 장악해야 했다.

삼촌은 엘리엇 알에게 개인교습을 받았다. 함께 침투작전에 투입되지만 혹시라도 엘리엇 알에게 무슨 변수가 생겼을 때를 대비함이다. 중앙처리장치에 침입해 주기억장치에서 사용되는 데이터에 명령어를 일시적 기억제어장치 명령레지스터에 실행 명령어를 입력하는 방법, 제어부, 타이밍 발생회로를 먹통으로 만드는 방법 등을 배워 집중적으로 반복 연습했다. 이쪽에서 회선을 바꾸면 놈들도 네트워크를 전환할 수밖에 없을 것이다. 그때 생기는 구멍으로 들어가야 하는 것이다.

마음이 편치 않았다. 무엇보다 통신 채널의 보안이었다. 문수는 예리하게 머리를 자극해오는 통증으로 비명과 같은 신음으로 입안에 그득 바람을 넣었다.

"어렵다, 복잡하고…… 어이, 멘사 회원."

어렵고 복잡함에 혀를 내둘렀다.

삼촌이 맡은 역할은 놈들이 또다른 워봄(WBOM, War By Other Means)을 수행하지 못하도록 놈들의 컴퓨터 중앙처리장치에 침입해 바이러스를 제거해내는 거였다. 놈들이 국내 방공망을 통제하는 전용망에 접근을 시도하려는 기미가 보이면 핵심 사회기반 시설이 마비되지 않게끔 AMCW 공격이 자동으로 실행되는 시스템이었다. 이미 공격 목표지점에 접근하기 위해 놈들의 기간통신망이나 방공망에 스턱스넷 웜 바이러스를 심어 교란작전을 펼쳐왔던 것이다.

만일 놈들의 시나리오대로 촛불집회를 빌미로 원전 일부를 폭파한다면 상상도 못할 일들이 벌어질 것이다. 지상 20km 상공까지 구름이 발생해 공장은 물론 쇳덩이까지 날려버릴 것이고 대량의 인명살상은 물론 대규모 지진과 함께 엄청난 쓰나미가 발생될 것이며 Y시는 물론 세상은 불바다가 될 것이다. 우리나라는 물론이고 주변국까지 큰 피해를 입게 될 것이다.

놈들은 재난을 빌미로 5·18민주화운동 때처럼 말도 안 되게 북한군의 개입이라 주장하며 비상계엄을 선포할 것이고 체르노빌 사태와 일본 후쿠시마 원전 사고로 견주어봐도 그 피해는 가히 상상하고 싶지 않았다.

스턱스넷은 AMCW(Autonomous Mobile Cyber Weapon) 공격이었다. AMCW는 웜 바이러스와 논리폭탄을 장착한 채 스스로 목표를 찾아다니며 상대 네트워크 시스템을 파괴하는 인공지능을 갖춘 순항 미사일과 같았다.

진입은 삼촌과 팀을 이룬 적이 있다는 대테러팀 중에서 특수상황팀이 될 거라 했다. 레드팀은 공격조고 블루팀은 레드팀의 퇴로를 확보하는 팀이었다.

카메라가 롱 테이크로 화면 속에서 어두운 하늘로 곧 무슨 일이 벌어질 듯한 복선과 전조를 깔았다. 전쟁터와 같이 완전무장을 한 군인들이 보였다. 검은 색 고글들을 끼고 있었는데 불안한 톤의 화면은 누가 누구인지 구분되지 않았다. 그러나 문수는 알고 있었다. 요원들 모두 웹캠을 장착했지만 컨트롤타워랑 몸캠을 동시에 두 곳으로 연동한 건 삼촌밖에 없었다. 작전에 참가한 에이전트들 모두 역할이 달랐다. 삼촌만 지휘부가 두 곳이었기에 다른 요원들의 활동상황까지 연동할 필요는 없었다.

조명탄이 터지고 화면은 한 걸음 한 걸음 전진하는 요원들의 뒷모습을 비추었다. 초점이 흔들렸다. 앞사람의 뒤통수와 어깨가 비추어지고 흔들리는 걸로 보아 이동하고 있다는 걸 느낄 수 있었다. 순간 카메라 각도가 갑자기 바뀌었다. 삼촌이 뒤를 돌아본 모양이다. 카메라를 머리에 단 모양인지 회면은 야간 투시경을 통한 것이어서 황톳빛으로 화질이 좋지 않았다.

몸캠이었다. 카메라가 높은 하늘에서 점점 내려오며 태양광 발전용판으로 위장된 인공위성 수신용 레이더들. 어두운 밤의 골프장 전경을 클로즈업시켰다. 다른 몸캠 하나가 어둠 속에서 사박거리던 삼촌의 상반신을 비추다 뒤로 빠졌다.

잠시 후, 자애원 노깡 앞에 선 삼촌의 행동이 스톱모션이 되면서 컷되었다. 다른 액정 화면에는 새벽의 골프장, 공중에 떠 있는 세 대의 헬기, 헬기에서 줄을 타고 내려오는 요원들이 보였다. 메인화면에는 삼촌이 벙커를 향해 노깡 속으로 들어가고 있었다. 어느새 삼촌이 두꺼운 한 방화벽 문 앞에 서서 폭탄을 설치하고 있었다.

특수 장비를 갖춘 특수요원 네 명과 함께. 지하 4층 콘크리트로 구축된 외부와 차단된 놈들의 메인 서버실로의 침투였다. 지하 벙커는 컴퓨터시설로 완전 요새화되어 있었다. 요원들이 일순 외부전원을 차단했다. 동시에 내부 비상발전시설까지. 그러나 이미 침입자 감시 프로그램이 자체 충전 시스템으로 전환되어 작동되고 있을 터였다.

"오케이. 제1위치. 침투 완료."

"좌측 이상무."

"우측 이상무."

하늘에서는 헬리콥터, 지상, 지하의 진압팀과의 교신이 시작되었다. 이미 밖에는 원격조종의 드론, 공중감시장치, 무장차량, 무장 헬리콥터, 정밀 유도직격탄(JDAM)을 갖춘 화력지원부대가 분주히 움직였다.

"지상에 놈들의 숫자가 늘어나고 있어요."

"오케이. 방화문의 두께를 재고 있어."

"20초 후, 헬기로 지상팀 투입 예정."

보현이 잔뜩 흥분한 목소리로 따발총처럼 말했다. 몸이 떨렸다. 내전이 벌어지고 있는 상황이었다. 흐린 화면 속의 삼촌은 손목에 찬 수신기를 들여다보고 있었다. 이미 요새로 출입하는 비상문에는 에이포 폭약이 장착된 이후였다.

"파이브, 포, 쓰리, 투, 원, 화이어."

자애원에서 코리아디스크 중앙처리장치로 들어가는 CAT팀이 강화문을 급조폭발물로 폭파했다.

폭발음에 이어 '클리어' 하는 소리도 들려왔다. 연이어 뚜루루룩. 타타타. 귀를 찢는 총소리와 골프장 마당으로 굉음을 내며 헬기가 나타났고 줄을 타고 요원들이 어둠 속으로 내려오는 게 보였다. 그때 다시 섬광탄과 함께 총소리와 여기저기 폭발물 터지는 소리가 고막을 찢었다.

"한 시 방향 열반응 감지. 적."

"여기는 알파 레드 알파 레드 클리어."

"여기는 알파 블루 알파 블루 곳곳에 C4가 장착된 트립 와이어가 있다. 와이어 제거. C4 제거."

"여기는 알파 레드 진입 완료. 알파 레드 오케이."

중앙처리장치로 급습, 죽음으로 질주 침투 완료한 삼촌에게서 '위치 확보. 중앙처리장치 제압'이라는 교신이 들어오고 있었다.

"무기를 버려."

성난 매가 덮치듯 낮고 짧게 말했다.

"……."

"손을 들어 보인다. 벽 쪽으로 섯. 무릎 꿇어. 엎드려."

실내에 있던 열두세 사람들이 손을 들고 무릎 꿇고 앉았다. 검은 헬멧과 셔츠에 검은 마스크와 고글을 쓴 사람들. 방탄조끼도 검은 색이었고 케블라 헬멧도 온통 죽음의 상징인 검은 색이었다. 삼촌의 왼손에 찬 수신기는 컨트롤타워에서 보내는 영상, AI 인공지능 곤충 같은 드론들이 보내주는 영상들이 실시간으로 전해지고 있었다.

우당탕하는 소리와 함께 기지로 돌입한 경기관총을 들고 있는 요원의 짧은 말소리가 들렸다. 야간 저격용 적외선 조준기에서 발사되는 붉은 레이저 불빛들이 사내의 머리며 가슴에 어른거렸다. 순식간에 중앙처리장치 입구의 보초들을 가차없이 제압하고 들어선 삼촌의 입은 굳게 닫혀 있었다. 이미 놈들은 전력을 차단하고 자폭 프로그램을 실행시킨 상태였다. 그때 엘리엇 알이 잽싸게 메인 컴퓨터 시스템 앞에 앉은 사내의 의자를 밀쳐내고 옆에 놓인 다른 의자를 당겨 메인 컴퓨터 앞에 앉았다. 그리고 SSD 드라이브를 먼저 연결하는 게 보였다. 실내는 수많은 모니터와 랙들이 벽면을 장식하고 있었다.

자폭 시스템은 자가소멸 방식에 따라 다른 모든 시스템들과 완전히 독립되어 있었다. 아무리 원전에 근무하는 직원, 보안요원들이라 해도 보안망 접근에 쉽게 접근할 수 없도록 구획을 지어놓아 구획마다 허가를 받아야 접근할 수 있는 시스템이었다.

중앙처리장치 앞에는 의외로 70대 노인이 메인 컴퓨터 보드에 앉아 있었다.

"이렇게 다시 만나는군. 사과 받으러 온 건 아닐 게고."

노인이 애석하다는 표정을 지으며 삼촌을 보고 말하는 거 같았다. 그때 문수의 입에서 '어' 하는 감탄사가 흘러나왔다. 화면 속의 인물은 바로 Y대 박영우 교수였다.

"…… 올 줄 알았지."

감정의 극한상태 속에서도 박 교수가 혀로 입술 언저리를 핥았다. 박 교수는 한참 생각에 잠긴 듯 꼼짝도 하지 않았다.

이미 박 교수가 자기삭제 장치를 음성으로 구동시켜놓은 모양이었다. 먼저 SSD 드라이브를 연결하고 자판기를 치는 엘리엇 알의 손가락들이 바빠졌다. 오 분 내 박교수가 심어놓은 비식별 코드의 암호를 풀어내지 못하면 벙커 안은 물론 최악의 사태가 발생할 것이다.

"…… 자네가 올 줄 알았지."

테이블에서 밀려난 박 교수가 숨을 크게 들이키더니 입을 열었다.

"딱히 당신만 죽이려들었다면 진작 왔죠."

냉소적으로 야유를 보내던 삼촌이 킬 존(Kill Zone)에 선 채 싸늘하게 말했다. 오디오 수신기로 들려오는 소리로 충분히 고요와 적막으로 팽

팽한 긴장의 끈을 느낄 수 있었다. 죽음 앞에 포기한 듯 그러나 비굴하지 않게 당당하게 마주보는 박 교수의 눈도 심상치 않았다.

삼촌을 받쳐주는 다른 네 명의 요원들은 각자 위치에서 언제 발생할지 모르는 상황에 대비하며 총을 겨누고 있었다.

"저희 아버님을 꼭 그렇게 만드셨어야 했습니까?"

삼촌이 서서히 다가가고 있었다. 박 교수가 어림없다는 듯 '우는 소리 늘어놓지 말게' 하며 연극배우처럼 독백하듯 말했다. 컴퓨터 중앙처리장치는 제압된 상태지만 메인 컴퓨터 화면 속에는 침입자 발생이라는 비상경계음이 연속적으로 울리고 있었다.

"내 잘못은 기회가 있을 때 자네를 죽이지 못한 거지. 나도 자네처럼 명령에 따라 죽자 사자 그렇게 살아왔을 뿐이네."

순간 박 교수가 몸을 움직였다. 그때 타앙 하는 소리와 함께 총구에서 불꽃이 터졌다. 박 교수의 손과 무릎을 향해 요원이 발사했다. 박 교수 손에서 피가 사방으로 튀었다. 다가선 삼촌이 잽싸게 박 교수를 의자에서 밀어냈다. 의자에 부착되어 있는 버튼을 누르려고 한 모양이었다.

중앙처리장치 바닥에 주저앉은 박 교수가 삼촌을 올려다봤다. 메인 컴퓨터 보드 위에는 박 교수가 마시려고 끓여놓은 커피 잔에서 김이 모락모락 올라오고 있었다.

"하여튼 와줘서 고맙네. 전생에 업이 많으면 금생에 많이 베풀어야 한다며? 숙업을 풀게 해줘서 고마우이. 어르신들이 시켜서 하긴 하는데 누군가 막아주었으면 했어. 내 통제력을 흔들 수 있는 게 과연 누가 있을까 했지."

박 교수가 실눈을 뜨고 말했다. 그때 요원 한 사람이 박 교수에게로 다가가 옆에 섰다.

"묻습니다. 장태주, 최 검사는 어디로 달아났습니까?"

"얼굴이 다 알려진 마당에 비행기 타고 나갈 순 없을 게고……. 서해로 나가서 중국배를 타겠지 뭐. 도망간 사람들은 도망간 사람들. 그나저나 자네들은 여기서 살아나갈 계획은 잘 세웠나?"

삼촌이 독기서린 얼굴로 몰아붙이자 되받아치는 박 교수 목소리가 섬뜩했다. 지상은 이미 교전상황이 끝난 모양이었다.

문수는 숨을 크게 들이켰다. 할아버지의 동료들을 죽이고 야간 기습공격으로 할아버지를 불구로 만든 장본인이라고 했다. 다만 삼촌의 한숨소리가 신음소리로 변하는 걸 분명히 느낄 수 있었다.

그때 '여기는 알파 블루 알파 블루 퇴로 확보'라는 소리가 귀에 울렸다.

이모가 꽤 큰 검은 색 가방 안에 문수가 소중해하던 가방을 집어넣고는 끈을 길게 늘여 어깨와 가슴에 걸쳐 맸다. 이모는 하얀 샌들을 벗고 책상 밑에 벗어둔 굽 낮은 검은 구두로 갈아 신었다.

"말씀해주시죠."

최후통첩처럼 삼촌이 말했다.

"…… 날 죽여야 할 걸. 내가 자네를 가르쳤으니 얼마나 조용히 잘 죽이겠는가……."

"내가 알고 싶은 건. 자비원의 눈먼 노 보살님을."

삼촌이 넌더리가 난다는 듯 목청을 높였다..

"…… 지나간 것은 지나간 대로야."

한눈에 보아도 박 교수가 죽음을 받아들이고 있다는 걸 눈치챌 수 있었다. 피가 뚝뚝 떨어졌다. 무죄한 자가 흘리는 피가 아니었다. 수많은 무죄한 이들에게 피를 흘리게 했다. 고통스러운지 박 교수의 희뜩한 눈빛이 흔들리고 있었다.

"…… 오래 전부터 자네가 나를 찾아 곳곳을 쑤시고 다니는 걸 보았지. 그런데 분별 있는 사람은 자기를 세상에 맞추지만 분별이 없는 놈들은 자기에게 세상을 맞추려 고집한단 말이야. 자네도 알다시피 난 그저 명령에 따를 뿐, 조국을 위해 최선을 다했을 뿐이네."

"……."

'피해, 피해요. 음성인식 폭파명령 같아요' 하는 보현의 찢어지는 음성이 들려왔다. 그제야 엘리엇 알이 비식별 코드의 암호를 풀어냈는지 비상경계음이 끊겼다. 순간 박 교수의 가슴에 반짝이던 불꽃들 속으로 총알이 쏟아졌다. 쾅 쾅. 곳곳에 설치되어 있던 부비트랩, 폭발물들이 터지기 시작했다.

침대에서 몸을 일으킨 문수는 입을 헤벌리고 있었다. '해냈다'라는 마음으로 소름이 쫙 퍼져나갔다. 이모의 얼굴도 이미 붉게 상기되어 있었다.

어둡고 지친 표정이던 문수는 이맛살을 찌푸렸다. 할아버지를 반신불수로 만든 사람들. 결국엔 죽음으로 몰아넣은 이가 바로 박 교수였다니. 섬뜩한 전율 같은 것들이 온몸으로 스쳐지나갔다. 침대 옆의 의자에 앉아 바라보던 이모가 '괜찮아?' 하며 문수의 손을 잡아주었다. 순간, 문수는 사타구니께가 척척함을 깨달았다. 언제 오줌을 지린지도 모르고 화면 속에 빠져 있었던 것이다.

"니가 만든 게임 회사 이름이 뭐라고?"

"응, 이모. MR. Robts. 자유로운 세상, 새로운 세상."

이모가 기저귀를 갈아주며 물었다.

"네 덕분에 내가 자유로워져서 고맙다."

"……."

"미안하다. 이모가 똑똑하지 못한 칠뜨기라서."

그제야 화면 속에서 레드팀들이 자애원을 통한 노깡 속으로 모습을 드러내보였다. 작전이 종료된 것이다. 순간 삼촌이 살아나오는 걸 보던 이모의 눈에서 눈물이 주르르 흘러내리는 걸 볼 수 있었다. 문수는 이모의 그 환희심에 가슴이 벅차올라 한동안 두 주먹을 쥔 채 움직일 줄 몰랐다.

엄마는 끝끝내 속엣말을 하는 성격이 아니었다. 이모는 냉정하고 치밀한 성격의 엄마랑은 많이 달랐다. 스팀이 내는 쉿쉿하는 소리가 섞여들었다. 그때 화면 속에서는 삼촌이 미처 빠져나오지도 못했는데 컨트롤타워에서 일어서서 박수를 치고 서류를 던지고 환호하는 모습이 보였다.

그때, 보현이 '대장' 하면서 'Dead And Revive(죽고 나서 부활)' 하고 들뜬 목소리로 소리쳤다.

"자아 그러면 우리도 공격이다. 벙어리가 꿈을 꾸었으니 말을 해야지. 어게인, 다섯 넷 셋 둘 하나 화이어……."

문수가 보현을 따라 소리쳤다. 등짝으로 식은땀이 번졌다. MPR(대량응징보복, Massive Punishment & Retaliation), 킬 체인(Kill chain) 나쁜 놈들에 대해 랜섬웨어 추적 무제한 공격이 가동되는 모습들이 액정화면에 비췄다. 대규모 아파트 공격과 랜섬웨어 공격에 대한 방어가 끝나자 역추적, 그 공격을 되돌려 상대방을 무력화시킬 것이다.

"소리에 놀라지 않는 사자처럼, 그물에 걸리지 않는 바람처럼, 진흙에 물들지 않는 연꽃처럼 무소의 뿔처럼 홀로 가라."

스턱스넷, 킬 체인의 이차 암호를 주절거리던 문수가 묘한 웃음을 흘렸다.

시계의 큰 바늘은 6에 작은 바늘은 11을 가리키고 있었다. 산소호흡기, 심박기, 혈압 체크기, 심전도기 같은 의료기계들을 떼어내는 이모의 손이 살짝 떨리는 게 보였다. 이모는 의료기구들을 빼고 태블릿 수신 이어폰을 반창고로 목보호대 귀 쪽에, 마이크는 입 쪽에 붙여주었다.

"…… 가자, 우리도 저 언덕 넘어가자. 관세음보살이다."

이모가 불보살의 명호를 찾으며 말했다. 이모의 목에 핏줄이 팔딱거렸다. 모처럼 이모의 낯빛이 환했다. 오랜만에 보는 이모의 환한 얼굴이었다. 골드문트라카, 여기저기 조직원들이 체포되는 장면들이 전송되고 있었다.

"오늘 날씨가 기가 막히게 좋을 거래……. 그런데 왜 이리 설레는 것이냐?"

그때 이모의 말에 개들과 고양이들이 이별을 아는지 폐부를 긁는 소리로 울어댔다. 지나가는 차들이 크면 클수록 창문들은 크게 흔들리곤 했다. 몸 상태는 여전히 좋지 않았다. 긴장한 탓인지 와들와들 떨리고 이빨까지 딱딱 맞부딪쳐졌다. 이동하는 데 혹시 변수가 있을까봐 진정제가 든 주사기를 든 채 이모는 두 팔을 노골적으로 벌리는 문수에게 가만히 안겼다. '이제 됐다. 그런데 왜 이리 얄궂지?' 하는 눈빛이었다. '꼭 폭풍의 바다를 건너온 거 같아.' 이모가 혼잣말처럼 말했다.

"팔 내밀어."

이모는 야무진 눈으로 '가슴을 쫙 펴고. 내 새끼' 하며 주먹을 쥐라더니 파랗게 보이는 정맥에 주사기를 꽂았다. 그때였다. 휴대폰 소리가 요란하게 병실을 울렸다. 강부관 할아버지로부터 이동하라는 연락이었다.

이모가 '내가 이 순간을 졸라 기다렸다고' 하며 창문 쪽에 있던 침대를 돌렸다. '이번 생, 나 왜 이리 졸라 힘드니?' 문수에게 배운 졸라,라는 말로 연신 꿍얼대며 벽 쪽으로 침대를 놓고 '졸라 바쁘네' 하며 문수의 가방과 핸드백을 챙겨 침대 위에 올렸다.

"그래……. 이모도 행복할 권리가 있어."

"그나저나 이놈아. 어쩜 그렇게 나를 속일 생각을 했냐?"

"이모는 입이 가볍잖아."

"이놈이……. 하여간 남자들은 다 도둑놈들이라니깐."

"다 이모를 위해서야."

이모가 '그래, 홀로 피는 연꽃이 아니라 연꽃을 피우는 진흙이라더라' 하고 문수의 어개를 툭 쳤다. '그렇지 세상이? 믿을 놈 하나도 없는 거지. 제기랄. 네 삼촌이 번뇌가 바로 보리라 하더구나. 가자. 수술은 그렇게 어려운 수술이 아니야' 하며 입을 삐죽거리며 자조적인 웃음을 삼켰다.

그때 문수의 가슴이 콩닥거렸다. 오랜만에 아버지가 소식을 듣고 전화를 준 것이다. 혜화동 집에 머무는 노스님이 엄마의 뒤를 졸졸 따라다니며 '나 좀 속인들과 멀리 떠나 있고 싶다고. 노도 닻도 없는 세상. 언제 암자를 시주할 거냐'며 고개 쳐들고 말끝마다 야단법석을 떤다는 소식이었다.

그렇게 끓던 가래도 많이 가라앉았다. 촛불집회에 참여하지는 못하지만 동참하겠다고 켜놓았던 촛불도 껐다. 소변줄도 뺐다.

이모가 병실 입구 쪽의 벽을 더듬어 버튼을 누르자 장식장이 열리고 철제문이 보였다. 엘리베이터 문이었다. 버튼을 누르자 문이 열렸다. 바퀴 굴러가는 소리에 밀려 침대는 엘리베이터 속으로 들어갔다. 그때 가방 속 태블릿 중 하나에서 삐~ 삐. 삐 하는 소리가 들려왔다. 분명 메모리 접촉 불량 또는 메모리 불량 상태라는 생각을 했다.

박 선생님이 퇴계로 동물병원 앞에 준비해놓은 앰뷸런스에 문수는 침대보 채로 달싹 들어 이동식 침대에 옮겨 실렸다. 기저귀 갈 듯 이쪽저쪽으로 몸을 틀어 침대보를 빼서 동물병원 측에서 나온 이에게 침대보를 넘기던 이모의 얼굴은 긴장한 모습이었다.

광화문 일대와 대학로 일대에 대통령의 탄핵, 하야, 퇴진, 처단, 구속을 외치는 시민들의 촛불로 달구어진 밤샘집회가 벌어지고 있어 수술이 잡힌 병원까지 가는 동안 혹여 차가 막힐지도 모른다고 했다. 그때 이모가 손에 들고 있던 태블릿을 문수에게 보여줬다.

Y시의 항구가 보였다. 바다 냄새가 밀려드는 것 같았다. 그때 Y시의 항구 화면은 사라지고 골드문트시티에 관한 뉴스가 나왔다.

"뭐야, 그래도 골드문트시티는 지어지는 거야?"

이모가 툴툴거렸다. 삼촌은 차츰차츰 인연 따라 순리대로 바꾸고 고쳐가며 살아야 할 거라 했고 이모는 다 그 나물에 그 밥이라며 티격태격하던 말들을 떠올리며 풀썩 웃었다. 이모가 그렇게 옳지 않다는 얼굴을 할 때 골드문트시티 건설 현장에서 추락사고가 일어났다는 것이다. 그러나 뉴스의 화면은 끊어지고 다시 갈매기가 나는 Y시의 항구가 비쳤다.

줄에 묶인 선박들, 뱃전에 철썩이는 파도들. 빨간 옷을 입고 서 있는 등대. 어판장은 어중간한 시간이어서인지 한산했다. 먼 바다에는 커다란 선박 두세 척이 섬처럼 떠 있었다. 한 달에 두 번 휴일이면 문수의 식구들은 산책을 즐겼다. 바닷바람을 맞으며 하늘을 나는 갈매기들, 들고 나는 고깃배들 문수는 갯내음이 좋았다. 아빠는 낚싯대를 드리우고 엄마는 부두의 바다를 보며 한 시간쯤 걸어줘야 숨통이 트인다고 뛰듯이 걷곤 했었다. 그때 배 한 척이 안개 속 부둣가에 떠 있었고 급하게 배에 오르는 사람들이 눈에 들어왔다. 한눈에 보아도 장태주와 최 검사라는 걸 알 수 있었다. 검은 레이밴 선글라스를 끼고 있었다. 그때 움찔하던 문수의 머리털이 바짝 곤두섰다. 문수가 몸을 일으키려 하자 이모가 '누워 있어' 하며 손을 바꿔 태블릿을 들어주었다.

장태주와 최 검사의 시중을 드는 목에 칼자국이 난 뱁새눈 사내를 확인할 수 있었다. 보현이 화면을 둘로 나누더니 저격총을 든 사내와 뱁새눈을 클로즈업시켜 목의 흉터를 비교해 동일인물임을 확인시켜주었다. 배가 항구를 완전히 빠져나갈 즈음이었다. 커다란 폭발음과 함께 점처럼 멀리 떠가던 배가 폭파되고 불기둥과 함께 물이 하늘 높이 치솟아올랐다. 불기둥과 함께 배 한 척은 서서히 바닷물 속으로 가라앉고 있었다.

문수는 거친 숨을 몰아쉬었다. '권선징악 정의사회구현을 무릎 꿇고 사느니 서서 죽음을' 외치던 진덕의 작품이라는 걸 알 수 있었다. 어둡고 괴로웠던 밤들이었다. 유서를 쓰는 아빠의 마음은 어땠을까. 혓바닥에 혓바늘이 돋아 서글펐던 밤, 울고 싶기만 했던 밤들. 그 밤들을 건너 아버지의 뜨거움이 전해져왔다. 오랜만에 담배가 한 대 피웠음 좋겠다는 생각이 들었다. 이제 더 이상 아빠 엄마를 협박하는 사람들은 없을 것이다. 문수는 이빨로 혓바닥의 물집들을 터트리며 '새끼' 하고 쓸쓸히 웃음을 지을 때 '다 왔어' 하며 이모가 병원에 도착했다며 태블릿의 전원을 껐다.

혜화동 집에서 병원까지의 거리는 걸어도 십 분도 되지 않았다. 앰뷸런스의 문이 열리고 이모가 가방을 챙기며 내릴 채비를 할 때 문수는 엄마 아빠를 지켜냈다는 마음에 꼿꼿하게 고개를 쳐들고 '그러네. 왔던 길이 너무 머네' 하며 아련함에 기도를 하듯 두 눈을 꼭 감았다.

혜범 장편소설

플랫폼에 서다

지은이_ 혜범 스님
펴낸이_ 조현석
펴낸곳_ 북인
디자인_ 푸른영토

1판 1쇄_ 2019년 05월 12일
출판등록번호_ 313 - 2004 - 000111
주소_ 121 - 842 서울 마포구 서교동 467 - 4, 301호
전화_ 02 - 323 - 7767
팩스_ 02 - 323 - 7845

ISBN 979-11-87413-44-8 03810

이 도서의 국립중앙도서관 출판예정도서목록(CIP)은 서지정보유통지원시스템 홈페이지(http://seoji.nl.go.kr)와 국가자료종합목록시스템(http://www.nl.go.kr/kolisnet)에서 이용하실 수 있습니다. (CIP제어번호 : CIP2019015935)